有匪

Y o u F e i

壹

少年游

Priest 作品

CNS 湖南文艺出版社 博集天卷
PUBLISHING & MEDIA HUNAN LITERATURE AND ART PUBLISHING HOUSE CS-BOOKY

终有一天，

你会跨过静谧无声的洗墨江，

离开群山环抱的旧桃源，

来到无边阴霾的夜空之下。

你会目睹无数不可攀爬之山相继倾覆，

不可逾越之海干涸成田，

你要记得，

你的命运悬在刀尖上，

而刀尖须得永远向前。

愿你在冷铁卷刃前，

得以窥见天光。

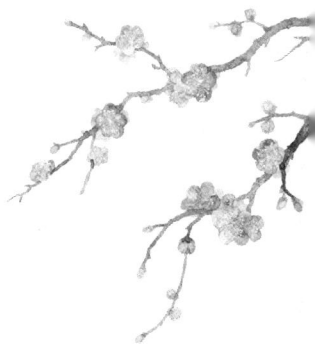

目 录

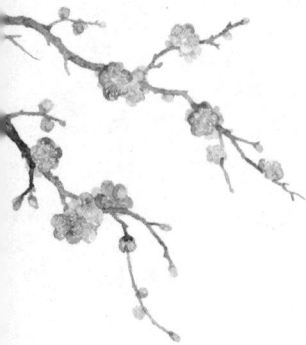

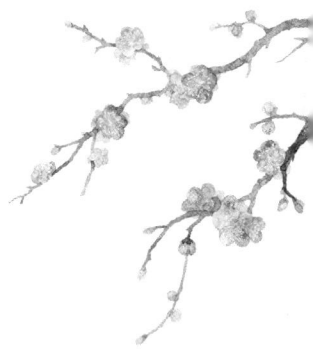

【卷一】 山雨欲来风满楼

第一章 ·

四十八寨

"哪怕头顶着一个'匪',你身上流的也是
英雄的血,不是什么打家劫舍的草寇强梁之
流,不要堕了先人的一世英名。"

后昭,建元十七年春。

杨柳生絮,海棠初开。

蜀山四十八寨中,有两个少年正在试手。其中一个年纪稍长一
些,人长得又高又壮,像座小山。他手持一柄长矛,一双虎目瞪得溜
圆,丝毫不敢掉以轻心。另一个少年不过十四五岁,身形瘦高,生得很
是俊秀。他手挽一把短剑,单是随随便便地往那儿一站,已经有了些翩
翩公子的模样。

围拢过来的弟子越来越多,纷纷在旁边交头接耳。有个新入门的
小弟子好奇地瞅着那俊俏少年,小声问旁边的人:"跟咱们大师兄试手

的是哪位师兄，可厉害吗？"

旁边正好有个入门稍早的老弟子，十分好为人师，听他问，便摇头晃脑地跟他卖关子道："这人是谁，若是没人告诉你，你肯定猜不出——哎，他们动手了，快看！"

新弟子忙踮起脚抻长脖子望，只见那身如小山的大师兄突然一声轻叱，手中长矛毒蛇出洞一般，直取持剑少年面门。持剑少年却不慌不忙地略微一侧身，整个人显得懒洋洋的，将那长矛贴身避过，一点多余的力气也不肯使。

大师兄当即一抖手腕，上前一步，将自己半身之力加在双手上，长矛"嗡"一声啸，那铁杆子便横拍了出去。

这一招叫作"撞南山"，乃四十八寨中"千钟"一派的招数，刚猛无双，倘若遇上气力或是胆气不足的，只这一招便能将对手扫出场去。

持剑的少年却不慌，他行云流水似的错了半步，将短剑倒提于掌，随即"锵"一声轻响，剑身斜斜撞上长矛，那剑一触即走，剑身游鱼似的滑开，持剑少年一笑，低喝道："小心了。"

话音未落，他已经凭空滑出了两尺，那短剑仿佛长在了他掌心中，也未见那持剑少年有什么大动作，只将手中剑灵蛇似的一别一挑，轻飘飘的一招"挽珠帘"，眨眼间便将对手的长矛撬了下来。

新弟子看得大气也不敢出，只听身边那老弟子接着道："那便是李大公子，咱们四十八寨大当家的亲侄子，一手功夫是大当家亲手调教出来的，自然厉害，是咱们这一代人里的这个。"

他一边说，一边冲旁边瞪着眼的师弟比了个拇指。自觉好好开了一番眼界的新弟子往场中望去，只见那李公子温和地笑了一下，并不倨傲，双手将夺过的长矛捧回原主手里："承让，多谢师兄赐教。"

李公子文质彬彬，温文有礼，输了的自然也不便太矫情。高壮少年取回自己的矛，面皮微红，略一点头，道声"不敢"，便自下场去了。他前脚刚走，围观者中便又有人跃跃欲试道："李师兄，我也求赐教！"

那指手画脚地给新弟子讲解的老弟子又道："咱们这位李师兄本事好，性情也好，试手从来点到为止，说话也和气得很，你若有什么不解的地方去问他，他都会尽力指点你……"

他话没说完，身后突然有人打断他道："借过。"

两个正在交头接耳的小弟子一回头，都吃了一惊。只见来人竟是个少女，她一身利落的短打，长发像男人那样高高地束起来，不过肩背与脖颈没了点缀，反而越发显得纤细单薄。她面容十分白皙，眉目间有种冷冷的清秀。

"千钟"这一派，说得好听叫作"沛然正气"，其实就是"横冲直撞"，因此还得了个诨名，叫作"野狗派"。门下一水儿光头和尚，别说女弟子，连个鸟蛋都孵不出雌鸟来。新弟子骤然看见个少女，还是个颇为美貌的小姑娘，生生呆了一下，一时竟不知该做何反应。

旁边的师兄忙将他拽到一边，毕恭毕敬地对那少女道："周师姐，对不住。"

少女看了他一眼，轻轻点了下头，场中其他人听见动静，一见是她，都极默契地让了一条道出来。正在指点别人功夫的李公子抬头看见她，顿时露出个熟稔的笑，招呼道："阿翡，来过两招吗？"

少女充耳不闻，拿李公子当了个屁，头也不抬地走了。

"周……阿翡？周翡？"新弟子的目光下意识地跟着她，小声道，"她就是……"

"啊，"旁边的师兄点点头，继而又提醒这刚入门的小师弟道，

"周师姐脾气不太好，往后你遇上她记得客气些……不过她不和我们这些人混在一起，你能见到她的机会也不多。"

对好看的小姑娘来说，脾气差一点不算什么毛病，新弟子听完没往心里去，反而好奇地追问道："李师兄是大当家的侄子，周师姐是大当家的掌上明珠，学的功夫想必也是一脉相承，方才师兄说李师兄是我们这辈人中的翘楚，那么他比周师姐高明吗？"

"你也知道她是大当家的掌上明珠，咱们捧都捧不过来，谁闲得没事与她动手？"那师兄漫不经心地回了一句，随即很快将注意力转移到了场中，跃跃欲试地说道，"今天机会难得，我也去求李师兄指教两招。"

他们口中大当家的"掌上明珠"周翡刚刚独自过了三道岗哨，来到了四十八寨大当家李瑾容的小院。一进门就见李瑾容背对着她负手而立，手中捏着一截拇指粗的鞭子。

周翡的目光在她手中鞭子上停顿了一下，张张嘴，刚要叫"娘"，便听见李瑾容冷冷地喝道："跪下。"

周翡一皱眉，果断将那声"娘"咽回了肚子，继而默不作声地走到院中，一掀衣摆，端端正正地跪了下来。她尚未跪稳，李瑾容便蓦地回头，一鞭抽在她身上。周翡的眼睫毛飞快地颤了一下，咬牙将猝不及防的闷哼卡在了牙关里，猛地抬头，又愤怒又不解地瞪向她娘。

"混账东西，给我跪好了！"李瑾容咆哮道，"你恃强凌弱、仗势欺人也就算了，手段还那么下作！教你的功夫就是让你做这些事的？"

周翡面不改色，语气却极冲，回嘴道："我怎么了？"

李瑾容一想起这小浑蛋干的倒霉事，两边太阳穴就一跳一跳地疼，她指着周翡的鼻子骂道："天地君亲师，那孙先生是我请来给你当老师的，头天念书你就敢对先生不敬，以后等你翅膀硬了，是不是连爹娘也忘到一边去了？"

周翡不假思索地顶嘴道："那老东西当堂放屁，误人子弟，我没大巴掌扇他就是轻的！"

她话音没落，李瑾容先给了她一个耳光："你要扇谁？"

李瑾容心狠手黑，周翡不由自主地往旁边闪了一下，当时就觉得自己的脸皮活像被割掉了一层，耳畔嗡嗡作响，牙尖划伤了自己的舌头，满口都是血腥味。

"先生不过数落你几句，你当场推他一个跟头不算，半夜三更还将人打晕绑了，扒了衣裳塞嘴吊了一宿，倘若不是今日巡山的一早发现，他岂还有命在？"

周翡正要开口分辩，谁知李瑾容越说越怒不可遏，抬手一鞭子重重地甩上去，周翡背后连衣服带皮肉，登时裂开一条血口子，鞭子竟折了。

这一下是真打得狠了，周翡脸色都变了，她恶狠狠地盯着李瑾容，生生从牙缝里挤出一句话："没死算便宜他！"

李瑾容差点让她呛个跟头，这时，一阵脚步声传来，来人脚步声不加掩饰，略有些虚浮，似乎不是习武之人，一路走过来，还伴着几声微弱的咳嗽。

盛怒的李大当家听见那熟悉的咳嗽声，神色忽地一缓，她深吸了口气，收起一脸怒容，有些无奈地转过头去，问来人："哪个兔崽子惊动了你？"

只见一个身量颀长的男子缓步走来，他眉目极俊秀，却稍带了一层病容，身穿一件宝蓝的文士长袍，衬得两颊越发没了血色，看得出年纪已经不小了，但举手投足间自有一番风华。

来人正是周翡之父，周以棠。

周以棠一听说老婆又打孩子，就忙赶了过来，低头一看周翡那皮开肉绽的后背和肿起来的小脸，心疼得眼泪差点下来。可是这丫头本已经野性难驯，不好管教，倘若自己当面护着，以后她怕是更得有恃无恐。周以棠只好隐晦地看了李瑾容一眼，走上前将母女两人隔开，沉声问道："怎么回事？"

周翡是头倔驴，脾气上来，哪怕让她娘抽成个陀螺，也照样敢顶嘴甩脸色，她闻言也不吭声，冷着脸一低头。李瑾容在旁边冷笑道："我看这小畜生是不见棺材不落泪。"

周以棠摆摆手，低下头问周翡道："我听说你头天念书就和孙先生起了冲突，因为什么？他讲了什么？"

周翡神色漠然地跪着，一言不发。

周以棠叹了口气，柔声道："给爹说说好不好？"

周翡有点吃软不吃硬，听了这句，她油盐不进的脸上终于有了点波动，好一会儿才不情不愿地开口回道："女四书。"

李瑾容一愣。

周以棠摆摆手，说道："哦，女四书——他跟你说的是女四书里的哪本？"

周翡没好气道："《女诫》。"

周以棠又看了李瑾容一眼，李瑾容没料到自己找来的是这么个不靠谱的先生，一时有些无话可说，尴尬地摸了摸鼻子。

《女诫》倒是没什么稀奇的，大家闺秀大抵都念过，可周翡不是什么大家闺秀。蜀山四十八寨占山扎旗，做的是打打杀杀"没本"的买卖——乃北都"御赐亲封"的大土匪。到土匪窝里给小土匪讲《女诫》？这位孙先生也是颇有想法。

"来，跟爹说说。"周以棠对周翡说道，又转头咳嗽了两声，

"你先起来。"

李瑾容对他没脾气，低声劝道："去屋里吧，你病没好，别吹了风。"

周以棠捉住她的手，轻轻握了一下，李瑾容会意，略有些勉强地点了下头道："那行吧，你们父女聊，我去瞧瞧那孙先生。"

周翡吃力地站起来，额角疼出一层冷汗，鼻子不是鼻子，眼睛不是眼睛地瞪了李瑾容一眼，半死不活道："大当家慢走。"

李瑾容态度才软和了些，那不知死活的小兔崽子竟敢接着挑衅，她当即柳眉一竖，又要发作。周以棠生怕她们俩掐起来没完，连忙咳出了一段"长篇大论"，李瑾容的火气硬生生地被他逼了回去，目光如刀地在周翡身上刮了一遍，冷笑着伸手点了点她，眼不见为净地大步转身走了。

等李大当家走了，周以棠才柔声问女儿："疼不疼？"

周翡被这句话勾起了天大的委屈，偏偏还要嘴硬，抬手擦了一把脸，硬邦邦地说道："反正没死呢。"

"什么狗屁脾气，跟你娘一模一样。"周以棠叹了口气，拍拍她的后脑勺，忽地又说道，"二十年前，北都奸相曹仲昆谋逆篡位，当年文武官员十二人拼死护着幼主离宫南下，以天堑为界，建了如今的南朝后昭，自此南北二朝兵祸连年，苛政如虎。"

周以棠这个毛病恐怕改不了了，聊天侃大山也得来个"起兴"，也就是讲正题之前要先东拉西扯一段，这会儿听他莫名其妙地讲起了古，周翡也没有出言打断，十分习以为常地木着脸听。

"各地不平者纷纷揭竿而起，可惜都不敌北都伪朝鹰犬，这些人里有的死了，有的避入蜀山，投奔了你外公，于是伪帝曹贼挥师入蜀，自此将我四十八寨打成'匪类'。你外公乃当世英豪，听了那曹贼所谓的'圣旨'，大笑一通后命人竖起四十八寨的大旗，自封'占山王'，干脆坐实了'土匪'二字。"周以棠话音一顿，转身看着周翡，淡淡地说道，"跟你说这些陈年旧事，是为了告诉你，哪怕头顶着一个'匪'，你身上流的也是英雄的血，不是什么打家劫舍的草寇强梁之流，不要堕了先人的一世英名。"

他常年多病，说话未免中气不足，总是轻轻的，严厉不起来，可是在周翡听来，最后这几句远比李瑾容那几鞭重得多。

周以棠歇了口气，又问道："先生讲了些什么？"

这位孙老先生是个迂腐书生，因嘴欠获罪——他痛骂曹氏伪帝的文章据说能集结成册，于是被伪朝缉捕追杀，幸而早年与几个江湖人有些渊源，被人一路护送到了四十八寨，李瑾容见他肩不能挑手不能提，便想着留他在寨中当个教书先生，不求出状元，只要让年轻弟子们识几个字，将来出门大白话的信能写明白就够了。

周翡从小是周以棠亲自开蒙的，虽有"名师"，但自己读书不大走心。去年冬天，周以棠着了点凉，一直病到了开春，也没什么精神管她，李瑾容怕她出去惹是生非，便押着她去老先生那儿听讲，谁知还听出娄子来了。

周翡低着头，半天，才老大不情愿地说道："我就听他说到'三者盖女人之常道，礼法之典教'什么的，就走了。"

周以棠点头道："哦，你也没听几句——我问你，此'常道'说的是哪三者？"

周翡嘟囔道："那谁他娘的知道？"

"出言不逊。"周以棠瞪了她一眼，随后又道，"明其卑弱、明其习劳、明当主继祭祀也，女子常道乃此三者。"

周翡没料到他还知道这些谬论，便皱眉道："当今天下，豺狼当道，非苍鹰猛虎之辈，必受尽磋磨，生死不由己，卑弱个灯笼！"

她说得像煞有介事，好像挺有感触，周以棠先是一愣，随后忍不住笑了起来："你这小丫头，连蜀山也未曾出过，也敢妄谈天下？还说得一本正经的……从哪儿听来的？"

"你说的啊，"周翡理直气壮道，"你有一次喝醉了酒说的，我一个字也没记错。"

周以棠闻言，笑容渐收，有那么片刻，他的表情十分复杂，目光好像一直穿过四十八寨的层层山峦，落到浩瀚无边的九州三十六郡之间。好一会儿，他才说道："即使是我说的，也不见得就是对的。我就只有你这么一个女儿，自然希望你平平安安的，哪怕当个鹰狼之徒，也比做只任人宰割的牛羊好些。"

周翡似懂非懂地一扬眉。

"我没有让你当坏人的意思。"周以棠颇为自嘲地笑道，"只是做爹娘的，总希望自家孩子聪明，别人家的都傻，自家的厉害，别人家的都好欺负——这是你父亲的心。孙老先生……他与你没有什么干系，寻常男人看女人，自是想让天下女子都德容兼备，甘心侍奉夫婿公婆，卑弱温柔，不求回报，这是男人的私心。"

这句周翡听懂了，立刻道："呸！我揍得轻了。"

周以棠弯了一下眼角，接着道："他一把年纪，自流放途中逃难，九死一生，到如今家破人亡，孑然一身，落草为寇，他会不明白弱质难存的道理吗？只是如今对着你们这些孩子，那老先生也想闭目塞听一会儿，拿这些早就乱了的旧纲常来抖抖灰，做一做白日梦……这是老书生伤今怀古、自怜自哀的心，有点迂腐就是了。你听人说话，哪怕是通篇谬论，也不必立刻拂袖而去，没有道理未必不是一种道理。"

周翡听得云里雾里，又有点不服气，但是也想不出什么反驳的话。

"再有，孙先生年事已高，人也稀里糊涂的，你与他计较，本就不该，"周以棠话音一转，又道，"更不用说你还出手伤人，将他吊到树上……"

周翡立刻叫道："我只是推了他一下，没半夜三更起来扒他衣服，这缺德事指定是李晟那王八蛋干的！李瑾容凭什么说我手段下作？她侄子那手段才下三烂呢！"

周以棠奇道："那你方才怎么不同她说？"

周翡没词了，重重地哼了一声。李瑾容越是揍她，她就越是要跟她对着干，连辩解都不愿意。

李晟是周翡二舅的儿子，比她大几天，自幼失怙，与胞妹李妍一同被李瑾容带在身边养大。李家寨尚未长大成人的一代中，大多资质平平，只有周翡和李晟最出挑，因此两人从小就针锋相对地互别苗头……不过这是在外人看来。

其实周翡自觉没怎么针对过李晟，甚至对他多有避让。周翡记事很早，在大人们说话还不会避着她的年纪里，对一些大事就模模糊糊地有些印象了。这些大事包括小时候她娘笨手笨脚地给她洗澡时拉掉了她一个关节，好像倒不怎么疼，就记得她娘吓得一边哭一边给她合上了。还包括他爹在那个阴雨绵绵的冬天里大病一场，险些死了，那时候还没长出白胡子的楚大夫面无表情地走出来对她娘说："把这孩子抱进去给他看一眼吧，万一熬不过去，他也放心。"

以及四十八寨中的三寨主叛乱……

那天满山都是喊杀声，周遭的血气仿佛凝在了半空，周翡记得自己被一个人紧紧地搂在怀里，那个人怀抱宽厚，不过不大好闻，有股浓重的汗味，恐怕不是很爱干净。他把她送到了周以棠那儿，在抓住她爹冰凉的手的时候，周翡听见身后传来一声很大的响动，她猝然转头，看见那个将她护送来的人后背上插着一把钢刀，血流了一路，已经凝固了。

周以棠没有挡住她的眼睛，就让她真真切切地看，直到十多年后，周翡已经记不清那人的脸，却永远不会忘记那个流血的后背。

那个人就是她二舅，也就是李晟的父亲。

因为这件事，李瑾容一直对李晟、李妍兄妹多有偏向——吃穿之类日常的小事都要让着李妍，那倒也没什么。她小，是妹妹，应该的。小时候他们仨一起顽皮闯祸，其实基本都是李晟那小子的主意，但背锅挨罚的从来都是传说中大当家的"掌上明珠"周翡，这也没什么，反正她也不是全然无辜。

等到再长大一点，一起在李瑾容手下学功夫之后，周翡就没从李瑾容嘴里得过一句"尚可"，反倒是李晟，哪怕偶尔胜过她一次，都能从李瑾容那儿讨到各种奖赏。

诸多种种事情，不一而足，总而言之，那俩都是李家亲生的，周翡是捡来的。

周翡偶尔会觉得很委屈，可她心里也知道这偏向的来由，委屈完想起她二舅，也就放下了。再长大一点，她还学会了放水。私下里无论怎么用功，表面上都不再跟李晟争什么高下，平日里喂招也好，比试也好，她都会不着痕迹地留几分手，保持着两人水平差不多的假象。

这倒不是她深明大义，而是对一个十来岁的小女孩来说，这样一来，周翡就可以有"我知道我比你强，只是让着你"的优越感，每每从这个看大傻子的角度看待她的表兄，获得的那点龌龊的小满足感，就足够抵偿她受的那些委屈了。当然，除此以外，她也有点跟李瑾容闹别扭的意思——反正不管怎么样，她都别想从大当家那儿捞到一声"好"，干脆自暴自弃。

周翡不是什么好脾气的人，自认对李晟简直"慈祥"得仁至义尽，可那小子这次实在太不是东西了！

四十八寨这种地方，只要功夫硬、手段狠，那就是好样的。不少人草莽出身，斗大的字不识半筐，不讲究那些小节。但十三四岁的姑娘，半大不小，男女有别的意识她是有的，李晟栽赃她扒老头衣服这事，周翡怎么想怎么觉得恼羞成怒。

她从周以棠那儿回到自己屋里，把自己收拾干净，换了身衣服，活动了一下肩膀，感觉没什么问题，就拎起了自己架在门口的窄背长刀，杀气腾腾地前去找李晟算账了。

第二章·

夜探洗墨江

谢允一身夜行衣，低头跟暗流滔滔的洗墨江打了个照面，然后从怀中摸出一枚铜钱。

"来卜一卦，"他寻思道，"正面是万事大吉，背面是有惊无险。"

周翡一脚踹在门上，巨响过后，尘土飞扬，门轴和门扉顿时"携手"完蛋。

李晟正在院中练剑，闻声回过头来，见门口飞来横"债"，他也不怎么意外，只是慢吞吞地归剑入鞘，明知故问："阿翡，你这是做什么？"

天下伪君子都长什么样，周翡未曾见识过，但以其有限的想象力，脑子里浮现出的都是大一圈的李晟的形象。单是看着他那张脸，周翡胸口就蹿起一腔火烧火燎的怒气。她其实也算伶牙俐齿，只不过打算动手的时候绝不多费口舌，窄背刀在掌中打了个挺，她连招呼也不打，便冲着李晟当头削了下去。

李晟早预备着她要出手，当下横剑扛住了她下劈的一刀，只觉手腕狠狠地一震，他不敢大意，打起十二分精神应战。两人刀剑都没出鞘，眨眼间已经走了七八招，忽然，周翡蓦地上前一步，窄背刀拦腰扫，李晟瞳孔一缩——她竟是以长刀做矛，也使了一招"撞南山"。

这"千钟回响，万山轰鸣"的一招，本是宗师气度，只不过千钟门下未出师的小弟子功力不够，使出来总显得有点笨重，因此比武时才会被李晟轻飘飘地揭过。可不知周翡是私下改良过这一招，还是她以利刃代长矛，占了兵刃便宜的缘故，这"撞南山"到了她手中，莫名地多了几分怒斩苍山的森然戾气。

那含在鞘中的长刀裹挟着劲风而来，一瞬间李晟竟有些畏惧，愣是没敢故技重施。而就在他硬着头皮想硬扛的时候，门口突然传来一声尖叫："住手！"

话音刚落，接着，一个物件便横空砸了过来。

窄背刀倏地停在半空，周翡用刀尖轻轻一挑，便将那东西挂住了——只见砸过来的东西是个小女孩用的荷包，锦缎上绣着几只憨态可掬的翠鸟，荷包去势太猛，还甩出几块桂花糖来。

李晟回过神来，方才瞬间的畏惧未散，他心口尚在狂跳，难以言喻的难堪却已经蔓延到了脸上。他伸手将周翡刀尖上挂的荷包捏下来，回手丢到来人怀里，没好气地说道："你来捣什么乱？"

一个穿着桃红衣裙的小女孩三步并作两步地跑到他们俩中间，双手一张，大声道："你们不要打架！"

这女孩名叫李妍，是李晟的亲妹妹，比李晟小两岁，长着小鹅蛋脸、大眼睛，十分灵秀，只可惜金玉其外，败絮其中，她是个没心没肺的小东西。李妍姑娘芳龄十一的脑子怕是只长到了蚕豆大，里面就装着俩见解——阿翡说得都对，阿翡喜欢什么我喜欢什么……练功除外。

周翡和李晟都跟她没什么话好说，也懒得带她玩，无奈李二小姐生而多情，左边崇拜表姐，右边牵挂亲哥，时常沉醉在不知该偏向哪边的自我纠结中，难舍难分地在其中消磨了大半的光阴。

周翡面沉似水地对李妍道："你一边去。"

李妍哭丧着脸挡在周翡面前，细声细气地说道："阿翡，你看在我的面子上，不要和我哥动手好不好？"

周翡怒道："你的面子值几个钱？走开！"

李晟目光阴郁，一字一顿地说道："李妍，这儿没你的事。"

李妍不依不饶地伸手拉周翡的袖子："别……"

周翡最烦这种黏黏糊糊的做派，当即暴躁道："松手！"

她抬手一甩，不自觉地带了些劲力，少女正是长得快的年纪，周翡虽比李妍大不了多少，却几乎比她高了小半头，李妍平日练功又稀松，被她甩了个结结实实的屁股蹲。

李妍难以置信地在地上坐了片刻，"嗷"一嗓子哭了。

这一嗓子成功地搅和了那两人之间剑拔弩张的气氛，李晟缓缓地收回掌中剑，皱了皱眉，周翡则有点无措地在旁边站了一会儿。他们俩对视了一眼，又同时不怎么友好地移开视线。

然后周翡叹了口气，弯下腰冲李妍伸出一只手。

"我不是故意推你的。"周翡顿了顿，又泄气地说道，"那个……那什么，姐不对，行了吧？来，起来。"

李妍伸手抹了一把眼泪，鼻涕眼泪沾了一巴掌，黏糊糊地抓住了周翡的手掌，沾了个结实。周翡额角的青筋跳了两下，差点又把她甩开，就听李妍抽抽噎噎道："我怕大姑姑打你，特意去找了姑父来……你还推我！你不识好人心！"

周翡被李妍用"秘密武器"糊了一手心，把李晟穿成人肉串的杀心都溺毙在了一把鼻涕里，她干脆蹲在一边，百无聊赖地听李妍"嘤嘤"哭着控诉自己，同时散漫地分出一半心思，认为李妍也有她的可取之处——连李瑾容那只母老虎在她面前，都和蔼得像个活菩萨，李妍这样的人不用多，有百八十个就够，哪里打起来了，就把"表妹团"往两军阵前一撒，想必离天下太平也不远了。

一个小小的念头从她心里升起，周翡心想：我学她一点不成吗？

继而她双目无神地盯着李妍看了一会儿，想象了一下自己坐在地上抱着个荷包嗷嗷哭的情景，结结实实地打了个寒战，感觉李瑾容恐怕会找根狼牙棒给她治治脑子。

李晟站在一边，在李妍的哭声里轻轻活动着自己震得发麻的手腕，神色晦涩难辨。去年冬天，他练剑遇到了瓶颈，便四处散心，走到后山时，正好远远地看见陪着病中的周以棠出来散步的李瑾容，李晟本想追上去问候一声，不料意外听见顺风传来的几句话。

李瑾容颇为发愁地对周以棠说道："这孩子资质不算上佳，那倒也没什么，慢慢来就是，可我怕他毁在心思重、杂念太多上，又不知怎么跟他说……"

周以棠回了句什么，李晟没听，姑姑这随风飘来的只言片语好像一根钢钉，毫不留情地戳进了他心口。

李瑾容虽然没有指名道姓，李晟却知道她说的必定是自己，因为在她身边长大的总共就只有三个人，倘若周翡练功时胆敢分心，早就挨揍了，大姑姑才不会在背后发愁不知怎么说，而李妍是个年幼无知的二百五，跟"心思重"八竿子也打不着。而最打击李晟的，还是那句"资质不算上佳"，他从小自诩为天之骄子，事事抓尖好强，恨不能人人说他好，人人挑不出他一点毛病，哪里承受得起"资质不算上佳"这样的评价？

李晟忘了自己那天是怎么跑开的，想来幸亏那天后山风大，各处岗哨的人又都不在，李瑾容才没注意到他的存在。

从那以后，"资质不算上佳"六个字简直成了李晟的噩梦，隔三岔五到他脑子里串个门，嘲讽一通，弄得他本就强烈的好胜心几乎要炸开了。

李晟想，他资质不好，周翡资质很好吗？

他心中生出了前所未有的愤懑，非得胜过周翡一筹不可。可是他挑衅也好，挤对也好，周翡就是不搭理他，从不跟他发生冲突。平时互相拆招，她也都是点到为止，他要是故意逼迫，她就老老实实地往旁边一退，全然是看不起他。久而久之，周翡的避退几乎把这一点胜负心弄成了李晟的执念。

这回的事，李晟是故意要激怒周翡的。

他一抬手把李妍拎了起来，漫不经心地掸了掸她身上的土，将他那副伪君子的面孔重新挂起来，垂下来一个标准的似笑非笑的脸，对周翡道："所以你今天这么大的火气，是怪我没帮你去请姑父来吗？阿翡，不是大哥不给你说情，你淘气也太出圈，先生讲书是为你好，再说他老人家说得有什么错？女孩子就是应该安安分分的，整天喊打喊杀的做什么？你出身于四十八寨，就算将来嫁人了，有我在，谁还敢欺负你吗？"

周翡站起来，缓缓挑起一边的眉，她那眉形规整得很，天生像精心修剪过的，笔直地飞入鬓角。她冷笑道："这话你怎么不去跟大当家说？让她也安安分分地在屋里绣花算了，我是很赞同的。"

李晟不慌不忙道："四十八寨以我李家寨为首，大姑姑毕竟姓李，当年寨中无人，是以她临危受命……只是这些事劳动不到'周'姑娘头上吧。"

周翡当即回道："多谢体恤，也劳动不到废物头上。"

她无意中一句吵嘴的话，却正好点中了李晟的心病，少年城府还不够深，李晟脸色蓦地一沉："周翡，你说谁？"

周翡感觉今天恐怕是打不起来了，因此将窄背刀往背后一挂，干脆逗起口舌之快："我说猪说狗说耗子，谁来领说的就是谁，怎么，大表哥还要为畜生打抱不平吗？"

李晟握着剑的手紧了又松，良久，他硬生生地挤出一个笑容："既然你自负本领高强，敢不敢与我比试一回？"

周翡讥诮地看了他一眼："现在不敢了，你妹要是去告状，大当家非得剥了我的皮不可。"

"她不会，"李晟在李妍开口抗议之前，抢先说道，"我要渡洗墨江，你敢不敢去？"

"渡洗墨江"是四十八寨年轻一辈的弟子时常挂在嘴边的一句口头禅，跟"宰了你"和"改天请你吃饭"一样，随便说说而已，没什么实际意义。

而这话的来由，那就说来话长了——自打当年三寨主叛变，李二爷身亡，四十八寨就元气大伤了一回，而这些年，外有南北对峙，多方势力争斗更加纷乱复杂，四十八寨里窝藏了不知多少朝廷钦犯，只好严加管控。蜀中多山，沿山路有数不清的密道与岗哨明暗相间，一方有异动，消息能立刻传遍整个四十八寨。平时自己人进出都须得留底，什么人，因为什么事，去了多久，等等，来龙去脉都得齐全，以备随时翻查。每个人都有自己的令牌，上面有名有姓，盗取他人令牌也是不行的。未出师的小弟子是不许随便下山的，至于何时能出师，都得是各家师父自己把关，师父不点头，有飞天遁地的本事也不行——不过有一种情况例外，就是能以一己之力渡过洗墨江的人。

洗墨江是整个四十八寨中唯一一处没有岗哨日夜换防的，在东南端，两边高山石壁分隔两地，中间夹着一条宽阔的洗墨江，是一处天堑。

当地有无数关于洗墨江的民间传说，因为那江中的水不蓝不绿，看起来黑漆漆的，居高临下看时，像一块巨大的黑玛瑙铺陈在地，当年老寨主在世时，曾经耗费无数人力物力，将两侧山壁间的树木与突兀的大石块一点一点打磨干净，两岸的山壁好似两面大镜子，也被江水映照得漆黑一片，这样一来，山壁非但攀爬不易，还能让巡山的一览无余。

就算真有人轻功无双，能下到江中也无妨，洗墨江江心还有一位老前辈镇守。不知他多大年纪，也不知他来自哪里，周翡觉得自己出生时他就在那儿了，寨中人都叫他"鱼老"，他是一位能镇宅的神人，掌控着无数机关陷阱。

周翡记得她小时候，四十八寨进出还没有这么森严，有几个倒霉的师兄不知吃错了什么药，有门不走，非要探一探洗墨江的深浅，几个轻功最好的下去了一次，第二天无一例外，都被麻绳绑着吊在了崖上。鱼老十分追求规整，不但绑了，还将这几个人脚下对齐，按照高矮个儿排成了一排，老远一看，整齐得很，非常赏心悦目。

当时李瑾容一边命人将这群不知天高地厚的弟子放下来，一边开玩笑说以后谁要是能过洗墨江，谁就算出师。

这话一出，引发了一代又一代的弟子试图渡江的热情，可惜纷纷败退，至今没有成功的。

周翡闻听了李晟这不靠谱的挑战，不由得皱了一下眉，感觉他是没事找事。李晟紧紧地盯着她，露出一个有点恶意的笑容，慢声细语地说道："怕了没关系，我知道你也不是爱告状的人，今天就当我没说过，你也没听过。"

所谓"激将法"，有时候真挺厉害的，嘴里再怎么嚷"我不吃你的激将法"，心里还是会气得轰轰着火。往往越嚷着"不吃这套"的，心里气性就越大，周翡对半夜三更挑衅鱼老没有什么兴趣，理智上觉得李晟有病，感情上却偏偏听不得这声"怕了"。偏偏这时候，搅屎棍李妍姑娘还自以为有理有据地开口道："阿翡我们走，别理他，从来没有人半夜渡过洗墨江，李晟你肯定是疯了，四十八寨装不下你了吗？"

李晟十分倨傲地笑道："天下何其大，四海何其广！绝代高手如过江之鲫，数不胜数，区区一个四十八寨，以前没有人过得，我便过不得吗？我偏要做这第一人！"

每个少年脱口而出这种豪言壮语的时候，都是饱含真情实感的，只不过没考虑自己就是个小小弟子，如"过江之鲫一样多的绝代高手"跟他一个铜板的关系也没有。反正本领既然已经不能超然物外，至少视线还能好高骛远，这样一来，也让人能有种自己"非池中之物"的错觉。

周翡一边觉得他很可笑，一边又不由自主地被那句"天下何其大"撺掇了。于是她扫了李晟一眼："我什么时候捞你去？"

李晟不搭理她言语上的挑衅，只说道："后天夜里，戌时三刻。"

"哦，十五，"周翡意味不明地笑了一声，"好日子，月光亮，万一出意外，嚎两声，鱼老也能看清楚你是谁。"

她没说去，也没说不去，伸手在李妍肩上拍了拍，十分有心机地将那臭丫头的鼻涕眼泪又抹了回去，这才背着自己的窄背刀扬长而去。

然而不管李晟是怎么打算的，天公十分不作美——这个月的十五是个阴天。

　　这天正值月黑风高，谢允安静地伏在树梢上，一呼一吸间，仿佛已经与大树融为了一体。离他两个拳头远的地方有个鸟窝，大鸟护着雏，一窝老小睡得正酣，丝毫没有被旁边这颗人肉树瘤惊动。

　　突然，一阵风扫过，大鸟猛地一激灵，警惕地睁开眼。只见四十八寨中两个正当值的岗哨自密林中疾驰而过。

　　四十八寨中人非亲即故，都是父子兄弟兵，彼此之间有说不出的默契，那两人隔着八丈远对一个眼神，连手势都不必打，就算是交流过了，随即心有灵犀地兵分两路，一个搜大路，一个搜小路，转眼便双双没了踪影。

　　两人走远，大鸟才转过头来，歪着头盯住谢允。谢允眼皮也没动一下，安静如死物，大鸟瞪着他看了片刻，认为这颗"树瘤"除了模样很怪之外，没什么问题，便放心地将头往翅膀下一埋，又睡了。

　　密林间静悄悄的，不知何处的蛙声带着促狭的节奏，与大大小小的虫子嘀咕个不停，约莫一炷香的时间，方才的两个岗哨忽地又不知从什么地方蹿出来，在原地碰面——原来他俩方才竟然是伴追。

　　两人在附近搜索一番，鬼影子都没找到一个。年轻些的便说道："四哥，许是咱们看错了吧。"

　　年长些的汉子慎重道："一天可能看错，咱们两人四只眼，还能天天看错吗？此人轻功必定极高，这些日子他一直在咱们寨子四周绕，不知是什么居心……不管怎样，咱们先回去传个信，叫兄弟们今夜仍然警醒些，倘若真有事，咱们虽然没逮着人，但前头一百零八个明暗桩，他单枪匹马，就算是只麻雀也飞不过去。"

　　等这两人走了，又过了约莫小半个时辰的光景，被云遮住的月亮都重新露了脸，谢允的目光才轻轻一动，一瞬间他就变回了活物，继而羽毛似的落了地。

他是个约莫弱冠之龄的年轻人，长着一双平湖似的眼睛，仿佛能把周围微末的月光悉数收敛进来，映出一抹纹丝不动的月色，极亮，也极安静。他靠着树干思索了片刻，伸手探入怀中，摸出一块巴掌大的令牌来——倘若有前朝要员在此，定会大惊失色，那上面以大篆刻着"天子信宝，国运昌隆"八个字，同玉玺上的篆刻一模一样！

谢允将这块诡异又僭越的令牌拿在手中抛了两下，又怠慢地随手一揣。他听见人说前面有一百零八个明暗桩，也不见慌张，原地摘了片巴掌大的叶子，从中间对折，将露水引成一线，喝了润口，随即旋身滑了出去。他整个人仿佛全无重量，脚尖点上枝头，轻飘飘地自树梢间掠过，所经之处，枝头往往极轻地震一下，叶片上沾的露水都不会掉下来。

相传这一手叫作"风过无痕"，是世上顶级的轻功之一，堪比穿花绕树和踏雪无痕，谁料他年纪轻轻，竟是个绝顶的轻功高手。

他不走大路，也不走小路，反而围着四十八寨兜圈子。

谢允来四十八寨，是为了见一个人、送一件东西——他早就知道四十八寨并不好进，倘若自报门派求见，说不定想见的人没见到，自己先被李瑾容那夜叉片了煮火锅了。而硬闯或是偷偷潜入更不可取——那可是大奸贼曹仲昆都没干成的事，谢允自我感觉还不至于贼到那个地步。

他耐心十足，潜伏在四十八寨外面足足小半年，先是装了一个月行脚商，四十八寨不可能完全与世隔绝，总有些东西无法自给自足，要派人出门赶集采购。谢允一边熟悉地形，一边听了一耳朵小道消息，连"李大当家爱吃萝卜缨馅的饺子"都传得有鼻子有眼儿。

一个月以后，他混上了一次送货的活，却没能进山。寨中人只让他们把货送到外围，便自己派了人来接，不叫他们入山门。谢允认了门，当天晚上依仗自己轻功卓绝来探，不料低估了四十八寨的戒备森严，只好浅尝辄止，还没来得及露脸，就险些被追杀成狗，好不容易才脱身。

此后，他沉下心来，围着四十八寨转了三个多月，将几个山头上的兔子洞都数得清清楚楚，在边缘反复小心试探，总算功夫不负有心人，探出了唯一一条没有那么多明暗岗哨的路——就是洗墨江的那一段天堑。

李生大路无人采摘则必苦，谢允不知道自己的轻功有没有"天下无双"的水平，但仅就外围一看，他认为有能耐过这条大江的人江湖上还是有几个的，李瑾容这么放心，江上必有古怪。

谢允每天到江边转一圈，却不急着下去，日日在岸边观察。

江心有一座小亭，夜夜浮起一层灯光，说明里面是有人守着的。然而十五这天夜里，谢允再次潜入四十八寨，来到洗墨江边的时候，却意外地没看见那盏灯。他当机立断，决定择日不如撞日，就此从山崖上潜下去。

谢允一身夜行衣，低头跟暗流滔滔的洗墨江打了个照面，然后从怀中摸出一枚铜钱。

"来卜一卦，"他寻思道，"正面是万事大吉，背面是有惊无险。"

老天爷可能没见过这么臭不要脸的问卦，决心要治治他，谢允才刚把铜钱抛上天，不远处突然传来一声响动，仿佛有什么重物掉进了深涧里，在寂静的山谷中发出一串脆生生的响动。山壁两侧有巡山的弟子，立刻亮起灯来，谢允不免分神。谁知就这么片刻光景，恰好来了一阵风，轻飘飘地将那枚铜钱吹开了，他竟没接住。

铜钱当着他的面掉在了地上，既没有正也没有反，它卡在两块石头中间，是个风骚的侧躺姿势。

第三章·

牵机

那些巨石中间，牵连着千丝万缕的细线，
在水下布了一张险恶而静默的网，人下了
水，恐怕顷刻就会被那巨网割成碎肉。

周翡和李晟一前一后地往洗墨江走去，他俩从小在四十八寨长大，各有各的调皮捣蛋，都有自己的办法避开巡山的。周翡有时候弄不清自己究竟是不合群，还是从李瑾容那里继承了一身祖传的不讨人喜欢。她跟李晟年纪相仿，一起长大，又一起入李瑾容门下练功习武，虽不能算两小无猜，怎么也是青梅竹马，可是李晟在外面分明八面玲珑，把四十八寨各个山头的弟子都顺毛笼络过了，唯独跟她八字相克似的相看两厌。除了暗藏玄机的场面话与夹枪带棒的针锋相对，他们俩好像就没别的话说了，连同门间遇到瓶颈时的互相切磋都没有——他俩拆招都是在李瑾容面前，私下里各学各的，谁也不跟谁交流。

周翡胡思乱想间，已经来到了洗墨江边，阴沉沉的夜空方才被夜风扒开一点缝隙，漏出的月光怕是装不了半碗，往洗墨江上一洒，碎金似的，转瞬便浮沉而去，人在崖上往下看时，竟然会有些微的眩晕。

周翡听见旁边传来窸窸窣窣的声音，一转头，见李晟从腰间解下一个行囊，先是从里面抽出一团麻绳，又拿出了一只便于上下攀爬的铁爪，显然是有备而来。周翡无意中往他的行囊里一瞥，忽地一愣，脱口问道："你怎么还带了换洗衣裳？"

李晟一顿，继而头也不抬地将自己的行囊重新裹好，背在身上——他那不大的包袱里不但有日常的换洗衣服，还有盘缠、伤药，以及一本缺张少页的游记。周翡不缺心眼，立刻反应过来，李晟趁夜来挑战洗墨江，不是闲得没事又作了一回妖，他是真想离开四十八寨，并且蓄谋已久。

她不由得微微站直，诧异道："你想走？"

周翡一直觉得，李大公子才是四十八寨的那颗"掌上明珠"。老寨主死于伪朝暗算，大当家十七岁就独挑四十八寨大梁，当时外有虎狼环伺，内有各打小算盘的四十八个老寨主，早年间，她一人如锅盖，盖起这锅，那锅又沸，久而久之，磨出她一身不留情面的杀伐决断，又兼本来就脾气暴躁，也就越发不好相处起来。不少寨中老人在她面前都不免犯怵。倘若把李瑾容倒过来拧一拧，约莫能榨出两滴温柔耐心，一滴给了周以棠，剩下一滴给了李氏兄妹。

李晟在四十八寨中地位超然，他又惯会做人，到哪儿都前呼后拥的。周翡怀疑，哪怕他变成一条大蜈蚣，生出百八十只臭脚丫子，也不够那帮狗腿子抢着捧。这少爷究竟是哪儿不顺心了，非得要趁夜离家出走？

李晟沉默了一会儿，"嗯"了一声。

"奇了怪了，我这种坟头上捡来的添头还没想离家出走呢，你倒先准备好了。"周翡带了点挖苦道，"你排队了吗？"

"我跟你不一样。"李晟不愿和她多说，只是找了个隐蔽的地方，自顾自地将绳索绑好，顺着悬崖放了下去，绳子尾端隐没在洗墨江的幽光中，很快不见了踪影。

在李晟看来，周翡是李瑾容亲生的，挨的打骂也是亲生的分量。李瑾容待周翡，像对一棵需要严加修整的小树，但凡她有一点歪，就不惜动刀砍掉，这是希望能把她砍成材。而自己呢？

他困在群山围出的这一点方寸大的天地间，每个人见了他都叫"李公子"，长辈们还要再画蛇添足地加上一句"有乃父遗风"，他整个人都打着英年早逝的李二爷的烙印，作为一笔"遗产"寄人篱下……恐怕还是一笔资质不佳的鸡肋遗产。

"资质不算上佳，那倒也没什么，慢慢来就是"，这话听起来宽容得近乎温柔，可仔细想想，李大当家对谁宽容过？说出这种话来，分明只是对他不抱什么期望罢了。李晟想到这里，一咬牙，将铁爪安在自己手腕上，义无反顾地率先下了石壁。

周翡："哎……"

她话音没落，李晟已经一脚踩空了。

这一下去，李晟才知道他们都小看了洗墨江两边的山壁，尤其是刚开头的一段路，往来打磨过了头，光滑得好像附了一层冰，几乎没有能借力的地方。李晟脚下一空，整个人在石壁上撞了一下，腰间短剑便掉了下去，砸出一串金石之声。这突兀的动静把两人都吓了一跳，崖上的周翡和吊在半空的李晟同时死死抓住了垂下的麻绳。

山间巡夜的几束火把立刻亮了起来，周翡见那麻绳捆得还算结实，便松了手，矮身躲在了一块巨石之后。她骨架纤秀，蜷缩起来只有很小的一团，给个狗洞都能躲进去。

他们俩运气不错，挑的地方也好，巡夜的在附近转了一圈，没发现异状。好一会儿，周翡才从藏身处出来，低头一看，李晟已经顺着麻绳下了数十丈，在江风中摇摇荡荡，像一片心怀山川的落叶。

周翡独自在崖边耐心地等了一会儿，心里头一次浮出想出去看看的念头。

四十八寨中时常有人为避祸前来投奔，都在说外面的事，有惊心动魄的，有惨不忍闻的，有缠绵悱恻的，也有肝肠寸断的——外面会是什么样呢？

这种野草似的念头没有就算了，一旦产生，一瞬间就完成了从破土到扎根，再到长大的过程。周翡站起来，轻轻地撩了一下李晟放下去的麻绳，感觉绳索下面空了，便随手抽出一条布带子，将长发一绑，一手拽起那麻绳，利索地纵身一跳。

有了李晟的前车之鉴，周翡根本没去碰那光溜溜的石壁，她比李晟轻得多，动作极轻快地顺着绳子滑了下来，像一片在风中打转的柳絮。下到一大半的时候，水声已经大得灌耳了，李晟停在山崖上一块只能站一个人的石头上，皱着眉打量着眼前滔滔的江水。

周翡一下将绳子放到底，缠在手腕上，她没落脚，靠着一条手臂将自己吊在江上，心说：这难不成要游过去？

就在两个熊孩子谋划着要离家出走的时候，李瑾容快步走进了祠堂。

祠堂中，一个须发皆白的老人正双手拈香，站在"显考李公讳佩林"的牌位下，李瑾容见状，默默地站在一边，等老人上完香，才上前招呼道："师叔。"

老人冲她摆摆手示意免礼，环视四周，露出一个像"槽牙里塞了菜叶子，死活剔不下来"的表情，"吭哧吭哧"地将祠堂中东一个西一个的蒲团等物整齐地摆好，又挽起袖子，要去收拾桌案上积的一层香灰。

李瑾容眼角跳了几下，忙上前道："我来吧。"

"走开，走开，"老者将她扒拉开，"你们都有脏乱癖，别给我添乱。"

李瑾容只好袖着手戳在一边，看着那老者忙上忙下地摆香案，还重新给牌位调整距离，忙得不亦乐乎，问道："师叔的伤可好些了吗？"

"没事，上岸一会儿也死不了。"那老人说道，"今天不是三月十五吗，我来看看你爹。"

此人就是传得神乎其神的洗墨江中那位鱼老。

鱼老漫不经心地道："我看寨中人往来有序，大家伙都各司其职，可见你这家当得着实不错。"

"还算压得住，"李瑾容脸上却没什么喜色，"外面的谣言您听说了吗？"

鱼老将祠堂里所有的东西都重新摆了一遍，见整齐了，他才总算是顺过了一口气，将双手往袖中一揣，回头冲李瑾容笑道："既然是谣言，听它作甚？"

李瑾容压低声音道："都在传曹仲昆病重，恐怕是要不行了。"

"曹仲昆死了岂不正好？"鱼老说道，"我还记得你年轻那会儿带人怒闯北都，三千御林军拦不住你们，差点让你们几个小鬼宰了那曹贼，吓得老匹夫险些尿了裤子，要不是他那七条狗，曹贼早就是刀下亡魂了。怎么现在听说他要嗝屁，你还慌起来了？"

李瑾容苦笑了一下："今非昔比，眼下不过一个谣言，寨中已经人心浮动，这消息还未见得是真的，我怕……"

鱼老抬起眼皮看了她一眼："怕麻烦？"

李瑾容顿了一下，没有承认也没有否认，只是含糊地笑道："可能是我老了吧。"

鱼老不爱听"老"这个字，十分不满地哼了一声，连胡子都跟着一翘，然而他还没来得及说话，就听见有个巡山的弟子在外面叫道："大当家！"

李瑾容一回头，只见一个"物件"山炮似的轰了过来，一头扎进她怀里。

"阿妍？"李瑾容吃了一惊，"你这是怎么弄的？"

李妍开始以为李晟所谓"夜探洗墨江"只是口头挑衅，眼见周翡也没答应，还以为没事。

谁知到了十五夜里，她才发现自己没能理解冤家路窄的大哥和表姐之间诡异的默契——李妍看见李晟收拾包裹，才知道他不但要去，还要顺势离开四十八寨！

由于李妍是个刀枪不入、软硬不吃的告状精，以防万一，李晟走之前把她捉起来绑在了她自己的屋里，反正等天亮了见不着人，自然有人来找她。不过李晟毕竟是亲哥，怕她乱动被麻绳磨破皮，所以用了两根绳子——先用细软的绳子把她五花大绑了，再拿稍粗些的麻绳缠在软绳上，把她拴在床柱上。

可他低估了李妍告状的热情和小女童身体的柔软程度。

讨厌的大哥走了以后，李妍就开始在原地摇头摆尾地扭，硬是把自己从最外一圈的麻绳里扭了出来，身上的绳子和嘴里塞的东西弄不掉，她就保持着这个蚕蛹一样的形象往外蹦，蹦一会儿累了，便干脆躺在地上滚。巡夜的弟子还以为迎面撞来一头野猪，剑都拔出来了，提剑正要砍，惊见"野猪"停在他脚底下，露出了柿子红的一截裙裾，这才赶忙将她解救出来。

灰头土脸的李妍总算见到了亲人李瑾容，当场深吸一口气，字正腔圆地吼出了自己憋了一晚上的那个状："李晟那个大浑蛋撺掇着阿翡去洗墨江了！他要离家出走，我说要告诉大姑姑，他就绑了我！"

李瑾容有点蒙："什么？"

李妍抹了一把眼泪："姑姑，他们都说江里的鱼老其实是个活了一千年的大鲶鱼精，要是被逮起来，会不会被涮锅吃了呀？"

鱼老挽着袖子，在旁边干咳了一声。

李妍这才发现旁边还有人，抬头看了看这五短身材的小老头，她颇为不好意思地从李瑾容怀里钻出来，十分有礼地打招呼道："老公公您好，您是谁呀？"

老公公笑容可掬地答道："大鲶鱼精。"

李妍："……"

李瑾容被那俩倒霉孩子气得胸口疼，便听鱼老正色道："瑾容，先不忙发火，你多派些人，赶紧把那俩孩子找回来。今夜我上岸，洗墨江没人守着，江心的'牵机'是开着的。"

李瑾容蓦然色变，转身就走。

据说世上有一种轻功，腾跃如微风，潜行如流水。无形无迹，无不可抵达之处。可惜身怀此绝技之人正在做贼，再炫目的功夫也是"锦衣夜行"，无人欣赏。

谢允没有用长绳，也没有随身携带铁爪，整个人仿佛化成了一片薄薄的纸，顺着山壁，不快不慢地往下滑。他穿着深灰近黑的夜行衣，刚好和石壁色调一致，像一块普通的山岩，严丝合缝地贴在漆黑的山壁之上，光滑的山岩上，一点极细微的凸起都能让他停留缓冲，调整姿势，继续下潜。

谢允对自己的评价十分谦虚，认为自己的轻功是"出了神，但尚未入化"，距离腾云驾雾还差一点，因此他在临近江面的地方险些马失前蹄也情有可原——被冰冷的江风一扫，他腿抽筋了。

那半躺的铜钱果然是出师不利的先兆。

所幸，临江的地方不像上面那么光，谢允及时扒住了一块山石，手脚并用地将自己吊了上去，好歹没一头栽进江里变成一条墨斗鱼。

他藏身的石头约莫一尺见方，谢允半死不活地仰面躺了下来，龇牙咧嘴地放松绷得生疼的筋骨。忽听江面上"锵"一声轻响传了老远，谢允连忙一抬头，发现一阵微风吹开江面上的薄雾，洗墨江对面有两个人！

他心里一凛，心道：是守江的人回来了？

弄出动静的正是周翡，她在麻绳上吊了片刻，突然仿佛察觉到了什么，从怀中摸出一颗铁莲子，抬手掷了出去，含着劲力射出的铁莲子入了水，一声轻响，又高高地弹了起来。周翡眼睛一亮——她方才就觉得水中波浪形状很诡异，像是水下有什么东西的样子。

李晟在旁边有些犹豫不决地皱起眉，他生性谨慎保守，要他先走，恐怕能等到明年。周翡扫了他一眼，从麻绳上一跃而下，纵身跃至方才铁莲子落水的位置。李晟先是吃了一惊，下一刻，发现她稳稳当当地"站在"了水面上。

随后，周翡挑衅似的看了他一眼，继而倏地离开原地，蜻蜓点水似的在江面上起落几下，转眼已经到了江心。

对面山岩上的谢允微微眯起眼，这时才看清，来人居然是个半大不小的女孩子，他心里"啧"了一声，猜测这两人大约是寨中的小弟子，大半夜不好好睡觉出门淘气。

谢允连寨中一只蚂蚁都不想惊动，登时便静心凝神地在石头上端坐，盼着这俩小崽淘气完赶紧滚蛋。

只见那女孩子身手不怎么花哨，却意外地利落果决，她手中松松垮垮地拎着一把窄背长刀，远处看来，人和刀刚好是"一横一竖"，都是又细又长。谢允看见她长长的辫子垂在身后，发梢被带着水汽的风扫得一动一动的，夜里看不清眉目，以他绝佳的目力，只能瞧见她纤细脖颈和小小下巴的剪影，像个水中冒出的什么精怪……

谢允琢磨了一会儿，心里下了定论：水草精。

而这时，身在江心的周翡也终于看清了江水下的庞然大物——那是一个石阵，静静地潜伏在漆黑的水中，像一只蛰伏的水怪，森然欲出。江心有一个小小的亭子，几乎隐没在远近起伏的水雾中，正好伏在这只"大水怪"的头上。

江水潺潺而动，透过水面往下望，下面的水怪也好像会动似的。

周翡盯着那石阵看了一会儿，心里没来由地一阵发寒。她来不及细想，当下回头，冲已经赶上来的李晟道："不对劲，退回去！"

下了悬崖，没看见传说中的鱼老，反而在水下发现了这么诡异的东西，李晟心里也在犯怵，他本来准备随时掉头，谁知周翡突然"好心"砸过来这么一句……依照惯例，李晟是要将其当成驴肝肺的。

周翡让他退，李晟几乎本能地不退反进。可就在这时，他听见背后传来一声蜂鸣似的轻响，李晟浑身的汗毛都竖起来了。他的短剑本是一双，下江的时候掉了一把，这会儿只剩下一把，他只堪堪来得及一弯腰，将短剑往背后一架。

那东西几乎是擦着他后心过去的，"当啷"一声撞上了他的短剑，随之而来的大力几乎把他整个人掀下水。李晟迫不得已撒手，身上最后一把短剑横着飞了出去，背后一声裂帛之响，他背在身上的行囊诡异地凭空一分为二，里面装的东西纷纷掉进水里，连外袍都跟着裂了一条小口，好悬没伤到皮肉。

正懒洋洋地作壁上观的谢允蓦地坐正了，他发现自己可能选了个错误的时机，守江人不在的时候恰恰是洗墨江最危险的时候——人走了，江水中的凶兽反而被放出来了！

李晟悚然道："那是什么？"

周翡这会儿也不怕被鱼老发现了，她摸出一个火折子，才刚点燃，脸色便骤然一变，忙将手中长刀往身前一横——在渐渐亮起来的火光中，她看见一条极细的"线"被窄背刀阻隔在她面前半尺以外，那"细线"两端被水雾阻隔，看不出有多长，也看不出连在哪儿，但倘若被这玩意儿扫过，她的小腿恐怕要跟身子分家。

这"细线"上传来的力量大得难以想象，周翡按着刀的手背上青筋暴起，仅仅撑了片刻，她就有种自己要被推出去的感觉。她当即以长刀为支点，蓦地腾空而起，在原地凌空翻了个跟头，倏地松了手，险恶的细线与她擦肩而过，鬼魅似的隐没在雾气中。

作壁上观的谢允神色凝重起来，喃喃道："居然是牵机。"

江中的怪物并不给谢允表现自己见多识广的机会，空中很快传来接二连三的蜂鸣声，逼得江中两个半大孩子杂耍似的上蹿下跳，这会儿要退回去已经来不及了，因为他们脚下的石块开始移动！

这江中的水怪像个巨大的木偶，被两个不知天高地厚的不速之客唤醒，刀锋似的细线此起彼伏地在水上水中飞过，牵动着他们脚下的石阶上下浮动，周翡手里的火折子在熄灭前掠过他俩的来路，她骇然发现，那里有一片密密麻麻的反光——来路被封死了，他们俩就像陷入了蛛网中的虫子。

李晟大声道："下水！"

四十八寨中有不少曲曲折折的山涧小河，本地孩子都玩过水，掉河里淹不死，李晟双手兵刃尽失，躲得相当狼狈，这会儿也顾不上体面和干净了，第一反应就是从水下走。然而不待他有行动，山壁上突然传来一个陌生的男声，说道："不能下水。"

江上的两个人同时吓了一跳，周翡狼狈地一矮身，让过一根要将她腰斩的细线，头发都被割断了一截，喝道："什么人！"

谢允这个贼虽然很想假装自己是块石头，有惊无险地混进寨中，却也不能看着这两个少年死在这里。他把心一横，想道：时运之论诚不我欺，我真是五行缺德。算了，让人逮住就逮住吧。

谢允从袖中抽出了一支雷火弹，一甩袖扬上天，那小玩意儿在空中炸了个火树银花，光不是很刺眼，却能传出数里，想必足够惊动寨中人了。同时，炸起的火光也让周翡和李晟看清了水下的情景——那些巨石间，牵连着千丝万缕的细线，在水下布了一张险恶而静默的网，人下了水，恐怕顷刻就会被那巨网割成碎肉。

李晟手脚发凉，一腔热血都给冻成了冰坨，一时呆住了，却听那只闻其声不见其人的声音又道："小兄弟，你那里是阵眼之一，赶紧离开。"

话音没落，李晟就觉得脚下的石块一震，要往水下沉去，他大骇之下想也不想便往周翡那边掠去，却听那陌生人道："小心！"

水中弹起一根细线，正冲着他迎面撞来，空中无处借力，他手上寸铁也没有，眼看要被一分为二。李晟的瞳孔缩到了极致，就在这时，那细线突然凝滞在了半空，李晟堪堪擦着它有惊无险地落在了另一块巨石上。

　　他停跳了一下的心这才狂跳起来，一回头，见那细线竟然是被周翡用窄背刀生生架住了。

　　谢允目光扫过江中巨大的牵机，纵身从崖边落下，身如微风似的闯入牵机阵中："水……咳，那个小姑娘，快松手，这东西不是人力扛得住的！"

　　不用他说，周翡也撑不住了，只是坚持了这么一会儿，她一双虎口便仿佛要裂开似的。周翡退后半步，撤力的同时仰面往下一弯，腰几乎对折，绷得死紧的细线琴弦似的在水中弹了一下，"嗡"一声溅起层层涟漪，自下而上掠过她。一个黑衣人凭空落在她几丈之外，身法快得让人看不清来路，那人抬起一只手，掌中握着一颗夜明珠，将周遭的牵机线都映照出来。

　　"别碰牵机线，"来人低声道，"跟着我。"

第四章·

谢允

倘若倒霉也能论资排辈，谢允
觉得自己这运气大概是能"连
中三元"的水平。

　　这位不速之客的轻功造诣之高，恐怕是周翡平生仅见……虽然她
短短的"平生"里也没见过几个人。

　　他落脚处连一点水珠都没有，像个飘飘荡荡的幽灵，偏偏落脚极
精准，越来越多的牵机线从江水中"发芽"，也不见他怎样躲闪，却没
有一根能划破他的衣角。

　　周翡一愣，心说：是人是鬼？

　　然而眼看周围牵机线越来越多，活见鬼也比被大卸八块强，周翡
两害相权取其轻，一提气追上了这位神秘的黑衣人。李晟比她还要狼狈
些，一身衣服已经四处开花，开口问道："前辈是哪一路的高人？"

"鄙姓谢。"那黑衣人轻轻一侧身，让过上中下三路的牵机线，分明是个简简单单的动作，放在他身上却莫名有种"衣袂翻飞"的感觉——尽管夜行衣都是紧口的，根本翻飞不起来。

谢公子看了李晟一眼，高手风范十足地冲他悠然一笑道："别叫前辈，感觉我一下老了十岁。"

他这一侧头，李晟才借着微光看出这是个比他们大不了几岁的年轻人，突然一阵没来由地灰心——他这一天，着实大起大落，前半夜还在大放厥词，觉得自己天下无处不可去，后半夜又觉得自己毫无可取之处，俨然是个不知天高地厚的井底蛙，随便来个人都比自己强。

周翡常年被李瑾容变着花样揍，揍得皮都比别人厚三层，虽然也惊骇了一会儿，心里却没那么敏感，她一边跟着那谢公子，一边留心看着他的步伐，只觉他进进退退，倒像是知道这水怪的来龙去脉似的，便问道："这是什么机关？"

"此物名为牵机，在下也只在书上看见过，没想到今天托二位的福，竟然有幸亲自体会一回。"谢公子不紧不慢地说道，"古人有种毒，也叫这个名字，昔日……"

周翡耳根一动，觉得这人说话方式有种亲切的熟悉感——这东拉西扯、三纸无驴的风格，简直和她那病秧子爹一脉相承。

"牵机一旦被触动，无数条牵机线便会浮出水面，但这不是最可怕的，毕竟是机簧之物，尚且有迹可循，趁着它没有完全启动，咱们最好尽快离开，瞧见那江心小亭了吗？那里住着人，必定有通道……"谢公子废话虽多，却不影响速度，言语间，带着周翡和李晟从层层牵机线中钻了出来，已经逼近了江中小亭。

周翡回头看了一眼已经被封死的来路，问道："完全启动是什么样的？"

她话音还没落，临着小亭下面的所有石块突然毫无预兆地往下沉去，走在最前面的谢公子已然来不及回撤，只见他蓦地飞身而起，人在空中，将掌中的夜明珠抛了出去，脚尖一点，就这么借了一片羽毛的力，随后打了个旋，险而又险地退回到后面的石块上，顺手抓住了周翡的肩头，将她用力往后一带……没拉动。

周翡从会拿筷子开始就被李瑾容打着骂着练功，基本功可谓相当扎实，别说她这会儿正紧张着，就算站着发呆，也不可能被人轻飘飘地一带就动。而被他突然一拉，周翡也是一愣，因为这个"高人"的手意外地软。

一个人练了哪门功夫，是偏力量还是偏灵巧，功力深不深，从手上都能窥见一点，特别是情急之下的一拉一拽。可是谢公子的手就像个普通的文弱书生的手。

周翡心头的疑惑一闪而过，没来得及细想，因为整个洗墨江都躁动了起来，水面上泛起了一个巨大的漩涡，漫天让人毛骨悚然的牵机线"铮铮"地发出琴弦似的轻鸣。谢公子驻足而立，摇头叹道："阿弥陀佛，姑娘这张金口，真是好的不灵坏的灵。"

李晟颤声道："这是什么？"

那动静实在太瘆人了，周翡蓦地抬起头，只见洗墨江一侧潜在水下的巨石如潮水似的起起落落，密密麻麻的牵机线缓缓升起，当空织成了一张大网，铺天盖地地向他们盖了下来。他们三个人在起伏不定的江水中，像是天倾地覆时几只茫然失措的蝼蚁。

前路已沉，后路被截，眼看避无可避，李晟脸色惨白，声音都变了调子，大声道："既然是机关，肯定有关卡对不对？"

谢公子面不改色地驻足沉吟道："嗯，让我想想……"

李晟差点当场疯了。

什么时候了还想！这位谢公子是不是脑子有病？

周翡却不肯等死，一把抽出了鞘中刀，二话不说，猛地削上了一根牵机线。

李晟惊叫道："阿翡，你要干什么？"

周翡第一刀下去，利刃几乎撞出了火花，巨大的牵机线纹丝不动，她的刀却被震了回来，刀刃上顷刻便多了一个裂口，周围所有的牵机线都随之震颤，合唱了一曲震耳的尖鸣，嘲讽地议论着这个企图以一己之力撼动整个江中巨怪的无知少女。

盖过来的牵机线大网自然而然地牵动了他们落脚的水中石，一边已经沉了下去，墨色的江水中蕴藏着深沉凝重的杀机。李晟膝盖以下已经全湿透了，一双脚几乎浸在了水中，江水的冰冷化成一股刺骨的寒意，顺着他的后背一路向上。李晟脑子里一片空白，千钧一发间，他心里涌上一个念头——我不该来，不该叫阿翡一起来。

谢允凝神侧耳，所有的声音高高低低地都汇入他的耳朵，他蓦地抬起头，在周翡第二刀落下之前抬手一指："砍那根！"

周翡能感觉到牵机线的逼近，她倘若有毛，此时大约已经奓成了一个球，神经紧绷到极致，血脉深处的凶性就仿佛被一把火点燃了。她下意识地跟着谢允的指点，手腕飞快地在空中一转，双手扣住刀柄，以迅雷不及掩耳之势，再次砍向牵机线，用的还是那日她用来暗讽李晟的"撞南山"。

可是这一撞与跟李晟打架时使的那招截然不同——当时她只是怒气稍重，刀身横出去，还能轻易收回来，甚至能灵巧地钩住李妍砸过来的荷包。这一次却是有去无回，头撞终南而不悔，刀锋斩断江面水雾，几乎发出了一声含混森严的咆哮，与那牵一发而动全身的细线狭路相逢，周翡背了十多年的长刀顷刻折断，断口处裂成了蜘蛛网，刀尖直接掉进江中。

那根牵机线竟在她这一劈之下荡了出去，水下一块两人合抱粗的巨石紧跟着被拽了起来，突兀地冒出水面，刚好竖在这三人面前，盖过来的牵机线太过密集，一下裹住巨石，双方缠了个难解难分，竟僵持住了，刚好给他们三个人挡出了一小片方寸大的生机。

足足有两息的工夫，三个人谁都没吭声，六只眼睛全盯着眼前这个微妙的平衡。然后谢公子才极轻地吐出一口气，率先开口道："好歹蒙对了一回。"

周翡手里的半截刀身"当啷"一声落了地，在石头上砸了一下，滚进了水里。她双手脱力，一时没了知觉。

李晟吓了一跳，脱口问道："你怎么了？"

周翡虽然又脱力又后怕，却因为刚刚逞了那么大一回英雄，还有点小得意，因此没表露出来，只是她舌尖发僵，一时说不出话，便面无表情地把眼皮一垂，世外高人似的摇摇头。

此处茫然四顾，人身在漫漫无边的洗墨江江心，四下满是牵机的獠牙，只有这一隅尚能苟延残喘，那滋味简直别提了。谢公子却低头整了整自己的衣襟，笑道："没事，这么大的动静，你们寨中人很快便能找来了，吉人自有天相。"

他说话的时候还带着一点轻松的笑意，语气十分喜庆，活像在拜年，一点也听不出刚才差点被大卸八块，甚至有暇低头观察了一下面前这个身手不凡的小姑娘。

"姑娘这一刀果断决绝，有'九死未悔'之千钟遗韵……"谢公子先是礼节性地搭了话，称赞了一半，他忽然发现这只"水草精"竟然相貌不俗。只见她一双眼睛长得很特别，眼尾比普通人长一些，眼睛长而不细，眼尾收出了一个十分优雅的弧度，温和地微微下垂，眼皮却是上挑的，因此她睁大眼睛看人的时候，清澈的目光好像有点天真，垂下眼皮的时候，又显得冷淡而不好接近。

谢公子的话音当即一转，问道："你叫'阿翡'吗？是哪个字？"

周翡还没来得及吭声，略缓过一口气来的李晟便插话进来："这是舍妹小名，家里随意叫的，哪个字都一样。"

他这么一说，外人再追问就显得失礼了，谢公子十分知趣，儒雅地笑了笑，果然没再多说。李晟拉了拉身上的破布，冲他一抱拳道："多亏谢兄相助，今天要是能脱险，这个恩情我们记住了，以后有用得着的地方，赴汤蹈火在所不辞。"

谢公子杂学颇精，一眼就看出周翡砍牵机线用的是千钟一系的刀法，只当他们俩是四十八寨中"千钟"的那一支，又见那少年虽然说话客气，却对自己还有些提防的样子，便自报家门道："在下谢允，来贵宝地只为送一封信，初来乍到，进出无门，不得已才想着走这条路试试，没有歹意。"

李晟便道："谢兄要给寨中哪一位前辈送信，我们回去替你通报。"

谢允还没来得及说话，便听见"嘎啦啦"一声巨响，之前将他们逼得四处乱窜的牵机缓缓地往水下沉去，随即洗墨江两侧灯火通明起来，鱼老与李大当家终于赶来了。

李瑾容心急火燎地赶来，一眼看见夜深雾重下的满江狼藉，当时就差点没站稳。她命人沉下牵机的时候，心里其实已经不抱什么期望，却不肯表露出来，执意要亲自从崖上下来寻。等看见江心那两个全须全尾的小崽子，李瑾容眼圈都红了，一时竟说不出话来。

李妍懵懵懂懂，还完全不知道洗墨江里发生了一场什么样的惊心动魄，只道有人要倒霉，没心没肺地跟在李瑾容身后，嘻嘻哈哈地冲李晟做鬼脸。四下石壁上牵机线留下的锋利划痕尚在，鱼老环视四周，又看了看头也不敢抬的周翡和李晟，捻着胡子道："长江后浪推前浪，一代更比一代强，这二位小英雄实在了得，老夫我活了这许多年，还是头回见识这么会找死的瓜娃子，失敬，失敬。"

李晟跟周翡一个叫"姑姑"，一个叫"娘"，方才捡回一条命来，这会儿都乖得不行，支棱八叉的反骨与逆毛一时都趴平了，老老实实地等挨揍。李瑾容一颗心重重地砸回胸口，砸得火星四溅，要不是场合不对，真恨不能把他们俩的脑袋按进江水里好好洗涮一番。

然而到底不得不顾及此时还有外人在场，李瑾容越众而出，打量了谢允一番，见此人相貌俊秀，自带一身说不出的从容风度，便先生出几分好感，抱拳道："多谢这位公子援手，不知怎么称呼？"

说来也怪，一般像谢允这个年纪的人在江湖行走，旁人碰到了打招呼，通常都是叫声"少侠"，可到了他这里，大家仿佛有什么默契似的，通通叫他"公子"。

谢允报了名姓，又笑道："前辈不必多礼，在下只是路过，没顶什么事，要说起来，还多亏了这小妹妹刀法凌厉。"

自己家的孩子是什么水平，李瑾容心里当然都有数，听他说话客气，也不居功携恩，神色愈加缓和了些。不过她也还是四十八寨的大当家，再欣赏感激，还是不动声色地试探道："我们这里除了山还是山，多蛮夷少教化，弟子也大多粗陋愚笨，实在没什么好风景，谢公子深夜到访洗墨江，想必不是为了看江景的。"

这会儿，李晟周身的冷汗已经缓缓消退了，三魂七魄拉着他满肚子贼心烂肺重新归位。他一听李瑾容的话音，就知道她起了疑心。方才在江下，虽然他也旁敲侧击地问谢允的来路，可人家毕竟有恩于他，此时因怕生出什么误会，李晟便忙低声道："姑姑，谢兄方才本不必露面，见我们两个触动了水中的牵机，才出言提醒，甚至亲自到阵中指路……"

李瑾容冷冷地看了他一眼，李晟嗓子一哑，愣是没敢再多说，只好无奈地看了周翡一眼。周翡更不敢吭声，她感觉自己不管跟李瑾容说什么，结果都总能适得其反，好事也能让她说成坏事。

"不错，我四十八寨自当有重谢。"李瑾容先是顺着李晟的话音接了一句，随即又道，"谢公子若有什么差遣，我等也定当全力以赴。"

谢允原本以为自己倒了八辈子血霉，他好不容易挑了个时机，居然是最凶的时机。为了救人，还将自己暴露在整个四十八寨面前，之前小半年的心血算是付诸东流了。可这会儿听了面前这位夫人的话，他心里有些意外，想道：莫非我时来运转了？

谢允只当李晟和周翡都是千钟门下，又见他们对这妇人叫"姑姑"和"娘"，便先入为主地觉得这位前辈温和慈祥，全然没把眼前人与传说中能让小儿夜啼的"李瑾容"往一块想。他琢磨了片刻，感觉自己这点事，除了李大当家本人，倒也不用怕跟别人说，便直言道："在下受人所托，来送一封信，不想四十八寨戒备森严，我初来乍到，求路无门，别无他法，这才做出这么失礼的事，承蒙前辈不怪罪。"

外人若是没有靠得住的人引荐，确实是进不到寨中来的，李瑾容见他神色坦荡，便点头道："小事，谢公子请容我们一尽地主之谊，别嫌弃我蜀中清贫，这边请——不知谢公子要送信给谁？我去帮你找来。"

谢允道："不知甘棠先生周存可在贵寨中？"

这名字小辈人听都没听说过，弟子们个个一脸迷茫。周翡心里却打了个突，心里涌起一股不祥的预感。

李瑾容引路的脚步蓦地停下，没有回头，别人也看不清她的神色。良久，她轻声问道："谁告诉你这个人在四十八寨的？"

谢允回道："托我送信的人。"

李瑾容侧过身，意味不明地看了他一眼："那人若是骗你呢？"

谢允知道四十八寨跟北都伪帝是死敌，托他送信的则是南朝一位大人物，他心里掂量了一下，感觉大家的"反贼"立场差不多，便直言道："那人托付与我的东西很重要，就算有心拿我消遣，也不会拿此物做儿戏。"

李瑾容面无表情地问道："那人还交代你什么了？"

谢允想了想，说道："哦，他大概早年跟贵寨李大当家有些误会，倒也不是什么大事，只是大当家日理万机，还是不要惊动她了。"

周翡："……"

李晟："……"

谢允一句话出口，发现周围人的神色都奇怪了起来，每个人脸上都多出三个大字——你要完。他心里忽的一下，涌起一种隐约的、让人毛骨悚然的猜测，略有些难以置信地看向面前"温和慈祥"的前辈。

李瑾容站定回过身，似笑非笑地看着他问道："梁绍难道没跟你说，他跟我之间有什么'误会'？"

谢允："……"

这"慈祥"的夫人是李夜叉本人！

倘若倒霉也能论资排辈，谢允觉得自己这运气大概是能"连中三元"的水平。

"梁绍两个字就够我一掌毙了你，"李瑾容脸上没了笑意，一字一顿地说道，"但你救了我女儿和侄儿，也算恩仇相抵，交出那老鬼的'安平令'，你自可离去，我不为难你。"

谢允略微退后了半步，余光扫过周围一圈已经戒备起来的人，他把一脸倒霉样一收，到了这步田地，居然还笑得出来，不慌不忙地对李瑾容道："原来前辈就是名动北都的李大当家，今日得见，真是三生有幸。大当家有命，晚辈本不该违抗，只是不知道我要是将安平令交给您，您会怎样处置此物呢？"

李瑾容脚尖正好踩着一块山间的小石子，闻言一句话没说，抬脚轻轻踩了一下，那石子就像块蒸得软烂的年糕，当即碎成了一团，重归沙尘。

谢允点点头："大当家果然坦荡，连托词都不屑说，只是梁老已经仙逝，临终前将此物托付给晚辈。晚辈曾向九天十地发誓，必要这一块安平令在交到周先生手中之前，它在我在，除非晚辈身化齑粉，否则绝不会让它落到第三人手上。"

"梁老已经仙逝"这几个字一出口，李瑾容登时恍了一下神，似乎有点难以置信。就这片刻的光景，谢允蓦地动了，他整个人几乎化成了一道残影，一阵风似的刮了出去，等他不徐不疾地把整句话说完，人已经在数丈之外！

李瑾容怒道："拿下！"

说话间，她长袖微荡，掌力已然蓄势待发，周翡方才从变故中回过神来，虽是一头雾水，却也不能看着她娘一掌打死谢公子，情急之下脚下一步已经滑出，打算要不知天高地厚一回。

李晟眼明手快地一把揪住她的辫子。周翡头皮一紧，还不等她发作，便听李晟痛哼一声，小声哀叫了一声："姑姑，我……"

然后他竟然满头冷汗地捂住胸口，原地晃了两下，"扑通"一声跪在了原地。

周翡被李大公子这说重伤就重伤，说要死就要死的变脸神功惊呆了，差点跟着他一起跪下。

第五章·
甘棠

"鲲鹏浅滩之困，苍龙折角之痛，我等河鲫听不明白，先生不必跟夏虫语冰。"

　　油灯跳了一下，周翡揉了揉眼睛，见天光已经蒙蒙亮了，便抬手灭了灯火，砚台里的墨已经干了，她也懒得加水，就着一点泥似的黑印草草将剩下的一段家训"刷"完了，一根旧笔几乎让她蹂躏得脱了毛。

　　头天夜里，她跟李晟被李瑾容从洗墨江里拎出来，周翡本以为自己不死也得脱层皮，不料李瑾容高高拿起又轻轻放下，只匆匆命人将他们俩关起来闭门思过，一人抄两百遍家训了事。

　　风吹不着，日晒不着，不痛也不痒，想躺就躺，这种"美事"周翡平时是捞不着的，李妍犯错的时候还差不多。

　　周翡不到半宿就用一手狗爬出来的狂草把家训糊弄完了，然后她叼着烂毛的笔，仰面往旁边的小榻上一躺，来回思忖头天晚上的事。因为李晟那么一拖，李瑾容终于还是没能亲自追上去，叫谢允成功跑了。

周翡估计这会儿自己还能踏踏实实地躺在屋里，约莫有八分是这位谢公子的功劳——大当家要抓他，好像还不敢大张旗鼓地抓，连带着她跟李晟都不敢大张旗鼓地罚，必是怕惊动什么人。周翡思前想后，感觉自己要是挨顿臭揍，能"惊动"的大约也就是她爹了。这么一想，她越发觉得谢允口中那个听着耳熟的"甘棠先生"就是她爹。

可什么人会来找她爹呢？

打从周翡记事以来，周以棠就一直是大门不出，二门不迈的，平时不怎么见外人，一年到头，他除了生病，就是窝在院里读书，有时候也弹琴，还一度妄想教几个小辈……可惜连李晟在内，他仁的八字里都没有风花雪月那一柱韵事，听着琴音，在旁边玩手指的玩手指，打哈欠的打哈欠。

害周翡挨打的孙先生是个迂腐书生，她爹不迂腐，但顶多也就是个知情知趣的书生而已，除了体弱多病一些，并没有什么特异之处，难道他还能有什么不得了的来路吗？周翡一会儿琢磨洗墨江中声势浩大的"牵机"，一会儿回忆谢公子神乎其神的轻功，一会儿又满腔疑问，同时自动将她爹的脸塞进了江湖一百零八个传奇话本中，胡思乱想了七八个狗血的爱恨情仇故事。

最后她实在躺不住了，翻身爬了起来，靠窗边探头一看，此时正是清晨，人最困乏的时候，看守她的几个弟子都在迷迷糊糊地打盹。周翡想了想，翻出一双鞋，书桌底下扔了一只，床脚下又扔了一只，将床幔放下来，被子捏成个人形，把写了一宿的家训乱七八糟地往桌上一摊，做出面壁了一宿，正在蒙头大睡的样子，然后她纵身蹿上了房梁，轻车熟路地揭开几块活动的瓦片，神不知鬼不觉地溜了出去。

就在周翡打算飞檐走壁的时候，不远处传来一声轻响，她抬头一看——好嘛，梁上君子敢情不止她一个。

周翡隔着个院子，跟另一个房顶上的李晟面面相觑了一会儿，然后两人各自一偏头，假装谁也没看见谁，分头往两个方向跑了。

周翡去了周以棠那里，远远地看了一眼，没敢过去——通过她多年跟李瑾容斗智斗勇的经验，感觉她娘不可能没有防范。她耐着性子在四下探查一圈，果然在小院后面的竹林、前面的吊桥下都发现了埋伏的人马。

周以棠的小院安安静静的，这个点他大概还没起，周翡正犹豫着怎么混进去的时候，忽然听见一串鸟叫。蜀中四十八寨终年如春，花叶不凋，有鸟叫声没什么稀奇的。周翡一开始没留神，谁知那鸟叫声越来越近，大有没完没了的意思，她听得烦躁，正想一个石子把那吵死人的扁毛畜生打下来，一回头，却看见谢允正笑盈盈地坐在一棵大树上看着她。

谢允被李瑾容漫山遍野地搜捕了一天，大概是不怎么惬意的，他外衣撕裂，衣摆短了一截，发丝凌乱，头上落了一片沾着露水的叶子，手上与脖颈上都多了几道血口子，比头天晚上在洗墨江里还狼狈几分。但他脸上挂着十分轻松舒适的微笑，好像对这般危机境遇全然不放在心上，这般形象，也不耽误他欣赏清晨山景和豆蔻年华的小姑娘。

"你们四十八寨里真是错综复杂，我吃奶的劲都用上了，才算找到这儿来。"谢允感叹一声，又冲她招招手，熟稔地搭话道，"小姑娘，你就是李大当家和周先生的女儿吗？"

周翡愣了愣，她一直在寨中，被李瑾容培养出了一点"该干什么干什么，没事少废话"的性格，同辈鲜少有能玩到一起的，惯常独来独往，一时不清楚这个谢公子是敌是友，也不知怎么应答，便只好简单地点了下头，好一会儿，又试探着问道："你和我娘有什么仇吗？"

"哪儿能，你娘退隐四十八寨的时候我还在玩泥巴呢，"谢允不知从哪儿摸出了一截竹子，又拿出一把小刀，一边坐在树上慢慢削，一边对她说道，"不过她和托我送信的那个老梁头可能有仇吧，怎么回事我也不知道……唉，他也没跟我说清楚就死了。"

周翡问道："那你是他什么人？"

"什么人也不是，小生姓谢名允字霉霉，号'想得开居士'，本是个闲人。"谢允一本正经道，"那天我正在野外钓鱼，他老人家病骨支离地跑来拜祭一个野坟，拜完起不来，伏在地上大哭，我见他一个老人家哭得怪可怜的，才答应替他跑腿的。"

周翡："……"

她发现，这位谢公子，恐怕千真万确是有病。

周翡有点难以置信地问道："就因为一个老头哭，你就替他冒死闯四十八寨？"

谢允纠正道："不是因为老头哭，是因为梁绍哭——你不知道梁绍是谁吗？你爹难道没跟你说过？"

这名字周翡其实听着有点耳熟，想必是听说过的，只不过周以棠脾气温和，话又多，他东拉西扯起来，周翡一直当老和尚念经，左耳听了右耳冒，十句里听进去一句就不错了，反正她爹也不舍得罚她。

谢允见她没吭声，便解释道："曹仲昆篡位的时候，梁绍北上接应幼帝，在两淮一带设连环套，从'北斗七星'眼皮底下救走幼帝，重创'贪狼'跟'武曲'，连独生子的性命也搭在了里头。此后，他又出生入死，一手扶起南半江山，算是个……嗯，英雄吧。英雄末路如山倒，岂不痛哉？我既然除了腿脚利索之外没别的本事，替他跑趟腿也没什么关系。"

周翡听得似懂非懂，想了想，追问道："那什么七星，很厉害吗？"

谢允说道："北斗——当年曹仲昆篡位以后，有不少人不服气，他也没那闲工夫去挨个儿收服，便决定干脆将这些话不投机半句多的人都杀了。"

周翡从未听过这么简单粗暴的解释，不由得瞠目道："啊？"

"当然，他自己肯定是杀不动的，"谢允接着道，"但是他手下有七大高手，跟了他以后都冠以北斗之名，专门替曹仲昆杀人卖命。究竟有多厉害呢……我这么说吧，你娘曾经带着一群豪杰闯入北都行刺曹仲昆，三千御林军拦不住他们，当年伪帝身边只有北斗中的'禄存'和'文曲'两人，硬是护着曹仲昆逃出生天。倘若当年七星俱全，那次北都就不见得是谁'肝脑涂地'了，你说厉不厉害？"

这个说法对周翡来说有十足的说服力。

因为在她眼里，李瑾容就像一座山，每次跟她娘赌气的时候，她都会去狠狠地练功，一年三百六十五日，这样算来，她大约有三百六十四天都在狠狠练功，天天睡着了梦见大当家动手抽她，她却能三下五除二地卸了她手中鞭，然后往她脚下一扔，一笑之后扬长而去……当然，至今也只是做梦。

周翡有时候会有种错觉，觉得自己永远也没法超越她娘，每次方才觉得追上一点，一抬头，发现她又在更远的地方冷冷地看着自己。

谢允喘了口气，总结道："现在明白了吧，像梁绍这样的英雄，趴在野地里哭得爬不起来，就像你这样漂亮的小姑娘有一天芳华不再，苍颜白发一样让人难过，我既然碰见了，合该要管一管的。"

周翡："……"

谁也不敢跟李瑾容聊"你女儿长得真俊俏"之类的家常废话，长辈们对周翡，最多也就是含蓄客气地夸一句"令爱有大当家当年的风采"，同辈们更不用说，一个月也说不了几句话，因此还从没有人当面夸过她漂亮，她一时几乎有些茫然。

这时，谢允已经在跟她闲聊的时候不忙不乱地做出了一支完整的竹笛，他轻轻吹去碎屑，十分促狭地冲周翡一笑道："快跑远一点，被你娘捉到了，要打你手心呢。"

周翡忙问："你要干什么？"

谢允冲她眨眨眼，将竹笛横在唇边，高高低低地吹了几个音，清亮的笛音顷刻间刺破了林间静谧，早醒的飞鸟扑棱棱地冲天而起，这坐在树上的年轻人瞳孔里映着无边无涯的碧绿，在埋伏的人纷纷跳出来逼近的时候，他的笛音渐成曲调。

那是一首《破阵子》。

周翡先是吃了一惊，像一条被打草棒子惊了的小蛇，下意识地蹿进了旁边的林子里，可是跑了一半又回过神来，到底不放心那姓谢的，便寻了一棵大树躲了上去，居高临下地看着，心里百思不得其解——她既不明白谢允为什么肯替一个素不相识的老头送信，又不明白他为什么好不容易逃了一宿，还要回头自投罗网。

他说的那些话分明狗屁不通，可是细想起来，居然又理所当然得叫人无从反驳。

周翡前脚刚跑，谢允后脚便被一群披坚执锐的寨中弟子围住了，周翡紧张地在手中扣住一把铁莲子，从树叶缝隙中张望过去，认出了好几个颇为出类拔萃的师兄——看来李瑾容把四十八寨的精锐都埋伏在周以棠的小院附近了。

这些人想必是得了李瑾容的指示，上来以后一句话都不说，直接动手，彼此间配合得极为默契。

四五个人分别封住了谢允的退路，随后三个使剑好手一拥而上，两个轻功不错的一前一后地跃上两侧大树，以防他从树上退走；另一边则架起十三把长短弩，个个拉紧弓弦对准谢允，哪怕他是只鸟，也能把他射成筛子。

周翡悄悄地将头伏得更低些，心里琢磨着如果是自己，她该怎么应对。她不喜欢躲躲藏藏，大约会落地到树下，树枝树叶能替她挡一些暗箭，只要速度快、下手狠，看准一个方向，拼着挨上几刀，总能杀出一条血路来。但她觉得谢允应该不会这么做的，以他那出神入化的轻功，其他的本事必定也深不可测。

周翡不怎么担心，反而有点好奇。

谁知那谢允"哎呀"一声，见有人砍他，本能地往后一缩，闭着眼将竹笛往前一递，竹笛当场被削短了一截。他好像吓了一跳，提起衣摆在树枝上双脚连蹦了三下，手忙脚乱地东躲西藏，转眼身上又多了几道破口，成了个"风度翩翩"的叫花子，在刀光剑影里抱头鼠窜。

周翡看得目瞪口呆，纳闷地想道：这难道是传说中的深藏不露？

就在这时，只听"噗噗"几声，数支弩箭破空而来，直取谢允。周翡吃了一惊，手中铁莲子差点甩出去，便见那谢允竟如风中飘絮，凭空往上蹿了三尺有余，身法漂亮得像那流云飞仙一般。

周翡手指轻轻一拢，将铁莲子拢回了手心，心想：果然还是厉害的。

然而她的心还没完全落在胸口，谢允便重新被三个剑客追上，他蓦地将手一抬，周翡精神一振，等着看他的高招。不料就见此人将手中竹笛往下一抛，叫唤道："哎哎，不打了，不打了，我打不过你们！啊！小心点，要截死人了！"

三把剑架在那"流云飞仙"的脖子上，将他从树上捉了下来，谢允为防误伤，努力地将脖子抻得长长的，口中道："诸位英雄手下留情，你家老大说不定还要找我问话呢，抹了脖子我就不会说啦。"

这时，人群忽然一静，一行弟子分开两边，纷纷施礼，原来是李瑾容来了。不知是不是周翡的错觉，她觉得李瑾容好像往自己这边看了一眼，忙将身形压得更低了些。

"李大当家。"谢允远远地冲她笑了一下，目光在自己脖子上架的三把剑上一扫。

李瑾容不怕他在自己眼皮底下耍什么花样，矜持地点了一下头，架着谢允的三把剑同时还入鞘中。谢允十分后怕地在自己的脖子上摸了一把，随后从袖中摸出一块模样古朴的令牌，低头看了一眼，笑道："这就是安平令了，'国运昌隆'，真是大吉大利，也没保佑我多逍遥一会儿。"

李瑾容的目光从他手上的令牌扫过，尖刻地说道："当年秦皇做'受命于天，既寿永昌'之传国玉玺，也是好大的口气，好天长地久的吉利话，那又怎样？二世而亡、王莽叛乱、少帝出奔——最后落得高楼一把火，玉石俱焚罢了。"

周翡从未听她娘说过这么长一番话，几乎以为她被周以棠附体了。谢允却摇摇头，抬手便将那块"安平令"挂在了旁边的树枝上。

李瑾容目光一闪："你不是说它在你在？"

谢允笑道："晚辈千里而来，本就是为了送信，安平令不过是个小小信物，如今信已经送到，这东西就是废铁一块，再为了它拼命，岂不是本末倒置了吗？"

李瑾容脸色越发阴沉："信已经送到？你真以为自己随口吹一支不伦不类的曲子，就能保命了？我不妨告诉你，你要找的人根本就不在这里。"

树上的周翡一愣——对啊，大当家为了不惊动她爹，连她那顿揍都欠着了，岂能任凭谢公子在周以棠院外大摇大摆地吹笛子？难道院子是空的？她一时有些紧张，却也不知为谁紧张。周翡想，她娘总不会害她爹的，可见这封信里有什么干系，可是谢公子这封"信"要是终究送不到，他会不会被大当家砍成饺子馅？

周翡这厢"皇上不急那什么急"，谢允却浑然不在意似的，依旧慢条斯理地对李瑾容道："大当家，时也命也运也。倘若今天这信送不到，那不过是我的时运——只是您的时运、周先生的时运，是不会因为我们这些小人物变化的。该来的总会来，躲得了一时，躲不了一世，大当家心里想必是明白这个道理的，否则怎么连一支小曲都不敢叫周先生听？"

这话明显激怒了李瑾容，她从牙缝里挤出几个字："你当我不会杀你？"

她话音没落，不远处垂下的弓弩立刻重新搭了起来，每个人的手都按在了兵刃上，气氛陡然肃杀。一个年轻弟子手上的小弩不知怎么滑了一下，"嗖"一声，那细细的小箭直冲着谢允后心飞了过去，不料行至中途，便被一颗铁莲子当空撞飞。

周翡围观良久，感觉这谢公子看着唬人，恐怕是一肚子败絮，这会儿大概也没什么戏唱了。她便翻身从大树上一跃而下，叫道："娘！"

李瑾容头也不抬道："滚。"

周翡非但没滚，反而面不改色地往前走了几步，侧挡在谢允面前，用余光瞟了一眼挂在树枝上的令牌，见它色泽古旧，光彩暗淡，实在像个扔当铺里都当不出一吊钱的破烂。

"大当家，"周翡改了口，行了个同寨中其他弟子别无二致的子伥礼，低声道，"大当家昨天夜里说过，只要他交出这块牌子，人就可以走了，既然这样，为何现在出尔反尔？"

"周翡，"李瑾容一字一顿道，"我命你闭门思过，你竟敢私自逃出来，今日我非打断你的腿不可，给我滚到一边去，现在没工夫料理你！"

方才一位持剑的弟子忙道："大当家息怒——阿翡，听话，快闪开。"

周翡这辈子有两个词学不会，一个是"怕"，一个是"听话"。说来也奇怪，其他人家的孩子倘若从小在棍棒下长大，总会对严厉的长辈多有畏惧，偏偏她离奇，越打越拧，越揍越不怕。周翡不躲不闪地迎着李瑾容的目光："好，那咱们一言为定，大当家记得你的话，把他送出四十八寨，我站在这儿让你打断腿。"

方才一直跟个天外飞仙一样的谢允这会儿终于吃了一惊，忍不住道："哎，那个小姑娘……"

李瑾容怒道："拿下！"

旁边持剑的弟子小声道："阿翡……"

李瑾容断喝一声："连那小孽畜一起给我拿下！"

几个弟子不敢忤逆大当家，又都是看着周翡长大的，不太想跟她动手，磨蹭了好半天，终于有一人将心一横，横剑递了一招起手式，同时直对周翡使眼色，叫她认错服软。谁知那小丫头全然不会看人眼色，她的刀被牵机绞断了，也不知从哪儿摸来一把剑，正经八百地回道："师兄，得罪了。"

说着，周翡一抖手腕，长剑利索地弹了出来，剑鞘蹦起来老高，毫不留情地撬掉了那弟子的兵刃。几个师兄一个头变成两个大，眼见她不肯让步，也不敢在李瑾容面前放水，当下有四个人围上来，两柄剑一上一下刺向谢允，剩下一刀一剑向周翡压过来，想叫她用长剑去架。

周翡平日里是用窄背刀的，比这剑不知硬出多少倍，那两个弟子料想她内力不足，只需一招压住她手中剑，叫她没法再捣乱，也不至于伤了她。哪知道周翡素日为躲着李晟，惯常藏锋——要知道单刀乃一面刃，刚硬无双，藏比放要难太多，真实水平远比表现出来的高。只见她飞快地后退一步，有条不紊地连接数招，同时腾出一只手来，用力将谢允推开。

谢允也是出息，应声而倒，毫不犹豫地被个小女孩推了个大跟头，正好避过那两剑，还给周翡腾了地方。周翡以左脚为轴，横剑胸前，蓦地打了个旋，只听一片让人耳根发麻的金石之声，她以剑为刀，撞开了三把剑，而后软软的剑身缠上最后一把逼至眼前的钢刀，那拿刀的人只觉得一股大力卷过来，手中刀不由得脱手，竟被周翡绞成了两截！

连李瑾容都微微吃了一惊，随即李大当家反应过来是怎么回事，心头火顿时更大了，一把抓向周翡的后背。周翡虽然顶嘴吵架毫不含糊，时常有些大逆不道的幻想，但真跟她娘动手，她还是不太敢实践，当下一个轻巧的"燕子点水"蹿上了树，用剑柄一卡树梢，打了个旋，头也不回地避开李瑾容第二掌，险而又险地跟着折断的树枝一起落了地。

旁边几个大弟子看得心惊胆战，唯恐满场乱窜的周翡真激怒了他们大当家，盛怒之下把她打出个好歹来，忙上前来截，封死了她的退路。

正在这时，只听一人叫道："住手！"

方才还有些紧张的谢允倏地放松了，重新露出他那张神神道道的笑脸。他好整以暇地从地上爬起来，掸了掸身上的尘土，又整了整衣襟，从容不迫地冲来人行礼道："后学见过周先生。"

"不敢当。"周以棠缓缓地走过来，他脚步并不快，甚至有些虚浮，先屈指在周翡脑门上敲了一下，叱道，"没规矩。"

然后他和不远处的李瑾容对视了一眼，目光缓缓转向挂在树上的令牌上，轻声道："师徒之情，周某已经还了，如今我不过是一个闭目塞听的废人，还来找我做什么呢？"

谢允微笑道："我不过就是一个路过的信使，恩情还是旧仇，我是不知道的，只不过周先生如果不想见我，大可以不必现身的，不是吗？"

周以棠看了他一眼，问道："要是我根本没听见呢？"

"那也没什么，听不见我笛声的，不是我要找的人。蜀中钟灵毓秀，风景绝佳，这一路走过来大饱眼福，哪怕无功而返，也不虚此行。"谢允心很宽地回道，随即他眼珠一转，又不轻不重地刺了周以棠一句，笑眯眯地接着道，"鲲鹏浅滩之困，苍龙折角之痛，我等河鲫听不明白，先生不必跟夏虫语冰。"

周以棠没跟他一般见识，他眉心有一道深深的褶皱，笑起来的时候也有，因此总是显得有些忧虑。他深深地看了谢允一眼，说道："小兄弟，你很会说话。"

"惭愧，"谢允脸不红心不跳地说道，"晚辈这种货色，也就剩下跑得快和舌头长两种用场了。"

周以棠的目光转向李瑾容，两人之间相隔几步，却突然有些相顾无言的意思。然后周以棠低声道："阿翡，你把树上的令牌给爹摘下来。"

周翡不明所以，回头看了看李瑾容。她从未在李瑾容脸上看见过这样的神色，伤心也说不上，但比起方才抓她时的暴怒，李瑾容这会儿好似已经平静了下来。只是她双肩微微前塌，一身盛气凌人的盔甲所剩无几，几乎要露出肉体凡胎相来。

李瑾容哑声道："你不是说，恩情已偿了吗？既然恩怨已经两讫……"

"瑾容，"周以棠轻轻地打断她，"他活着，我们俩是恩怨两讫，我避走蜀中，与他黄泉不见。如今他没了，生死两隔，陈年旧事便一笔揭过了，你明白吗？"

李瑾容面色倏地变了——周以棠竟然知道梁绍死了！

那么那些……她费尽心机压下的、外来的风风雨雨呢？他是不是也默不作声地全都心里有数？

李瑾容不是她懵懵懂懂的小女儿，仅就只言片语，她就明白了方才谢允与周以棠那几句机锋。

"听不见我笛声的，不是我要找的人"——她早该明白，周以棠这样的人，怎么肯十几年如一日地偏安一隅、"闭目塞听"呢？

李瑾容愣了许久，然后微微仰起头，借着这个动作，她将肩膀重新打开，好似披上了一件铁垫肩，半晌，轻轻地呵出一口气来。周翡看见她飞快地眨了几下眼，对自己说道："拿给你爹吧。"

那块旧令牌手感非常粗糙，周翡随便摸了一把，摸出了好几种兵刃留下的痕迹，这让那上面原本华丽古朴的篆刻透露出一点凝重的肃杀来。

"先父在世时，哪怕插旗做匪，自污声名，也要给天下落魄之人留住四十八寨这最后一块容身之地。"李瑾容正色道，"我们南北不靠，以十万大山为壁，洗墨江水为垒，有来犯者必诛杀之。先人遗命不敢违，所以四十八寨以外的地界，我们无友无故，无盟无党，就算是你也一样。"

周以棠神色不动："我明白。"

李瑾容将双手拢入长袖中："你要是走，从此以后，便与四十八寨再无瓜葛。"

周翡猝然回头，睁大了眼睛。

"我不会派人护送你，"李瑾容面无表情地说道，"此去金陵天高路远，世道又不太平，你且多留些日子，修书一封，叫他们来接你吧。"

说完，她不再理会方才还喊着要杀了的谢允，也不管原地目瞪口呆的弟子们，甚至忘了打断周翡的腿，就这么径自转身而去。

周以棠的目光追了她老远，好一会儿，才摆摆手，低声道："都散了吧——晟儿。"

李晟默默地从他身后走出来："姑父。"

他自认为比周翡聪明一点，事先想到了周以棠多半不在他平时的住处，因此从自己屋里溜出来之后，就漫山遍野地去找。李晟自己分析，周以棠身体不好，怕冷怕热怕潮湿，李瑾容平时照顾他那样精心，给他安排的地方一定不能背阴、不能临水、不能窝风，路也不能不好走。结果他十分缜密地依着自己的推断在四十八寨里摸了一大圈，连周以棠的影子都没找着。谁知最后无功而返，却碰见周以棠在他那小院不远的地方，靠着一棵老树站着，正在听不远处飘来的一阵笛声。

李晟跟他同来，自然看见了周翡一剑挑了寨中四位师兄的那一幕，心里不知是什么滋味，他也不去看周翡，眼观鼻鼻观心地蹭到了周以棠面前。

周以棠道："你去跟大当家讨一块令牌，就说我要的，这位小兄弟是我的客人，请她放行。"

李晟不敢耽搁，转身走了。

"多谢周先生。"谢允眉开眼笑道，"我这不速之客来时翻墙钻洞，走的时候总算能看看四十八寨的大门往哪边开了。"

"你姓谢，"周以棠问道，"是和谢相有什么关系吗？"

"一笔写不出两个谢，"谢允一本正经道，"我和他老人家想必八百年前是一家，老家祖坟肩并肩。不过八百年后嘛，他在庙堂之高，我在江湖之远，我们俩相得益彰，可能算是八拜的神交吧。"

周以棠见他满嘴跑马，没一句人话，干脆也不问了，冲他拱拱手，招呼上周翡，慢慢地走了。

那天之后，周翡就没再见过谢公子，据说是已经下山走了，还替周以棠带走了一封信。而谢允离开后一个多月，有人十分正式地叩山门求见四十八寨大当家李瑾容，李瑾容却没有露面，只命人开门放行，让周以棠离开。

那天，四十八寨漫山苍翠欲滴，碧涛如海，微风扫过时簌簌而鸣，煞是幽静。

周以棠独自一人缓缓走下山，两边岗哨早接到命令，一左一右地开门让路。山门口一水的黑甲将士，正是南朝派来护送他去金陵的。

周以棠回头往来路上看了一眼，没看到想看的人，嘴角便微微牵动了一下，似乎是自嘲。

就在这时，有人高声道："等等！"

周以棠定睛一看，见是周翡脚不沾地地从四十八寨中追了出来："爹！"

李大当家说不拦着周以棠，可没说不拦着令牌都没有的周翡，山门前几个岗哨异口同声道："师妹止步。"

周翡才不听那套，她不知又从哪儿找了一把窄背刀，离着数丈远就把铁鞘一扔，堪堪卡住了铁栅，守在那儿的两个岗哨一人持刀，一人持枪，同时出手截她，周翡一弓腰，长刀后背，将两人的兵刃弹开，侧身硬闯，山门间立刻落下七八个守门弟子，团团将她围住。

周以棠一脸无奈："周翡，别胡闹，回去！"

周翡只觉得那众多压在头顶的刀剑像一座挣不开、甩不脱的五行山，她双手吃劲到了极致，关节处泛起铁青色，咬牙道："我不！"

周以棠："阿翡……"

周翡带了些许哭腔："她不让别人送你，我送你，大不了我也不回来了！"

周以棠顿了顿，回头看了一眼，前来接他的人中，为首的是个三十五六岁的汉子，一身黑甲，身形精干利落。见周以棠目光扫过来，那穿黑甲的人立刻上前道："末将闻煜，奉命护送先生前往金陵，您有什么吩咐？"

"原来是'飞卿'将军，幸甚。"周以棠一指周翡那卡得结结实实的刀鞘，说道，"这孩子让我宠坏了，拧得很，叫将军见笑了，我双手经脉已断，可否请将军搭把手？"

闻煜笑道："周先生客气。"

说完，他并不上前，隔着老远一甩手，打出一道劲力，不轻不重地敲在周翡的刀鞘上，那刀鞘应声而落，四十八寨门前六丈高的两扇铁门同时发出一声刺耳的尖鸣，"哐当"一下合上了。

周翡被七八个守卫牢牢地压制在原地，含怒抬头，狠狠地盯住闻煜。

闻煜尴尬地摸了摸鼻子："令爱怕是要记恨上我了。"

"她还小，不懂事。"周以棠摇摇头，弯腰捡起那一截铁刀鞘，它先是被铁门卡，又被闻煜弹了一下，上面顿时多了两个坑。

周以棠转向周翡道："这刀实在一般，以后爹替你寻把好的。"

周翡不吭声，奋力地将那些压制着她的刀剑往上推去，她一口气分明已经到了头，胸口一阵刺痛，仍是赌气一般，半寸也不愿退却。

"我记得我跟你说过'鱼与熊掌不可兼得'。"周以棠看着她道。

周翡不想听他扯些"舍生取义"之类的废话，充耳不闻地避开他的视线，手中长刀不住地打战，发出"咯咯"的声音，然后毫无预兆地再次突然崩断，迸出的断刀狠狠地插在地上，守卫们同时大喝一声，用刀背压住了她的双肩。

"我不是要跟你说'舍生取义'，"周以棠隔着一扇铁门，静静地对她说道，"阿翡，取舍不取决于你看重什么，不看重什么，因为它本就是强者之道，或是文成，或是武就，否则你就是蝼蚁，一生只能身不由己、随波逐流，还谈什么取舍，岂不是贻笑大方？好比今天，你说大不了不回来，可你根本出不了这扇门，愿意留下还是愿意跟我走，由得了你吗？"

闻煜听周以棠与这女孩轻声细语地说话，还以为他要好言哄劝，谁知他说出了这么无情的一番话，别说那小小的女孩，就连他听着都刮得脸疼。

周翡愣住，眼圈倏地红了，呆呆地看着周以棠。

"好好长大吧。山水有相逢，山水不朽，只看你何时能自由来去了。"周以棠说道，"阿翡，爹走了，再会。"

【卷二】 浊酒一杯家万里

第六章·

出师

> "我辈中人，无拘无束，不礼不法，
> 流芳百代不必，遗臭万年无妨，但求
> 无愧于天，无愧于地，无愧于己！"

有道是"山中无甲子，寒尽不知年"。

转瞬便是三春秋。

李妍一手拎着个大篮子，一手拽着根竹竿，闭着眼，让人拿竹竿在前面牵着她，深一脚浅一脚地往洗墨江边走，边走，她还边喋喋不休地问道："还有多远啊？我都听见水声了，到江边了吗？"

给她牵竹竿的不知是寨中哪一门的弟子，是个小少年，跟李妍差不多大，一跟她说话就脸红，说话像蚊子叫。还不等他开口嗡嗡，李妍就觉得手中的竹竿被人一拉一拽，她"哎呀"一声叫了出来，睁眼就看见李晟一脸不耐烦地站在她面前。

李妍嗷嗷叫道："你干什么呀！吓死我啦！"

李晟看也不看她，冲那手足无措的少年点了下头，很温和地说道："她毛病太多，别惯得她蹬鼻子上脸，老来欺负你们。"

那弟子脸更红了，嗫嚅半晌说不出话，飞快地跟李晟打了声招呼，脚下生风似的跑了。李妍也很想跑，但在江边崖上不敢——她怕高，从崖上往下看一眼，她能想象出七八种摔死的姿势。

就在她腿肚子有些抽筋的时候，李晟一把揪住她的后领，将她凌空拎了起来。

李妍当场吓疯了："哥！大哥！亲哥！饶命啊！杀人啦！"

李晟充耳不闻，直接把她拎到了崖边，青天白日下的洗墨江中水雾散尽，江水凶猛异常，两岸高悬的石壁险险地垂下，牵机的嗡嗡声与嘈杂的水声混在一起，结成声势浩大的咆哮，冲着两岸扑来。

李妍："……"

李晟松手把她往旁边一撂，没好气道："叫什么叫，有什么好怕的？我又没要把你扔下去。"

他话音没落，便见他这长脸的妹妹膝盖一软，顺势蹲下了。李妍把她那大篮子随手往旁边一放，一手拽着地上生出的草茎，一手抱着李晟的大腿，颤巍巍地吸了两口气，酝酿好情绪，放声大哭起来。

李晟感觉自己待过的那个娘胎被深深地侮辱了，恨不能把她一脚踹下去。

就在这时，地面传来微震，洗墨江中的牵机有异动，李妍吓了一跳，死命扒住李晟的大腿，睁一只眼闭一只眼，战战兢兢地往下一瞄。只见一个须发皆白的老头盘腿坐在江心小亭里，手里拎着一根柳条，喝道："周丫头，今天牵机全开，你小心了！"

他柳条所指的地方站着一个少女，水太黑，从上面看不清水下的石柱和牵机，那少女就像是凭空站在水面上一样。

周翡手里也拎着一根柳条，一动不动地闭目而立。

李妍奇道："阿翡这是要做什么？"

她话音没落，便听"嗡"一声响，周翡陡然跃起，比她更快的是浮起来的牵机网，她方才脚踩的石柱必是已经沉下去了，同时，一张密密麻麻反光的大网自下往上兜了起来。李妍惊呼出声，周翡一抖手腕，软绵绵的柳条被她内力一逼，陡然绷直，钢索似的挂上了一条牵机，竟没被牵机线割断！

周翡借力一旋身，精准地从牵机网上的一个缝隙中钻了过去，那致命的牵机线把日光与水光凝成一线，近乎激滟地从她脸上闪过，她却看都没看一眼，像是已经司空见惯。

随即，柳条柔韧地弹开，一片刚刚长出的嫩叶被削去了一半，周翡轻轻地落在了另一块石头上。那石头已经没有了根基，全靠两根牵机线拽着，在江中漂漂荡荡，连带着周翡也跟着上下起伏。从水中拉起的牵机大网铺天盖地地撑在她头顶四周，一滴水珠缓缓地凝结成形，倏地落在了周翡的睫毛上，她飞快地一眨眼，将那颗水珠抖了下去，同时一低头抽出腰间长刀。"当啷"一声方才响起，她脚下的巨石便骤然下沉，江上溅起一人多高的水花，整张牵机线的大网毫无预兆地收缩，要把周翡缠在中间。

李妍吓得大叫一声，险些将她哥的裤子拽下来，李晟居然也没顾上揍她。

只听江中那低回的"嗡嗡"声骤然尖锐起来，周翡蓦地劈出一刀，李晟下意识地往后一躲，仿佛隔着宽宽的江面都能感觉得到那一刀的睥睨无双。她的刀刃与一根牵机线相抵出一个极小的角度，闪电似的擦着那牵机线划过，从两根牵机线交叉的地方破入，早已经没有了几年前"撞南山"的横冲直撞，几乎是无声无息的。

无双的薄刃如切入一块豆腐，轻飘飘地挑开了那两根牵机线，然后周翡将手腕骤然一递，挽刀如满月，牵机线的大网牵一发而动全身，只这一刀，便被她活活豁出了一个供一人通过的洞口。

旁观的李晟蓦地攥紧了拳头，虽然周翡只出了一刀，但李晟知道，她的眼光必须得极毒，才能从成百上千根牵机线中找到能动的，她出刀必须极准，准到对着苍蝇左翅膀劈下去，不伤右翅的地步，才能分开咬合的牵机线，而后内息必不能断，才能大力推开这江中巨怪的触手——三年前她闭着眼撞大运，双手拿刀，用尽全力，接连好几个"撞南山"方才撼动的牵机线，如今她已经能化在不动声色中了。

周翡拨开牵机线，立刻纵身而出，她刚一脱困，密密麻麻的牵机线便缩成了一团，将她方才落脚过的那块石头生生绞碎，周翡在空中一个利索的"龙摆尾"，手里的柳条卷上牵机线，柳条鞭子一样，将周翡荡起一丈来高，然后她果断一松手，柳条没了气力支持，顿时断成了三截。

周翡拽住崖上垂下来的一根麻绳，飞身一荡，荡到了江心小亭的屋顶。她从屋顶翻下来，把长刀一收，招呼也不打地把手伸向鱼老面前的一个果盘，挑了一颗当不当正不正的红果，攥在手心里擦了两把，直接咬了一口，原地转了一圈，对鱼老道："嗯……真酸，太师叔，怎么样，一个破口都没有。"

"你你你……"鱼老盯着缺了一块的红果盘子，那叫一个抓心挠肝，恨不能把周翡的脑袋揪下来补上那空缺，当即怒骂道，"混账！"

周翡莫名其妙："我怎么又混账了？"

鱼老暴怒道："谁让你拿的？"

"啧，好稀罕吗，又不甜。"周翡嫌弃地瞥了一眼那被她咬了一口的小红果，"那我给你放回去呗。"

她说完，不待鱼老反应，直接把缺了一块的果子丢回了盘里，那红果被她染指，本已经其貌不扬，还不肯在正位置上待着，骨碌碌地滚了两下，扭着个歪脖朝天，上面还有个牙印。

鱼老："……"

下一刻，周翡燕子似的从江心小亭一跃而出，堪堪躲开了她太师叔盛怒的一掌，起落两下，重新攀上崖上垂下的麻绳，三荡两悠就爬了上去，还对底下气得跳脚的鱼老大放厥词道："老头，你好小气，我不跟你玩了！"

鱼老的咆哮回荡在整条洗墨江里："小兔崽子，我要叫你娘打死你！"

李晟一见她上来，立刻强行把自己的大腿从李妍手里抽出来，转身就要走。李妍不小心又往洗墨江里看了一眼，第三次想站起来又失败，只好匍匐在地，跟大眼肉虫子一样往前拱了几下："哥，怎么阿翡上来你就走啊？你走就走了，倒是拉我一把啊！"

李晟头也不回，用上了轻功，溜得飞快——李晟当年从洗墨江历险回去，做了三个多月的噩梦，听见"洗墨江"三个字都打激灵，头一次听李妍说周翡每天没事往洗墨江跑的时候，他觉得周翡肯定疯了。

三年前，周翡跑来和鱼老说她要过牵机的时候，鱼老不知从哪儿翻出了一个铁面罩扔给她，当着她面，说她"资质差，功夫烂，轻功似秤砣，心比腰还粗，除了找死方面有些成就外，也就剩下脸长得勉强能看，万万不能失去这唯一的优点，所以得好好保护，绝不能破相"。

周翡脾气坏得修都修不好，李晟觉得她非得当场翻脸不可，谁知她居然一声没吭就把面罩接过来戴上了，并且从此三年如一日，年节无休止。

　　刚开始，牵机只能在鱼老的看护下开一小部分，饶是这样，她也是每天带着一身惊心动魄的血印子走，等稍稍适应，鱼老就会给她加牵机线。李晟曾经一度不服输，周翡既然可以做到，他又有什么做不到的？他甚至跟着下去过两次……结果发现他就是做不到。满江的牵机线出水的时候，他好不容易忘却的噩梦仿如重现，第一次他入了江中，一下手忙脚乱，差点被斩首，还是周翡看不下去把他拎了出去。第二次他鼓足勇气，发誓不会傻站在原地，结果慌张之下直接落了水，要不是鱼老及时撤开水中牵机，他大概已经被切成了一堆碎肉。

　　李晟永远都忘不了，冰冷的江水中，牵机线杀气腾腾地从他身边游过的感觉，从那以后，他再也没有下过洗墨江。

　　李晟不想见周翡，闷头往回走，抄了近路，直接拐进了一片野生的小竹林，而后他脚步倏地一顿："姑姑？"

　　李瑾容负手站在林间，肩上落了两片叶子，大概是已经等了好一会儿，对他点了个头，吩咐道："去叫阿翡，你们俩一起过来找我。"

　　"是，"李晟先是应了一声，又问道，"去哪里找您？"

　　"秀山堂。"李瑾容说完就走了。

　　李晟在原地愣了一会儿，险些跳起来——秀山堂是四十八寨中弟子们领名牌的地方，未出师的弟子通常是被师父直接领过去，当场考校，若是能通过，考校完就可以去领名牌，从此就是能进出山门的大人了！

　　秀山堂在一片谷地中，视野开阔，有前后两个院，显得十分气派。

　　前院人声喧闹，寨中人进进出出，都要在这里登记名牌。一群年轻弟子好似正要奉命出门办事，大概是难得捞着一个出去放风的机会，一个个美得屁颠屁颠的，那边登记，他们在这边叽喳乱叫地互相打闹，正在兴头上，迎面撞见李大当家大步流星地走进来。

年轻弟子们当场吓成了一群小鸡崽，缩脖端肩地站成一排，战战兢兢地齐声问好。

李瑾容没有停留，径直带着周翡和李晟转到了后堂。后堂的主管是个圆脸的中年汉子，名叫马吉利，人如其名，长得十分喜庆，一开口就让人觉得他要拜年。

马吉利带着个满头鹤发的老妇人早早迎出来等着，隔着老远便朝李瑾容作揖道："大当家好。"

"马兄，"李瑾容点了个头，随后又冲马吉利身后的老妇人说道，"叫老夫人久等了。"

那老妇人看着不像江湖人，像个小有积蓄的乡下老太太，她手中提着根木头拐杖，远远地冲周翡他们笑，很是慈眉善目。这老妇人姓王，原是四十八寨中"潇湘"一派掌门人的未亡人，丈夫死后，因为门派内没有什么出类拔萃的后辈人，她便以老朽之身暂代一寨之主。

"不急不急，我也刚到，"王老夫人说道。她一开口，更像个乡下老太太了，"老啦，腿脚不灵便，我提前一点慢慢走过来，省得劳烦你们……啊哟，瞧瞧，晟儿比你姑姑高一头了，真是个大小伙子了！还有小阿翡，快来，扶我老婆子一把，有日子没上婆婆那儿玩了吧？"

周翡稀里糊涂地被她塞了几块糖，正好饿着，干脆很捧场地吃了，也不知道她老人家来秀山堂做什么。

马吉利将他们引入后堂正院，后堂有一座高台，台上竖着四十八根拔地而起的大木头柱子，每根柱子下都站着一个人。

马吉利笑道："这就是咱们后堂专门考校弟子的地方了，你们以前的师兄师姐给这四十八根大柱子起了个名，叫作'摘花台'。这四十八根立柱代表咱们四十八寨，每根木柱下都有一个门派的守柱人，你们要在三炷香的时间内，尽量取到上面的纸窗花。"

马吉利伸手一指，周翡顺着他的手指方向望去，见那些大木头柱子顶上有个小钩，钩着一片巴掌大的窗花，红纸裁就，有的是人形，有的是亭台楼阁，非常精巧。

马吉利接着道："方法不限，十八般武艺都能用，哪怕你用三寸不烂之舌，能说动守柱的师兄给你让路也可以。三炷香的时间内，能取下两张纸窗花，就算通过，自此可出师，但有一条——"

马总管笑容可掬地搓了搓手，好像还颇为不好意思似的："这些纸窗花都是我闲来无事自己剪的，见笑，手艺不佳，纸也脆，一扯就坏，'摘花'的时候千万小心，碰破了的可就不算数了。"

周翡抬头看了看那些活泼生动的纸窗花，感觉马总管真是干一行精一行的典范，便问道："怎么能算是摘下来？是拿到手就算，还是要等到彻底下台才算？"

马吉利听了，先是捧了她一句，说道："阿翡心思真是缜密。"

周翡干笑了一声，她这点心眼，实在是被鱼老坑出来的。鱼老这辈子说话就没算过数，比如，说好了开牵机带六块落脚石，等她好不容易跳出这六块落脚石牵机线的范围，还没来得及喘口气，转眼发现脚底下落脚石又动了——鱼老又说了，虽然说好了开六块落脚石，可没说老是那六块不许换！

周翡往往无言以对，只好在洗墨江里被牵机到处追杀，久而久之，生生历练出来了。

马吉利对她解释道："不是拿到为准，也不是下台为准——以落地为准，你在上面的时候，守柱人可以和你争抢，等你落了地，守柱人便不能再动手，否则摘花台上的守柱人一拥而上怎么办？再者说，真让年轻一辈的小弟子赢过师兄师姐，未免太苛刻。"

李晟对着摘花台多看了几眼，问道："马叔，那根空着的柱子可是我李家寨的吗？"

"不错，"马吉利道，"大当家这些年忙于寨中事务，没收过弟子，李家寨没有守柱人，因此那根柱子一直是空着的——哎，小子，拿到空柱上的纸窗花可不算。"

这时，李瑾容忽然开口道："往日空着，今天既然我来了，四十八柱就能凑齐了。"

马总管和王老夫人都吃了一惊，只见李瑾容随便从旁边的兵器架子上抓了一把重剑，单手拎起来掂了掂，缓步走到李家寨的立柱下面，旁边四十七个弟子顿时如临大敌，连腰都直了几分，齐刷刷地盯着周翡和李晟。

马总管嘴角抽了抽，感觉这两个孩子今天恐怕不顺利，连忙拍马屁道："大当家说笑了，您往这儿一站，也就是让摘花台看着整齐罢了，别说是咱们寨里的小娃娃，就是北斗首座'贪狼'亲至，敢上您那立柱吗？"

说完，他唯恐自己说得太隐晦，又忍不住提点周翡和李晟道："四十八根柱子，取下两张纸窗花就可以了，四十八寨各有所长，咱们习武之人一招鲜便能吃遍天，也不用面面俱到，挑你擅长的就行——你们俩谁先来？"

周翡没吭声，李晟看了她一眼，说道："我吧。"

"应该的，长幼有序，"马吉利喜气洋洋地应道，随后扬声道，"四十八寨弟子上摘花台，燃香——"

周翡揉了揉耳朵，总觉得马叔以前恐怕是个民间"大操"①，朗朗

---

① 民间负责主持红白喜事的人。

一开口，下一句就能蹦出个"请新娘落轿""本家赏钱一百二十吊"之类的。

然而马叔没有号叫红白喜事那些词，他看着走入摘花台的李晟，逐字逐句地念起了门规："第一条，不得滥杀无辜；第二条，不得奸淫掳掠……"

三十三条门规念罢，马吉利停顿了一下，又字正腔圆道："我辈中人，无拘无束，不礼不法，流芳百代不必，遗臭万年无妨，但求无愧于天，无愧于地，无愧于己！"

周翡听得一愣，不由得回头看了一眼马吉利，见他胖嘟嘟的小圆脸绷了起来，竟是说不出地庄重。

李晟谨慎地观察了一下摘花台上四十八根木柱的位置，然后身形一晃，直奔"千钟"那根木柱而去。李晟心思机巧多变，再花哨的小巧功夫，他看一遍就能明白个八九不离十，正与讲究以力制巧的千钟相克。

守柱的弟子横过一戟要拦住他的去路，李晟身形陡然拔地三尺，穿花绕树似的绕着柱子盘旋而上。守柱的弟子正待要追，李晟却突然回身，抽出腰间两把短剑居高临下地一扑，使了个"泰山倾"，守柱的弟子反应不及，仰面将长戟上推硬扛。李晟双腿夹住木柱，灵狐似的一转身，剑戟相撞，反倒让他借力上蹿，一把将上面的红纸窗花揭了下来。

李晟摘下第一张"花"，却不停留，也不下来，将那红纸窗花往袖中一揣，直接从千钟的木柱上一荡一扑，飞身上了旁边第二根木柱。那守柱人没料到他轻功这么好，再上去追已经失了先机，叫李晟轻飘飘地揭下了第二张。

马总管忍不住叫了一声好，对王老夫人道："好多年没见过这么利索的后生了，您猜猜他能揭几个？"

王老夫人笑道："当年李二爷在三炷香的时间内，一口气揭了十二张纸窗花，我看这小子功夫扎实，还会连蒙带骗，得青出于蓝。"

马总管看了看旁边似乎若有所思的周翡，便忍不住逗她道："阿翡能摘几张？"

周翡心不在焉道："一张。"

马总管："侄女，那你可出不了师了，还得回去再练几年。"

周翡茫然地看了他一眼，眨了两下眼才回过神来，随和地改口道："哦，那就两张吧。"

马总管从未见过这么"有追求"的少年人，扯着嘴角干笑了半天，对着她这志向，实在是昧着良心也夸不出口，只好憋出一句："不骄不躁，谦虚谨慎，很好。"

后面守柱的弟子渐渐也看明白了李晟的路数，除了刚开始两个被他弄得措手不及的守柱人，红纸窗花也不是那么容易就取到的，然而李晟进退有度，难得不浮躁，一步一步走得十分沉稳，时不时地来个声东击西，及至三炷香快要烧尽，李晟已经摘下了十五张红纸窗花，最后止步于潇湘派的木柱上。

潇湘派也用剑，剑法轻灵缥缈，守柱的弟子跟李晟颇有些异曲同工的意思，两人赏心悦目地缠斗半晌，一不留神将红纸窗花扯坏了一个角。

这时，马总管扬声道："香尽！"

李晟落了地，没有去数他的成果，先低头跟守柱人见礼："多谢诸位师兄师姐手下留情。"

然后他才回过头去，有些期待地去看李瑾容。见李瑾容脸上露出了一点若有若无的笑意，冲他点了一下头，李晟才松了口气，取出他一路摘下来的红纸窗花送到马吉利面前，说道："马叔请点一点，不知道有没有弄破的。"

李晟装大尾巴狼很有一套，他既然这么说了，肯定连个小破口都没有，马吉利眉开眼笑地将李晟从头发丝到脚指甲夸奖了一通，又说道："且先在旁边稍等片刻。"

李瑾容道："周翡，到你了，过来。"

马吉利忙道："稍候，稍候，容我把揭下来和撕破的纸窗花换上新的。"

李瑾容说道："她用不着，燃香吧。"

周翡毫无异议，闻声便上前，随手往腰间一摸……摸了个空。她这才想起来，自己那把刀在洗墨江边的山崖上借给腿软的李妍当拐杖了，只好跟李瑾容一样，临时从旁边兵器架上挑了一把长度差不多的。

马吉利看得眼皮乱跳，忙叮嘱道："不换就不换，你哥拿了十五张，坏了一张，还剩下三十二张，也够你用了，只是第一次出手要慎重，选好……"

他话没说完，便吓得没声了——好个胆大包天的小丫头片子，她直奔李瑾容去了！

场中除了李瑾容，全都被周翡惊呆了。李大当家却仿佛早料到有这么一出，面不改色地手腕一抖，掌中陈旧的重剑发出叹息似的低鸣，轻轻一划，摘花台上的石板巨响一声陡然被掀起，要将周翡拍在三尺之外。

周翡不躲不闪，将手中刀一拔……秀山堂的破刀久无人用，锈住了，没拉动。

马总管快不忍心看了。

周翡"啧"了一声，干脆也不拔刀了，连着鞘使了一招大开大合的"挽山河"，硬是从纷飞的石板中开出了一条路，分毫不差地刚好够她本人通过。这是她无数次钻牵机网的经验，李瑾容暗自叫了声好，脸上却不表露出来，纵身追上，居高临下地一剑压下。

李瑾容本就内功深厚，手握重剑更是如虎添翼，对着周翡，她这一剑竟也毫不收敛力道，整个摘花台都在震颤。周翡只觉空中多出一座太行，轰然压顶。

王老夫人不由得惊叫道："大当家手下留情！"

而周翡竟没有慌。

倘若一个人每天从满江的牵机网中钻进钻出，无数次和削金断玉碾大石的牵机线擦肩而过，并且已经能习以为常……那这世上能让她慌张的东西可能还真不太多。

周翡没有非得硬着头皮接下李瑾容这一剑，她以木柱为基，侧身让出一个角度，十分"避重就轻"地将她那锈住的破刀往上一递，从一侧抵上李瑾容的重剑。那刀鞘十分偷工减料，只是有个铁撑，大部分材料还是木头，被重剑旋下了一条长长的木头屑，两人劲力相抵，木头屑居然绵延不断，倘若有人能细看一眼，便能看出那条木头屑从头到尾都是一样宽的。

下一刻，木屑骤然断了，周翡的手腕在空中果断地一翻，长刀一撬，她借着李瑾容之力将自己撬到了木柱的更高处。

王老夫人"咦"了一声，眯起眼睛，手指有一下没一下地捋着手中的木头拐杖。

四十八寨中，入门的时候，是每个师父自己带自己的弟子，但等弟子打好基础，开始正式学功夫以后，门派之间却是没有界限的。弟子们只要还有余力，可以随时串山头学别家功夫，长辈们都互相认识，只要有空，也都愿意教，所以周翡虽然是李瑾容领进门的，所学的功夫却不一定是李瑾容所教。

譬如她一开始荡开石板的那一招"挽山河"，是寨中一个叫"沧海"的门派的招数，后面这狡猾的一避，她身如鬼魅，出刀诡谲，却又是另一种风格。

马吉利小声道："我怎么瞧着她这身法有点'鸣风'的意思？"

"鸣风"是四十八寨中非常特殊的一寨，邪门得很，这一支的人从来都神出鬼没，据说投奔四十八寨以前，是一帮天下闻名的刺客，他们精于机关与种种秘术，洗墨江中的牵机就是鸣风一脉的手笔。刺客的兵刃多为小巧、奇诡之物，普通长刀大剑并不多见，因此这一派没有什么像样的剑谱与刀法，不料周翡却能领会到鸣风之"诡"的精髓，嫁接到了自己的刀术上，用来克李瑾容天衣无缝。

王老夫人点点头，脸上露出一点笑意："这个丫头，还真是……"

她方才没夸完，周翡已经让她大吃一惊，这会儿，王老夫人又是还没夸完，便见场中又生变——李瑾容一剑被周翡滑了过去，也没有上蹿下跳地去追，她连头也不抬，回手一掌便拍在了木柱上，叱道："下来！"

马吉利也好像被李大当家当胸打了一掌似的，跟着直龇牙花子，说道："是了，以大当家的功力，实在不必跟这些小辈比画招式，毕竟一力降十会。"

自古有"隔空打牛"的说法，李瑾容则是隔着一根合抱不拢的大木头柱子，直接将一掌之力顺着木柱传过来，原封不动地撞在了周翡身上。周翡当时便一口气没上来，直接被她隔着柱子打飞了出去。

这一下挨得狠了，周翡胸口一阵气血翻涌，喉咙里居然有点发甜。她坐在地上，不由得偏头咳了几声，有点喘不上气来。李瑾容没有离开木柱范围，倒提重剑，一言不发地看着她。

旁边一个守柱人有点不忍心，弯腰扶起周翡，小声说道："满场三十二根立柱，干什么非去那边找打？看不起师兄们呀？"

随即，这位师兄又看了一眼她那把被啃了一块似的锈刀，糟心得不行："唉……还有这个破玩意儿，秀山堂考校这么大的事，一辈子就一次，你也来得忒随便了，快先去找马叔换把兵刃再来。"

周翡偏头看了看旁边计时的香案，头一炷香快要燃尽了，她又看了看李家寨立柱上方刚被李瑾容一掌打得乱颤的红纸窗花，便回头冲那位好心的碎嘴师兄笑了一下，用力拧了几下，总算将锈迹都搓尽，拔出刀身来。接着，周翡拍拍身上的土跳了起来，仍然往那根立柱下走去。

李瑾容终于对她点了一下头。

下一刻，只见周翡蓦地拔身而起，一跃上了木柱，李瑾容的剑却比她身形还快，电光石火间，两人在方寸大的地方过了十多招，每一次刀剑相抵，王老夫人等旁观的人都觉得周翡的刀要断，谁知这把"吱吱呀呀"的锈刀凶险地左右摇晃了一路，竟没有要寿终正寝的意思。

李家寨的大木头柱子承受不住大当家的剑风，一直在微微地晃动着。周翡往上瞄了一眼，当胸荡开李瑾容一剑，随即骤然改了身法，居然故技重施，又用上了鸣风的身法，好像打算强行爬上木柱子。

王老夫人叹了口气——方才李瑾容一掌将她震下来，就是在警告周翡，真正的高手面前，所有的伎俩都没用，这小丫头居然这么快就不长记性了，恐怕要吃些苦头。

果然，李瑾容似乎皱了一下眉，随即将手中重剑的剑鞘往上一掷，那普通的宽剑鞘呼啸一声，快如利箭直冲周翡扫了过去。这回周翡大概是有了挨揍的经验，瞬间松手，脱离了木柱，宽剑鞘重重地撞在了木柱上，将柱身撞得往一边弹了开去，木屑翻飞……

而顶上的红纸窗花也跟着一荡，骤然脱离了小小的挂钩，飘飘悠悠地就要垂落下来！

周翡在空中提刀下劈，砍在李瑾容尚未来得及落下的剑鞘上，同时借力纵身一扑，抓向纸窗花。

李瑾容一剑已经追至，周翡双手提刀，整个人竟在空中弯折下去，强提了一口气，将全身的劲力灌注在双手上。只听"锵"一声，她手中的破刀难当两面催逼，当场碎成了四五段，落地的刀身竟直直地戳进了摘花台的地面下。李瑾容的重剑顿时偏了，周翡则风筝似的飞了出去，她一抄手正将那红纸窗花捞在手里，同时后背狠狠地撞在了旁边的木柱上，嘴角顿时见了血，狼狈地滚了下来。

周翡却顾不上疼，她擦了一把脸，把手中的红纸窗花展开贴在地上，那是一张生肖小猪，憨态可掬地抱着个"福"字，冲她咧着嘴笑。周翡看了它两眼，只觉胸中一口郁结多年的气倏地散了，说不出地畅快。而后她抬起头，冲着几步远的李瑾容一笑道："一张。"

李瑾容神色有些错愕。

马吉利张开的嘴就没合上，良久，他低声问道："这是……"

王老夫人摩挲着木头拐杖，说道："是'破雪刀'。"

真正的李家刀法，是祖上传下的残本，由老寨主花了二十年修完整，闻名于世，曾经随着李瑾容闯过戒备森严的北大都。李家的破雪刀全篇九式，对修习者的资质、悟性乃至内外功要求都极高。

李瑾容问道："谁教你的？"

她没有传过小辈人破雪刀，因为李晟使短剑，心性多思多虑少有果决，悟性也不够。周翡则是长得有点像周以棠，骨架比和她差不多大的女孩子都纤细上一些，练起轻功自然得天独厚，可是破雪刀戾气深重，有"破万钧无当"之锐，不怎么适合她，勉强为之，也得事倍功半，弄不好还会伤了筋骨经脉。

"看鱼太师叔使过两招。"周翡满不在乎地跳起来，冲李瑾容伸手道，"娘，借剑使使。"

李瑾容看了看她，将手中重剑扔了过去。

周翡一把接住，回身刺向最近的一个守柱人，那守柱人还没从周翡这"断刀专业户"的一招"破雪刀"里回过神来，见她一剑刺来，本能地便要退避，谁知周翡只是虚晃一招，让过那守柱的弟子之后一跃而起，行至半空中将掌中重剑扎进了木头柱子里，自己翻身踩在了剑柄上，一踮脚，便将钩上的红纸窗花摘了下来，兔起鹘落似的拿到了第二张，守柱的弟子全程没反应过来。

周翡将两张红纸窗花递到马吉利面前交差。马吉利嘴角一抽："第二炷香还未燃尽，你怎么就下来了？"

周翡奇道："马叔，不是你说两张就行吗？"

马吉利道："不错，可是……可是这个，我寨中弟子一辈子只上一次摘花台，每个人的成绩，秀山堂中都有记录，你可明白？"

以后和后辈人吹起牛来，说"我当年在摘花台上摘了十五张纸窗花"——不用问，这必是当年同辈人中的佼佼者。

"当年秀山堂考校，我摘了两张，总算过关了"——这一看就不怎么样，搞不好是贿赂守柱的师兄师姐才被睁一只眼闭一只眼放过的。

周翡很随便地一点头："就记两张呗。"

她说得轻描淡写，却是十足傲慢狂妄，言外之意仿佛在说"这有什么好吹的？"李晟先前看她神色还有点复杂，听到这一句，脸色顿时绿了，若不是大当家还在摘花台上站着，他几乎要拂袖而去。

李瑾容从摘花台上下来，冲马吉利道："名牌就劳烦马兄了——你们俩跟我过来，王老夫人有事差遣。"

破雪重现

"阿翡，鬼神在六合之外，人世间
行走的都是凡人，你为何不敢相信
自己手中这把刀能无坚不摧？"

"都是我老太婆那不成器的儿子，给大当家添麻烦了。"王老夫
人颤巍巍地叹了口气，说道，"去年三月，他和我说在寨中待得烦闷，
想出去找点事做。正好当时有位贵客将至，要咱们蜀中派人去接，他便
请缨前往，六月里来信说是接到了人，十月又来一封信，说是已经到了
洞庭的地界，若是赶得上，能回来过年，之后便再无音信。"

"老夫人不要再提'麻烦'二字，晨飞本就是替我四十八寨办
事。"李瑾容说道，接着，她又转向李晟和周翡，说道，"所谓贵客，
是忠武将军吴大人的家眷，忠武将军被北贼所害，夫人带着一子一女两
个遗孤避走终南，去年因藏身之处遭人泄露，不得已向我求援。我寨中

派了十三人前往，都是好手，却至今未归。"

王老夫人低声道："惭愧。"

"洞庭一带，匪盗横行，本不太好走，带着吴将军的家眷拖慢了行程也未可知，老夫人不必忧心。我想这会儿他们应该也不远了，您若不放心，带人迎他们一段就是。"李瑾容一摆手，又对周翡和李晟说道，"此行本不必带你们两个累赘，是我厚着脸皮求老夫人顺路带你二人出去长长见识，到了外面，凡事不可自作主张，敢给我惹事，回来当心自己的狗腿。多余的话我就不说了，老夫人年事已高，路上多长点眼力见儿，别什么事都等人吩咐——我说你呢，周翡。"

周翡暗暗翻了个白眼，闷声应道："是。"

李晟忙道："姑姑放心。"

李瑾容脸色缓和了些，拧着眉想了想，明明有不少话想嘱咐，可是挨个儿扒拉了一番，又觉得哪句说出来都琐碎，没必要，便对李晟说道："晟儿替我送送王老夫人，阿翡留一会儿。"

等李晟领命扶着王老夫人走了，李瑾容才对周翡说道："过来。"

周翡有些忐忑，眼巴巴地看了李晟他们的背影一眼，总觉得大当家单独留下她没什么好事——据以往的经验来看，这想法是十分有根据的。

李瑾容却把她带到了平时他们兄妹三人一起练功的小院里，从兵器架上取下了一把长刀，拿在手里看了看，对周翡问道："鸣风一派深居简出，极少与人来往，一年到头大门紧闭。据我所知，他们那边也极少愿意和别人切磋交流，何况鸣风并没有正经刀法，你从哪儿学的？"

周翡先是愣了一下，随即很快反应过来——是了，鱼老也说过，她整天在牵机中混，刀法里都沾了不少鸣风的邪气，看着"人不人鬼不鬼的"。

"我没去过，他们那边不是不让进吗？"周翡便实话实说道，"都是跟牵机学的。"

李瑾容心里有些讶异，因为周翡并不是那种过目不忘的孩子，当年她跟着周以棠念书的时候，想往她脑子里塞点书本知识，像能要人老命，刚教会了，睡一觉又忘了，可是在武学一道，她有种奇异的天赋——她未必能完整地把自己看见过的招式记下来，却往往能挑出最关键的地方，精准地得其中真味，再连猜带蒙地加上新的领悟，按照她自己的方式融会贯通。

这本事也不知是像谁。

李瑾容心里这样想，面上却没有什么赞许的意思，只将话音一转，淡淡地说道："破雪刀一共九式，是你外公亲手修订的，乃极烈之刀。你们三个的资质或多或少都差了一点，我一直没传你们这套刀法——鱼老早年受过伤，又兼年纪大了，气力略亏了些，所以……"

她话说到这儿，突然一把抽出手中长刀，旋身以双手为撑，骤然发力。那刀风"呜"一声尖啸，凄厉如塞北最暴虐的北风，欺风卷雪，扑面而来——正是周翡在摘花台上使过的那一招。

周翡不由自主地退了半步，感觉自己周身的血仿佛都被冻住了。

李瑾容这才缓缓收招，说道："真正的'破雪'，哪怕你手里只有一张铁片，它也不会碎，因为它不是玉石俱焚的功夫。"

周翡脱口问道："那是什么？"

李瑾容平静地说道："是'无坚不摧'。"

周翡睁大了眼睛。

"人上了年纪，凡事会想着留余地，因此你鱼太师叔的刀法中多有回转之处，破雪刀只得其形，未有其意。"李瑾容看了周翡一眼，又道，"而你，你心里明知道这一刀会断，却有恃无恐，因为知道我不会把你怎么样，只要拖延片刻就能拿到红纸窗花，你这不是破雪刀，是小聪明。"

李瑾容虽然说得不像什么好话，语气里却难得没带斥责——因为她从来都认为小聪明也是聪明，不管怎么样，反正目的能达到，就说明管用："真等临到阵前，如果你未曾动手，心里就知道刀会断，便不免会动摇——不用争辩，人都怕死，再轻的动摇也是动摇。"

周翡不解道："可不管我怎么想，那刀也肯定会断啊。"

她就算再在洗墨江里泡三年，也不可能胜过李瑾容，这就好比蚂蚁哪怕学了世上最厉害的功夫，也打不过大象一样。不管相不相信，这就是事实。周翡想：难不成破雪刀是一套教人不自量力的刀法？

李瑾容眉尖微微一动，好像看出了她心里的疑惑，忽然露出了一点吝啬的笑容。她将长刀的刀尖轻轻地戳在地上，说道："你可知道世上有多少高手？"

周翡不知道这一问从何而来，脑子里不由自主地闪过好多寨中长辈告诉过她的江湖故事，什么"北斗七星"，各大门派，一场又一场惊心动魄的争斗……还有他们至今都是个传说的大当家。

她便答道："有很多。"

"不错，很多，"李瑾容道，"山外又有高山，永远没有人敢自称天下第一。但是你要知道，每一座高山都是爹娘生、肉骨做，都牙牙学语过，每个人的起点都是从怎么站起来走路开始，谁也不比你多什么。沙砾的如今，就是高山的过去，你的如今，就是我们的过去。阿翡，鬼神在六合之外，人间行走的都是凡人，你为何不敢相信自己手中这把刀能无坚不摧？"

周翡再次愣住了。

李瑾容道："你看好了，我只教一遍，要是以后再来问，我可就不知道什么时候有闲工夫了。"

三天后，周翡和李晟收拾了简单的行囊，在李妍"水漫金山"的十八里送别中，跟着王老夫人下了山。临行，周翡回头看了一眼当年将她锁在门里的铁门，不知是不是这几年她又长了几寸的缘故，她总觉得那铁门好像没那么高了。

这一行能顺利吗？两三个月能回来吗？会遇到些什么事……能不能听见她爹的消息？前途种种，仿佛都是未卜。

周翡和李晟都是没进过城的乡巴佬，李晟那小子装得目不斜视，其实趁人不注意的时候也老四处乱瞟，还得努力克制自己，以防露出看什么都新鲜的傻样来。四十八寨外围二十里之内的村镇虽然还是他们的势力范围，但风物已经与寨中大大不同了。

寨中也是人来人往，但都十分整肃，弟子们起居作息、一日三餐，都定时定点，不像山下，什么人都有，男女老幼摩肩接踵。他们来的时候正好在赶集，人群熙熙攘攘，南腔北调，说什么话的都有，小贩们大声吆喝，泥猴似的小孩一帮一帮地从大人们脚底下钻过去，撞了人也不道歉，叽喳乱叫着又往远处跑去。讨价还价的、争吵谈笑的、招揽生意的……到处都是人声。

周翡一路走过来，不知在东张西望的时候听了多少声"借过"，沿街小贩蛤蟆群似的，七嘴八舌地冲她呱呱。

"姑娘快来看看我家的布比别家鲜亮不鲜亮？"

"姑娘买个镯子回去戴吗？"

"热腾腾的红糖烧饼，尝尝吗？不买没事，掰一块尝尝……"

周翡："……"

她不知道这些小贩只是顺口招呼，只当别人在跟她说话，总觉得不好不理，可是抬头看见好几十张嘴开开闭闭，又理不过来，简直有些手足无措，幸亏王老夫人命人过来把她拉走了。他们一行在镇上唯一一家当铺落了脚，那正是一处寨中平日里收送信的暗桩。

三日后。

山影幢幢，道阻且长。

方才下了一场雨，年久失修的官道上坑坑洼洼的，一辆马车辘辘走过，车轮溅起了大大小小的泥点，弄得车身上也多了几重狼狈，马车前后有几匹高头大马开路随行，一水的练家子，个个目不斜视地赶路。

车里坐着个一脸富贵相的老太太，正在打瞌睡，旁边有个十六七岁的女孩，头上扎了一对双平髻，穿一条鹅黄裙，不施粉黛，额上几根碎发下露出一张白生生的小脸，似乎是老夫人身边的娇俏小丫头。可若是仔细看，就会发现这少女的坐姿极为端正，任凭马车左右乱晃，她自端坐如钟。她微微闭着眼，不知在凝神细思些什么，眉宇间有种呼之欲出的杀伐之气。实在是梳了丫头髻也不像丫头。

这一行，正是王老夫人和包括周翡、李晟在内的一干弟子。

王老夫人失踪的儿子最后一封信曾说他们到了洞庭附近，此地正有一武林世家，名叫"霍家堡"，在岳阳城里。

霍家老家主霍长风曾是一位德高望重的江湖名宿，腿法独步天下。早年四十八寨老寨主活着时，两人曾有八拜之谊。李瑾容之所以叫周翡和李晟随行，也是想借着两家这点薄面，在寻人的时候请霍家堡助一臂之力。

洞庭附近匪盗虽多，但穷乡僻壤，大抵是欺软怕硬之徒，见他们似乎不好惹，也不敢贸然下手。

一离开蜀中的地界，周翡便渐渐对沿途风光失去了兴趣。

越往北，村郭便越是萧条，有时候走上一整天也看不见一户人家。官道上越来越颠簸，沿途驿站都好似鬼宅一般，唯有偶尔经过大城要塞的时候，能多见些人气。可人气也不是好人气，城关小吏往往层层盘剥，行人进出都得反复打点，坐在马车里，常能听见进不得城的百姓与那些城守争执哭闹，一阵阵地叫人心烦。

周翡干脆也不往外看了，在马车里闭目养神，脑子里反复演练那日李瑾容传她的九式破雪刀——这是鱼老教她的，佛家有"闭口禅"，鱼老也给自己这古怪的练功方法起了个名，叫作"闭眼禅"。

鱼老事多如麻，嫌她吵，嫌她笨，嫌她邋遢，嫌她用过的东西不放回原处，还不肯让她在江里舞刀弄枪，说是怕被她笨着，看多了周翡这等庸才，容易伤害他老人家的脑筋……每次周翡碰到瓶颈，被牵机困在江心，鱼老就让她坐在一边闭目冥想，在脑子里反复描摹一招一式。

久而久之，周翡无计可施，只好摒除杂念使劲想。

渐渐地，她发现一个人内外无扰、心无旁骛的时候，会进入一个十分玄妙的境地，真的能思形合一，有时她入了定，竟分不出自己是真的在练功，还是只是在脑子里想。而用闭眼禅修来的招式，试手的时候也能很自然地使出来，并不比真正练的差。刚开始，周翡只有在洗墨江江心这种远近无人打扰的地方才能静心进入这种状态，慢慢习惯了，她已经可以随时分出心神来修这闭眼禅了。

就在她脑子里一片狂风暴雪时，突然，外面传来一阵撕心裂肺的狗叫声，车夫"吁"一声长啸，马车骤停。周翡蓦地睁开眼睛，眉间利刃似的刀光一闪，旋即没入了眉宇中。她回过神来，一伸手将车帘挑起一点，见前面多出了一条拦路的绊马索。

领路的是潇湘派的大师兄邓甄，骑术高超。邓师兄一拽缰绳，还没来得及下马查看，两侧路边便冲出了五六条瘦骨嶙峋的大狼狗，鼓着眼冲他们咆哮，紧接着，后面又跟出了几个村民，大多是青壮年男子，还有两个壮硕的健妇，拎着菜刀木棍，还有一人扛着条长板凳，仇恨地瞪着他们一行人。

双方大眼瞪小眼片刻，邓甄便下马，抱拳道："我等护卫老夫人回乡，途径贵宝地，不知可是犯了诸位哪条忌讳？"

为首的一个汉子看了看他腰间的佩剑，语气很冲地问道："老夫人？老夫人有多老？叫出来看看！"

邓甄皱眉道："你这人好不知礼数！"

那汉子大声道："我怎知你们不是那些打家劫舍的贼人？"

邓甄等人虽是江湖人，但潇湘派的特产是竹子和美男子，哪怕迫不得已避世入蜀中，也没丢了自己的风雅，怎么看都像一群公子哥。不料有一天竟会被人当成打家劫舍的，邓甄要被他们气乐了，怀疑这群刁民是专门来讹人的。

周翡回头看了王老夫人一眼，只见她摩挲着拐杖低声道："此地与岳阳不过一天路程，霍家堡就在附近，怎会有贼盗横行？阿翡，你扶我下去看看。"

几个村民见面前这一群人忽然恭恭敬敬地分开两边，一个小姑娘扶着个老太太缓缓走出来，那姑娘又干净又秀气，雪团似的，叫人看了十分惭愧形秽。她目光一扫过来，扛板凳的妇人顿时讪讪地将那瘸腿的长凳放了下来。

老妇人则约莫古稀之年了，长着一张让人想扑到她膝头委屈地哭一场的慈面。她走到那几个村民面前，仿佛还有点喘，问道："几位乡亲，看老朽像打家劫舍的强人吗？"

半个时辰以后，王老夫人靠脸，带周翡他们一行人平平安安地进了村。

几条大狼狗都被拴了起来，方才那领头的汉子原是村里的里正，后来几经动乱，里正已经不知归谁管了，带着众人勉强度日谋生。

里正边走边苦笑道："我们现在是草木皆兵，这几天那些贼人来得太勤了，刮地三尺，实在也是没办法。"

说话间，不远处传来哭声，周翡抬头一看，只见一家门口铺着一张破破烂烂的草席，里面裹着一个青年。那人长手长脚，生得人高马大，草席裹不住，他头脚都露在外面，容貌已经看不出了，脑袋被钝器拍得变了形，沾满了干涸的血，一片狼藉。一个老太太一边大声号哭，一边用木盆里的水冲洗死者身上的血迹。

王老夫人这把年纪了还亲自出山，也是因为儿子，见此情景，几乎要触景生情，半晌挪不动脚步，站在旁边跟着抹眼泪。

"光是拿东西，倒也算了，可他们连人也不放过。"里正看着地上的尸体，本想劝慰那老妇人两句，可他心里也知道那老妇人是没什么活着的指望了，说什么都是废话，便把话都咽了，对旁边的邓甄道，"他那媳妇还是我主的婚，成亲不过半年，叫那贼人看上，便要抢，他……唉！这位老夫人，我们耽误了诸位的行程，现在天色已晚，再往前也未必有可落脚的地方，不如先在我们这里歇一宿，明日再起程，傍晚就能进岳阳了。"

王老夫人没什么意见，让弟子给了他们这一帮人食宿的钱，里正接了，嘴里说太多，不好就这么收下，手上却又不舍得放。村里人实在是太穷，死了的连口薄棺材也买不起，他哪里还有力气讲什么志气？里正一个五大三粗的汉子，想想自己这样人穷志短，不由得羞愧交加，悲从中来，站在那儿便掉下眼泪来。

周翡他们当晚在村里住下，晚上草草吃了点东西，一众弟子都聚在了王老夫人屋里。邓甄大师兄说道："师娘，我看这事有些古怪，那青年的尸体您瞧见了吗？人头上有骨头，又不是面瓜，哪有那么容易烂？寻常人力未必能将他的脑袋拍成那样，必得是练家子才行，还不是一般的练家子。真有这么一伙武艺高强的歹人在卧榻之侧，那霍家堡为什么不管？"

王老夫人一双苍老的手放在小火盆上，借一点火光烤着手，闻言缓缓点了下头，又见李晟欲言又止，便问道："晟儿想说什么？"

李晟道："我在想，咱们这些人，再怎么风尘仆仆，也不至于被错认成拦路打劫的吧？为什么他们刚开始那样戒备？"

周翡其实也注意到了，只是没有当出头鸟的习惯，别人不提，便也没吭声，这会儿听李晟说了，才略微跟着点了一下头。

王老夫人温声对李晟道："不妨，你接着说。"

"我看那村民大多步履沉重，气息虚浮，说话间悲愤的神色也不似作伪，"李晟想了想，又道，"要不是他们扯谎，那些所谓的'贼盗'会不会……不是普通的强盗，会不会跟我们有相似之处？"

李晟说得已经很委婉，可他一句话落下，众弟子还是一时鸦雀无声——不是普通的强盗，还跟他们有相似之处，那便是江湖门派了。这一带，方圆百里，霍家堡一枝独秀。

霍家堡与李老寨主是八拜之交，李晟的怀疑其实大家心里或多或少都有，只是不好当着李晟和周翡的面提，此时被他主动说破，才纷纷附和。

王老夫人手指蜷了蜷，低声道："我想想吧，你们连日赶路，早点休息，只是夜间要警醒些。"

众弟子正要应是，这时候外面忽然有个人问道："小周姑娘睡了吗？"

周翡忙推门迎了出去，见来人是里正娘子——就是一开始扛着长板凳劫道的那位女中豪杰。她原来并非看上去那么凶神恶煞般，见周翡一个小女孩，一直跟在老婆婆身边也不怎么说话，觉得她怪可怜的，晚间特意给她找了一床干净的厚被子送来。

周翡从小到大没受过什么特殊照顾，有点受宠若惊地接过来，忙冲她道谢。

这村里，连小孩都是一个个面黄肌瘦的模样，里正娘子难得见个模样齐整的女孩子，心里十分喜欢，临走还伸手在周翡脸上摸了一把，笑道："好孩子。"

夜幕铺在破败的小村上，周翡盖着里正娘子给她的被子，翻来覆去也睡不着。她突然觉得山外一点也不好，同时又有些困惑，不明白这里时时有强人经过，穷得叮当响，怎么人还不肯迁往别处呢？正在她胡思乱想时，窗外突然传来大声喧哗，狗叫声与人声一同响起来，周翡翻身坐起，轻声道："王婆婆？"

与她同屋的王老夫人尚未言语，喧哗声已经越来越近，紧接着，那屋门被人一把推开，里正娘子慌慌张张地冲进来说道："那些强人又来了，你们快躲一躲！"

说完，她目光往周翡脸上一扫，胡乱拿起一件男人的破旧外衫，从头到脚将她裹在里头："小妹不要露脸，那些畜……"

她这句话没说完，背后一左一右地闯进两个蒙面人，口中叫道："那马车就是停在这个院的，人必然在这里！"

王老夫人他们一路走过来，沿途都是无惊无险，偶尔有个把宵小尾随，随便一两个弟子出手也就料理了。谁知靠近了岳阳，强盗们的胆子反而越发肥了。

里正娘子捡起一把秃毛的扫把横在身前，她常年辛劳，想必挑水打柴、种地赶畜的内外活计全都一把抓，久而久之，磨砺得很是粗壮泼辣。见那两个蒙面劫匪，她情知躲不过去，也不肯示弱乞怜，"呸"了一口怒道："就是剃羊毛、割野菜，也没有见天来的，你们人也杀了，钱也拿了，还他娘的想怎么样？"

那蒙面的强盗低笑了一声，刻意压着嗓子道："割秃了一茬旧的，这不是又来一茬新的？这位娘子啊，你别欺负哥哥不识货，后院停的那些马匹匹膘肥体壮，可比你金贵。今夜看来是吉星高照，合该我们发财，此事要给你们村记一功，日后再将那些不长眼的过路羊诓来几群，咱们兄弟吃肉，也能管得了你们喝汤！"

里正娘子听他三言两语，居然把一干村民诬陷成与他们同流合污，顿时大怒，将腰一叉，拿出了一身绝技，信口骂了个天昏地暗……以周翡初出茅庐的修为，堪堪也就能连蒙带猜地听懂一小半。

那蒙面强盗岂能容她这样放肆，其中一个提刀便要上前，就在这时，一条大黄狗猝不及防地从墙头上扑了下来，直扑向他的咽喉。也不知它什么时候潜伏在那儿的，一纵一扑，煞是利落，堪称狗中之王。

那蒙面人反应奇快，电光石火间脚下一滑，人已在两尺之外。大黄狗一下扑了个空，被那人一脚扫了出去。

村里穷，狗王也得跟着一天三顿地喝野菜粥，好威风的一条大狗，活活瘦成了一把排骨，它哀叫一声飞了出去。另一蒙面人手中寒光一闪，抽出一把剑来，当场便要将那狗头斩下来。周翡一把抄起屋里的破碗掷了出去，裂口的破碗横着撞上了蒙面人的长剑，长剑猛烈地一哆嗦，当即走偏，破碗"当啷"一声落地，在地上晃悠几下，愣是没碎。

　　随即，周翡探身摸到枕侧藏在包裹里的长刀，迈步从屋里出来："夜里打劫还蒙面，好像你们真要脸似的，脱裤子放屁吗？"

　　她身上还裹着里正娘子胡乱套的旧衣服，一张脸藏在阴影里看不见，下面却露出一角裙子。

　　拿剑的蒙面人眯了一下眼，不用细看也知道这是个姑娘，而且年纪肯定不大。他含着些讥诮，目光在周翡手中的长刀上扫了一圈，见那刀平平无奇，好似没开刃的模样，便也不将她放在眼里，低声笑道："哦？有点功夫？"

　　周翡冷笑了一声，一句"宰了你炖汤是足够了"刚要出口，一只鸡爪似的手突然按住了她。王老夫人扶着门框从屋里出来，用拐杖重重地敲了一下地，一边咳嗽一边说道："丫头啊，人在外面，头一件事，就是得学会和气，你得讲道理、守规矩，不要动不动就热血上头，惹出祸端来。"

　　周翡满腹行将脱口而出的火气，被她一下按了回去，噎得差点咽气。王老夫人深深地看了她一眼，周翡这才勉强想起临出门时李瑾容的吩咐，不甘不愿地道："是。"

　　王老夫人扶着她的手，拐杖敲敲打打地走到门口，迈门槛就迈了半天。可不知为什么，那两个蒙面人彼此对视一眼，反而对她有些戒备。

　　这时，四下传来兵戈交叠声与喊杀声，大概是邓甄等人已经与趁夜偷袭的这伙强盗动上了手。王老夫人侧耳听了听，吃力地提着衣摆从台阶上下来，客客气气地说道："二位侠士，我一个老太婆，家里无官无爵，又没房没地，不过带着几个子侄回乡等死，实在不是什么富贵人家，诸位权当行行好，日行一善吧。"

　　蒙面人不答，王老夫人便又道："不如这样，我身上有几件金器，尚且值些银两，跟着我入土也是可惜，二位侠士且拿去，当个酒钱也好。"

周翡："……"

她怀疑自己耳朵出毛病了。

王老夫人哆哆嗦嗦地把头上的金钗摘下来，塞到她手里道："丫头，拿去给人家。"

周翡直挺挺地戳在那儿，一动不动。王老夫人见支使不动她，便叹了口气，又回身递给里正娘子，絮絮叨叨地说道："宠坏了，女娃子娇气得很，叫我宠坏了。"

老夫人的金钗在里正娘子手中一闪，周翡眉头倏地一皱，她注意到那钗尾上刻着一截竹子，心里瞬间明白过来——王老夫人怀疑这几个蒙面强盗和霍家堡有关系，用这隐晦的法子自报家门，想让他们心照不宣地退去。可是明白归明白，她心里一时更不舒服了。四十八寨"奉旨落草"，尚且没干过劫掠百姓的事，霍家堡这武林正统倒是好大的脸！

周翡盯着那摇摇晃晃的小斑竹，心里打自己的主意，想道：就算他们撤走，我也非得追上去领教领教不可。

一个蒙面匪上前一步，劈手夺过里正娘子手中的金钗，低头看了一眼，目光似乎微微闪动，然后他与同伴对视一眼，冲王老夫人道："人年纪大了些，总归是不愿意多生干戈的。"

王老夫人丝毫不以为忤地点头称是。

谁知那蒙面匪下一刻话音一转，说道："既然您老人家这么通情达理，不如干脆将盘缠与车马也舍了给我们吧，哪处黄土不埋人呢，干什么非得回家乡？"

这就不像人话了。

王老夫人微微闭了一下眼，仍是低声下气道："老身奔波千里，就为了回乡见我那儿子一面，落叶归根，便没别的心愿了，车马实在给不得，求二位壮士垂怜。"

蒙面匪狞笑道："那可由不得您老了！"

他话音未落，与那同伴默契地同时猛身而上，一刀一剑配合极为默契，直扑向王老夫人。

这时，有一人呼啸而至，喝道："你敢！"

来人正是李晟，短剑在他掌中转了个圈，便挑向那拿剑的人，两人瞬息间过了七八招，而后同时退了一步，各自暗暗为对方身手吃了一惊。

周翡打架的事不需要别人吩咐，横刀截住那使刀的蒙面人，两刀一上一下地相抵，那蒙面人料想她一个小女孩，内功想必也就练了一个瓶子底，仗着自己人高马大，一刀下劈，狞笑着往下压周翡手中的刀。劲力吹开了她头上的破布，露出周翡的脸来，那蒙面人笑道："哎哟，这里还有个……"

他话没说完，便被一道极亮的刀光晃了眼，那蒙面人下意识地往后一仰，只觉一股凉意擦着鼻尖而过，周翡的长刀在空中不可思议地转了个角度，横切过来，两刀快得仿佛并作了一起，当头砸下。蒙面人慌忙往后一躲，还没站稳，就觉得脚下厉风袭来，他一跃而起，尚来不及还手，闪电似的刀光便又到了眼前。

蒙面匪被逼出了脾气，强提一口气横刀接招，大喝一声别住周翡手中窄背的长刀。谁知那窄背刀竟然去势不减，只稍一停顿，蒙面人便觉得一股说不出的力量从不过四指宽的刀身上压了过来，睥睨无双地直取他前胸。

被一脚踢飞的大黄狗好不容易爬起来，龇牙咧嘴地刚准备叫，就跟里正娘子一起惊呆了。

蒙面人大惊，脱口道："破……"

王老夫人却忽然咳嗽了两声，轻而易举地打断了那蒙面匪要道破周翡刀法的话。她扶着拐杖在刀剑起落的小院中说道："丫头啊，方才婆婆告诉你，闯荡江湖要和气讲道理，还要守人家的规矩，可若是碰见不讲道理、不守规矩的人，那也没办法。"

里正娘子先前只当老太婆是普通的老太婆，见她想息事宁人，也很理解。此时见那王老夫人手下，连个小丫鬟都身怀绝技，她却还在絮叨什么"道理""规矩"，活像个披坚执锐的受气包，顿时火冒三丈，就要开口理论："你这……"

谁知王老夫人停顿了一下后，快断气似的接着说道："唉，只好杀了。"

里正娘子："……"

黄狗"呜"了一声，夹着尾巴站好了。

周翡和李晟是名门之后，功夫自然是上乘——否则李瑾容也不会放心把他们放出来，可毕竟刚下山，没见过血，逞勇斗狠或许可以，一招定生死的时候却多有犹豫，方才周翡那一刀倘若再上去一寸，那蒙面人早就血溅三尺了，根本不容他再蹦跶。

果然，老夫人话音刚落，与李晟缠斗的那蒙面人见势不妙，大喝一声，竟刺出了要同归于尽似的一剑。李晟本能地退了，仅就半步，那蒙面人猛地从他身边冲了出去，纵身跃向屋顶，眼看要离开小院。而他前脚刚刚腾空，整个人便仿佛断了线的风筝，毫无意识地横飞了出去，一头撞上茅屋屋顶，缓缓地滑落——李晟抽了口气，只见那蒙面人背后插了一把巴掌长的小剑，露在外面的柄上刻着一截小竹。

那是二十年没在江湖上出现的"潇湘矢"。

王老夫人默默地收回手，捻了捻鬓角，轻声道："阿翡！怎么还耽搁？走了贼人，这村里的人往后还有命在吗？”

周翡听到后半句，脸色登时一变，窄背长刀忽然倒了个手，她骤然一改方才的大开大合，身形如鬼魅似的在原地旋了半圈，而后双手扣住刀柄，借着这绝佳的位置，全力将她在脑子里锤炼了一路的破雪刀推了出去。

墙头碎瓦"啪"一下掉落，那蒙面人被她从下巴往上掀了盖，面纱飞到了一边，露出一张尚且难以置信的脸。

这是破雪刀重出江湖后，其刃下第一道亡魂。

第八章·

黑牢

这鬼地方竟然还有"芳邻"！

周翡头一次使出真正的破雪刀，自己都被那刀法中绵延不尽的寒意与戾气惊骇，呆了半晌。

就这么死了？她有点反应不过来地想。

在四十八寨的时候，周翡每天除了练功就是练功，鸡都没宰过一只，遑论是人。她忽然觉得脸上有东西，无意识地伸手一抹，抹了一手血。周翡也说不上怕，更说不上有什么愧疚，就是很想洗把脸。

王老夫人说道："晟儿，你掀开这两人的裤腿，瞧瞧他们的腿。"

李晟心里正有两重不是滋味，一重是他因一时怯懦，差点放跑一个蒙面人；另一重则是周翡的刀——他自然看得出，周翡这天使出来的破雪刀跟那日在摘花台上的完全不可同日而语，不用想也知道，肯定是李大当家传了她破雪刀。

破雪刀乃李家世代相传的绝技，姑姑最后传给了周翡，却什么都没和他说。

这念头一出，李晟心头便仿佛长出了两根刺，硬邦邦地钻到了他喉咙里，既吐不出来，又咽不下去。他卡着这么两根倒刺，心不在焉地应了一声，隔着短剑撩起一个人的裤腿看了看，没看出什么所以然来，便怏怏地问道："老夫人，腿怎么了？"

王老夫人伸手一指："再看看那个。"

李晟低着头走到周翡面前，没去看她，只盯着那可怖的尸体看了片刻，心里忽然想道：我不回去了，以后要是没有做出一点让姑姑看得上的功绩，我就不回去了。

他一心二用，一边安放起自己不甘的抱负，一边撩起那尸体的裤腿。

周翡忽然道："这人腿好粗。"

李晟这才收回自己无处着落的目光，低头看去，见此人一双腿长得十分奇异，小腿骨比寻常人粗了一倍有余，泛着一层石头似的光泽，光拿眼睛看都知道这腿能有多硬。幸亏周翡的刀快，没给他留使出腿功的余地，不然以她那"一个瓶子底"的内功，真被扫上一下，绝讨不到好去。

这时，邓甄等弟子先后到了。

王老夫人摩挲着她的拐杖，若有所思地半垂着眼，然后问道："有跑了的吗？"

邓甄是老江湖了，自然知道轻重，应道："不曾，有几个望风的想跑，都捉回来了，连人带马，一个不少，全留下了，弟子点过数，师娘放心。"

"嗯，收拾干净。"王老夫人道，"阿翡，把婆婆的钗子取回来，我们连夜走。"

她暂代一寨之主日久，众弟子早就习惯了听从她发号施令，立刻齐声应是，各自散去，不到片刻工夫，便训练有素地完成了一连串的毁尸灭迹。村里的尸首、血迹、零落的兵刃……包括他们这一行人留下的痕迹，转眼消失得干干净净，只要村民自己不说漏嘴，就算有人来追查，也什么都找不出来。

周翡看得目瞪口呆，她单知道潇湘派剑法毒辣，善用暗器，不料还有这等"家学"。毁尸灭迹是一门细致活，她默默地在旁边跟着学了不少，见他们收拾得差不多了，才跑到小河边把脸洗干净。又见里正娘子给她披的外衣上也星星点点地沾了不少血迹，便干脆扒下来，打算顺手搓两把。

这时，里正娘子去而复返，忙跑过来抢过周翡手里的旧衣服，口中道："快给我，你可不是干这个的。"

周翡没跟她抢，往旁边让了让，方才那条死里逃生的大黄狗也悄无声息地凑了过来，不远不近地停在周翡两尺之外，好像有点想亲近，又有点怕她。周翡伸出一只手给大黄狗闻，它便小心翼翼地用鼻尖蹭了蹭，屁颠屁颠地跑到她身边卧了下来，眼睛湿漉漉地垂着，看上去一点也不凶，还有点乖巧。

里正娘子见了，便道："这是条好狗，通人性得很，也不吵闹。你要是喜欢，干脆牵着走吧。"

周翡一愣："啊？"

里正娘子熟练地挽着袖子，用胳膊把脸上的碎头发往一边抹去：

"跟着我们也是受罪，一年到头，兔子吃什么它吃什么，我看它耳朵都快长了。"

大黄狗好像听懂了女主人要把自己送人，立刻从周翡身边站了起来，低眉顺目地蹭到里正娘子身边，趴下来，下巴搭在她的膝头，"呜呜"地叫唤。里正娘子一愣，随后苦笑道："蠢畜生，让你跟人家去吃香喝辣，你倒还不乐意了。"

周翡想了想，问道："这些都没人管吗？"

"自然是应该有官府管的，"里正娘子语气十分习以为常，平淡地回道，"有一阵子三天两头忙着打仗，也不知道谁跟谁打，死的人海了去，尸体都来不及收，哪有工夫管这些鸡毛蒜皮？现在好啦，官府都快散台子了，咱们自己封自己个知府当都成，更没人管了。"

周翡皱眉道："这里既然这么乱，为什么你们不搬到别的地方住？"

"搬？"里正娘子看了她一眼，只觉这凶残的小姑娘目光透亮，居然有点说不出的天真气，便叹道，"投奔谁去？在家好歹还有几间房几亩地，到了人生地不熟的地方，可就得要饭啦，咱们又不是有本事的人，不死到临头，是不敢走的。再说……哪儿还不都是一个样？"

周翡一时无言以对。

"师妹，"这时，邓甄牵马过来，对周翡一点头，"咱们该走了。"

一行人连夜离开了这饱经蹂躏的小村子，赶路离去。

离开四十八寨才知道，一夕安寝也是奢侈。

被周翡一刀掀了脑壳那人，腿若割下来腌一腌，活脱儿就是一个能以假乱真的大火腿，一看就是霍家出品，别无他家。王老夫人眼下对霍家堡疑虑重重，不敢信任，但寻子心切，也没心情节外生枝去查他们，便干脆带人直接绕开了岳阳城，一路往洞庭去了。

失踪的弟子们带着吴将军家眷，再怎么低调，也必定会有些声势，大不了顺路在沿途的客栈挨个儿打听。这么临时一绕路，便是连着两天都得夜宿郊外，好在弟子们风餐露宿惯了，都不娇气，轮流守夜。

第二天后半夜，正好轮到李晟守夜。

李晟自从那天夜里看见周翡的破雪刀，就跟魔怔了似的，没日没夜地惦记着要出走，尤其王老夫人决定绕开霍家堡之后——李晟知道，自己之所以随行，本就是为了到霍家堡说话方便，偏偏如今他们又改了道，他觉得自己更没有留下来的必要了。

这念头在他心里起起落落了两天两夜，此时，终于天时地利人和俱全。

李晟留了一封信，夹在他平时总带在身上的闲书里，趁着快要破晓、人马困乏的时候，深吸一口气，回头看了一眼马车的方向，心道：周翡，我未必比不上你。

随后他便头也不回地跑了。

周翡这天夜里守前半夜，好几个师兄过来想替她，但她想着，自己白天就一直蹭老夫人的马车，风吹不着日晒不着，晚上也就不好意思再要人照顾，都婉拒了，只是他们一会儿一个过来说话，倒是啰唆得她一点睡意也没有，直到后半夜换了李晟，她回车里，还是有点睡不着。

那厢李晟惦记着要去浪迹天涯，周翡却忽然很想回家。可能是远香近臭，在家的时候，她娘叫住她说几句话，她都头皮发紧，跟娘一点都不亲，自从周以棠走后，她就无时无刻不惦记着下山去金陵找爹。

但等到真下了山，才没多少日子，周翡忽然有点想念她娘了。她漫无边际地回忆着沿途的萧条，反复念及荒村的里正娘子那些话，心想：这要是在我们四十八寨，肯定有人管。

虽然大当家总是不耐烦、不讲理，动辄棍棒伺候，但天地间，东西南北漫无边际，唯有蜀中山水里，李家插旗的地方，能有车水马龙、人来人往。

周翡翻来覆去良久，感觉自己好像吵了王老夫人，便一个人悄悄下了车，在附近溜达。谁知刚溜了一圈回来，正看见一个人背着行囊骑马走了。周翡吃了一惊，下意识地追了上去。

追出一段，她才发现这不告而别的人居然是李晟，忙在后面叫他："李晟，你干什么去？"

不料她不出声还好，李晟闻声回头看了她一眼，神色复杂难辨，继而目光一沉，狠狠一夹马腹，那本来在小步慢跑的马倏地加速，追风似的冲了出去。

周翡："……"

她有那么讨人嫌吗？

周翡虽然轻功不错，但也只是"不错"，两条腿毕竟跑不过四条腿——何况人家腿还比她长。她勉强追了一段，眼看还是要被甩下，心里有些拿不定主意，不知是该继续追，还是原路回去告诉王老夫人。

就在她举棋不定的时候，远处忽然传来一声尖锐的马嘶，接着便是刀剑相撞声。周翡瞳孔一缩，忙循声飞身而去。

隐约间好像听见李晟喊了一声"什么人"，之后便再没了声息。周翡赶到的时候，只见被李晟骑走的马茫然地在原地打转，他一双短剑中的一把横在地上，人却不见了。树上和地面上留下的打斗痕迹不多，对方如果不是武功奇高，便必然是突然偷袭，攻其不备。

周翡正站在下风口，忽然，风中隐约传来一点声息，她没听太切，然而瞬间遵从了自己的直觉，侧身闪进旁边树丛中。

片刻后，只见两个蒙面人飞身而至，其中一个骂骂咧咧道：

"我要的是马不是人，捉个小崽子能值几个钱？幸亏这马还没跑，不然……"

另一人诺诺不敢吭声，周翡屏住气息，心里一动——那夜闯村子的强盗也是开口就要马。

那两人牵了马很快离开，周翡心里寻思，这会儿再要回去找王老夫人，恐怕得耽搁不少工夫，一来一往，这伙人不知道要跑到哪儿去了。她初初领会了破雪刀之威，自下山以来就一路顺畅，没有遇到过像样的对手，多少有几分有恃无恐，便当机立断，独自追了过去。

都说初生牛犊不怕虎，牛心里是怎么想的，这点无从考证，反正周翡是少了害怕这根筋。

周围黑灯瞎火，她的基本江湖技能"毁尸灭迹"都还没来得及出师，更不用提高级些的"千里寻踪"。一路追得磕磕绊绊，不是差点被人发现，就是差点被甩掉。周翡人生地不熟，方向感也就那么回事，跑到一半就发现自己找不着北了——然而她竟然也没往心里去，盘算着等回来再说，先追上要紧。

幸亏那两个蒙面人大约是觉得在自己的地盘上万无一失，颇为麻痹大意，走得不快，沿途树木丛生，他们一路又逆风而行，对周翡来说可谓天时地利俱全，虽然有点吃力，但好歹跟上了。

那两个蒙面人进了山间小路，左穿右钻，本来就迷路的周翡越发晕头转向。走迷宫似的不知走了多久，她骤然听见人声，抬头一看，吓了一跳。

这一片荒郊野岭里竟然凭空有一座寨子，往来不少岗哨，亮着零星的灯火。

此地地势狭长，夹在两座山之间，山路曲折蜿蜒，一眼看不见前面有什么。高处吊桥隐约，火把下人影幢幢，没有旗，四下戒备森严，有风声呜呜咽咽地从山间传来，以周翡的耳力，还能听见里面夹杂的怒骂声。

周翡顿时有点傻眼。她本以为这是一帮藏头露尾的抢马贼，不定是拿绊马索还是蒙汗药放倒了麻痹大意的李晟，肯定没什么了不起的——真了不起的人，能干出拦路打劫抢马的事吗？能看上李晟那破人和他骑的破马吗？

显然，周翡这会儿明白了，她可能对"了不起"这三个字的理解有点问题。

李晟虽然不是东西，但嘴上很乖，气急了他就不吭声了，万万不会污言秽语地大声骂人，这里头除了他，肯定还关了不少其他人。而这些蒙面人抓人抢马，还在群山腹地里建了一座声势浩大的黑牢，到底是要干什么？

周翡越琢磨越觉得诡异，汗毛竖起一片，她谨慎了起来，寻思着是不是应该先在周围转一转，熟悉一番地形再做打算。

不知是不是"傻人有傻福"，周翡傻大胆的时候，一路都在惊心动魄地撞大运，等她终于冷静下来开始动脑子了……完蛋，天谴就来了。

她还没琢磨出个所以然来，山间风向不知什么时候悄悄变了，两侧的石头逼着风声"呜呜"作响，正在岗哨前交接的一个蒙面人不知怎么手一松，被他盗走的马仰脖一声长鸣，居然脱缰而走。

周围几个人立刻呼喝着去逮，马有点惊了，大声嘶叫着奋力冲撞出来，慌不择路，直奔周翡藏身的地方来了！

周翡："……"

她有个不为人知的喜好，爱给小动物喂吃的，山间长得好看的鸟、别的寨的师兄们养的猫狗，还有一路跟着他们走的马，她没事都喂过，现在身上还装了一把豆子。李晟这匹蠢马可能是顺着风闻到了她身上的气味，本能地向熟人求救，稳准狠地就把熟人坑了。

周翡情知躲不过去，一咬牙，心想：我干脆先下手为强吧。

她一把抽出腰间窄背长刀，猛地拔地而起，从马身上一跃而过，一旋身长刀亮出，当空连出三刀。头一个追着马跑来的人首当其冲，狼狈地左躲右闪，生生被她刮了一刀，那人哑声惨叫一声，胸前的血溅起老高，不知是死是活。

后面的人吃了一惊，大喝道："谁！"

周翡不答话，她的心在狂跳，浑身的血都涌进了那双提刀的手上，紧张到了极致，反而有种破罐破摔的心无旁骛。第二个人很快冲到面前，未动兵刃，一脚先扫了过来。周翡只听"呜"一声，感觉那扫过来的仿佛不是一条人腿，而是一根坚硬的铁棍，她纵身一跃躲开，见地上竟被扫出了一圈一掌深的坑。

她这一退，五六个人顷刻间包抄过来，个个功夫都不弱，周翡挨个儿交了一圈手，手腕被震得生疼，知道再这样打下去，恐怕她不是刀断就是手断。周翡情急之下，被逼得超水平发挥，居然使出一招破雪刀中的第三式"风"。

"风"一式又叫作"不周风"，取的是怒风卷雪之肃杀、狂风扫地之放肆与风起风散之无常之意，最适合一个人揍一帮。刀法精妙，可惜她的气力却不足以施展十之一二。而仅仅是这十之一二，已经足够她在一群人惊骇的目光中生生将包围圈震开一个口子。

就在她差点跑了的时候，周翡无意中一抬头，只见高处的岗哨上架起了一排大弓，已经张开了弦等着她了，只要她胆敢往外一跑，立刻能免费长出一身倒刺。一瞬间，周翡心里转过了好几个念头，她突然吹了一声长哨，方才那匹乱冲乱撞的马闻声，没头没脑地又跑了回来，炻着蹶子冲进了包围圈，周翡趁乱从两个人中间硬钻了出去，同时回手摸出身上一把豆子："着！"

黑灯瞎火中，那几个人还以为她扔了一把什么暗器，纷纷四散躲开。周翡飞身蹿上马背，一把揪住缰绳，强行将那撒着欢要去找豆子吃的蠢马拽了回来，狠狠地一夹马腹，不出反进，往里冲了进去。

山谷间这些人可能本来就做贼心虚，因为她强行闯入，登时乱成了一锅粥，人声四起，到处都在喊。就在狂奔的马经过一个背光处的时候，山壁间一条窄缝落入周翡眼里，少女当时冷静得可怕，毫不犹豫地从马背上一跃而下，回手一抽马屁股，那马长长地嚎叫了一声，离弦之箭似的往前冲去。

这一嗓子招致了无数围追堵截，追兵都奔着它去了，周翡则闪身钻进了山壁间那条窄缝里。

那缝隙极窄、极深，只有小孩子和非常纤细的少女才能钻进去。周翡靠在石壁上，后知后觉地反应过来方才的惊心动魄，忍不住重重地吐了口气，都想象不出自己是怎么逃到这里的。

周翡感觉到山石缝隙中隐隐有风从她身边掠过，那一头想必是通着的，不是死路。等外面人声稍微远一点了，她便试着往里走去。里面通道变得更窄了，连周翡都得略微提气才能勉强通过，她一边往里挤，一边在心里盘算着该怎么去寻李晟，想得正入神，脚下忽然一空。

那真是连惊呼的时间都没有，她就直挺挺地随着松动的地面陷了下去，这山缺了大德了，底下居然还能是空心的！

沙土泥石稀里哗啦地滚了一身，周翡好不灰头土脸，幸亏她反应奇快，落地时用长刀一撑，好歹稳住了没摔个"五体投地"。原来那窄缝下面竟有一个石洞，不知是天然的还是什么人凿的，上面盖着的沙土只是经年日久浮的灰，自然撑不住人的重量。

周翡头昏脑涨地原地缓了半天，也是服气了。她发现自己也不知得罪了哪路神明，但凡机灵一会儿，一炷香时间内必遭报应。

想必皇历上说她今天不宜动脑。

摔下来的时候，她用手护着头脸，手背在石头上擦了一下，擦掉了一层皮，火辣辣的。周翡轻轻地"嘶"了一声，一边小心翼翼地在黑魆魆的石洞里探路，一边舐着伤口。这石洞不大，周翡大致在里面摸了一圈，什么都没摸到，反而有点放心——看来不是什么人挖的密室，那短时间内还是安全的。

外面天大概已经快亮了，破晓后暗淡的光线逐渐漏下来了一点，青天白日里不便在敌人的地盘上乱闯，周翡除了等，一时也想不出其他的办法，她便寻了个角落坐下来，闭上眼养精蓄锐。就在她刚刚从这一晚上的惊心动魄里安定下心神来的时候，耳畔突然传来了一颗小石子落地的声音，然后是一声口哨。

饶是周翡整个人就是一颗行走的"胆"，也差点给吓破了。

她激灵一下一跃而起，蓦地一回头——外面天大概已经完全亮了，山洞中虽然昏暗，却也足够她看清东西，只见一侧的山壁上有一个巴掌大的小窟窿，一个形容颇为狼狈的男子正在隔壁透过那小窟窿往这边看。

周翡："……"

这鬼地方竟然还有"芳邻"！

下一刻，她便听那人小声道："这鬼地方竟然也有芳邻，今日福星高照，必有好事发生，美人，你好呀。"

这家伙一开口就跟个登徒子似的，周翡握紧了窄背刀，盘算着倘若她从那窟窿里一刀把对面的人捅死，会不会惊动这里的蒙面盗。

"美人，你胆子真大，"那人用眼神示意她，"看那儿看那儿，看你脚底下有什么？"

周翡低头一看，只见她旁边赫然是一具白骨，方才黑魆魆的她也没注意，跟白骨肩并肩地坐到了天亮。

窟窿那头的人又说道："不瞒你说，我跟这位老兄已经大眼瞪小眼两个多月啦，我看此人生前恐怕也是个老头子，说不定还没有骨头有看头。别看它了，看看我呗。"

周翡忽略了他的废话，直奔主题地问道："两个多月？你是被关在这里两个多月了吗？"

"可不是吗，"那人语气很轻快，好像被人关起来还觉得挺光荣，"这里还关了不少人，你进来的时候没看见吗，两边山壁上都是隔开的牢房，各路英雄每天都在扯着嗓子骂大街，很有野趣。只可惜我这间在地底下，清静是清静了，不便加入战局。"

周翡钻进这石洞是机缘巧合，当时实在太紧张，什么都没看清。

她头一次碰见心态这么好的囚徒，隐隐觉得这人有些熟悉的亲切感，便又不那么想捅死他了，问道："这里主人是谁？为什么抓你们？要干什么？"

那囚徒伸了个懒腰，漫不经心地回道："夜里我听见有人大张旗鼓地喊叫，想必是在捉你，既然你与他们动过手了，难不成看不出他们的师承？"

周翡想起那铁棍似的一腿横扫，脱口道："难不成真是霍家堡吗？"

囚徒没答话，兴致勃勃地冲她说道："抬头看，你左边有一丝光漏下来了，往那边走走好吗？我整天跟一具白骨大眼瞪小眼，苦闷得很，好不容易来个漂亮小姑娘，快给我洗洗眼睛。"

"漂亮小姑娘"几个字一出，周翡神色一动，恍然发现了这熟悉感来自何处。她借着石洞里的微光，仔仔细细地隔着巴掌大的小窟窿将对面的囚徒打量了一番，有些不确定地问道："你……是不是姓谢？叫……"

送信那货叫什么来着？

时隔三年，周翡有点记不清了，她舌尖打了个磕绊，说道："……那个'霉霉'？"

这位十分自得其乐的囚徒听了一呆，借着晦暗的光打量了周翡半晌，忽然"啊"了一声："你不会是四十八寨里那个小丫头吧？叫周……"

"周翡。"

听她自报家门，方才还废话如潮的隔壁沉默了，调戏到熟人头上，那位大概也有点尴尬。

两个人在这样诡异的环境里各自无言了片刻，随后，周翡见她的"芳邻"往后退了一点，清了清嗓子，稍微正色了一些，说道："谢霉霉是当初逗你玩的，我叫谢允——你怎么跑到这里来了？"

周翡心说，那可是小孩没娘，说来话长，因此她很利索地长话短说道："我们下山办点事，这伙人抓了我哥。"

谢允奇道："怎么每次我见你，你跟你那倒霉兄长都能摊上点事？"

周翡听了这个总结，顿时气不打一处来——因为每次都是因为李晟那王八蛋没事找事！

但是家丑不可外扬，周翡心里把李晟扒皮抽筋一番，嘴却闭紧了，木着脸没吭声。

谢允道："无妨，我在这里都被关了两个多月了，有吃有喝挺好的，你哥一时半会儿应该没事。"

周翡正要说什么，忽然耳朵一动，飞身掠入墙角，与此同时，谢允抬手将那小窟窿用石头堵上了，视线被挡住，声音却还传得过来，似乎有什么铁质的东西磕在了石头上。过了一会儿，谢允把石头拆了下来，冲周翡挥挥手，说道："没事，送饭的来了——你饿不饿？"

周翡上蹿下跳了一整宿，早就饿得前胸贴后背了，但又不太好意思大大咧咧地跟人要东西吃，于是顿了一下，委婉地说道："还好。"

刚说完，一股饭香就"居心不良"地从那小小的窟窿里钻了进来。周翡一路上风餐露宿，除非能住上客栈，否则吃不了几口正经饭，乍一闻见热乎乎的饭菜味，她下意识地咽了口口水，有点馋。

结果谢允那"奇葩"说道："你要是不饿我就先吃了，要是也饿……我就挡上点再吃。"

周翡缓缓摩挲着自己的刀柄，从牙缝里挤出一句话："不用客气，自便。"

谢允还真就"自便"了，他拿起一个馒头咬了一口，嚼了两下，继而还是拿起小石块把那处窟窿堵上了，说道："还是怪不好意思的，挡着点吧。以后有机会，我请你上金陵最好的酒楼，唉，自从南迁以后，天下十分美味，五分都到了金陵。"

周翡实在不想搭理他了。

谢允又道："今天这顿我就不方便招待你了，这里面加了料。"

周翡吃了一惊："什么？"

谢允慢条斯理地说道："'温柔散'，听过吗？想你也没听过，都是邪魔外道们不入流的手段，蒙汗药的一种，专门放倒马的——英雄好汉们不能以寻常蒙汗药对付，用这种药马的正好，一碗饭下去半天起不来，内外功夫更不必说了。"

周翡奇道："那你怎么还吃？"

"因为本人既不是骆驼也不是王八，"谢允幽幽地叹了口气，"吃一碗半天起不来，不吃就永远都起不来啦。"

周翡一伸刀柄，把挡在两间石洞中间的小石块捅了下来，对那一口一口吃蒙汗药的谢允道："那个谢公子……"

谢允一摆手："咱们虽然萍水相逢，但每次都险象环生，也算半个生死之交了，你叫声大哥吧。"

他惯会油嘴滑舌，要是隔壁换个姑娘，大概又开始新一轮的没正经了，但不知是不是当年周翡拎着断刀挡在他面前的那个印象太深，谢允总觉得她还是三年前那个小女孩。跟"大姑娘"胡说八道是风流，可是面对"小女孩"，他便忍不住正经了一点……虽然也只是一点，但多少有点人样子了。

周翡问道："方才我问你此地主人，你绕开没回答，是有什么不方便说吗？"

谢允端起一个碗，慢吞吞地喝了一口汤，沉吟了片刻。

一个人被关在山洞里两个月，就算是个天仙，形象也好不到哪儿去。周翡注意到他虽然言语轻松，但其实只吃了半个小馒头，挑挑拣拣地吃了几口菜，实在不是个成年男子的饭量，大概也只是勉强维持性命而已。他两颊消瘦得几乎凹陷下去，嘴唇干裂，脸上胡子拉碴的，但这人端坐着不说话的时候，却奇异地依然像个公子——有点邋遢的公子。

"倒也不是。"谢允低声道，"只是我方才也不知道你是谁，这里面牵涉太多，不便多言。我听说李老寨主曾经和霍长风霍老爷子是八拜之交，你到岳阳附近，有没有去拜会过？"

周翡摇摇头。

"嗯，"谢允略微点了一下头，"此事要从两个多月以前说起，霍老爷子今年七十大寿，广邀亲朋故旧，他早年凭着霍家腿法独步天下，为人忠肝义胆，又乐善好施，交游很广，好多人落魄的时候都跟他打过秋风，所以帖子一发，大家自然都来捧场，这事你大概不知道。"

周翡确实没听说过。

谢允接着说道："我猜他们也未必敢给四十八寨发帖，万一真把李大当家招来，可就不好收场了。我是跟着雇主去的，到了一看，遍寻不到你们四十八寨的人，连贺礼都没见有人来送，当时就觉得不对。啧，只可惜我那人傻钱多的雇主不听我的，我又不好丢下他们先走，只好一起蹲了黑牢。"

周翡问道："你见到霍堡主了？"

"见了。"谢允顿了顿，又道，"但是已经傻了。"

周翡："什么了？"

"基本不认识人了，连自己叫什么都说不清，一会儿叫'长风'，一会儿叫'披风'，没个定准。"谢允唏嘘道，"据说是几年前生了一场大病，之后就一天不如一天，到现在时时刻刻得有人在旁边照顾，话也说不清楚，像幼儿一样。想当年也是绝代的人物，叫人看了，心里着实难过……自从霍老爷子不能过问事务以后，霍家堡便是他弟弟霍连涛说了算了，唉，霍连涛这个人你以后见了，最好躲远一点，我看他长得鼻子不是鼻子眼不是眼，恐怕有点心术不正。"

周翡："……"

她感觉谢允对人的评价标准好像有点问题。

"霍连涛野心勃勃，以其兄长的名义把一大帮人聚来，当然不是为了给他傻哥哥过生日，他是想把这些人聚集起来，缔结盟约，组成势力，自立成王。"谢允解释道，"对外，他们说是要再造一个'四十八寨'。"

周翡傻眼道："然后把不同意的都关起来？"

这是不是脑子有问题？

谢允摇摇头，说道："虽然好像就是那么回事，但不完全像你想的那样，这话说起来就更长了，三年前，甘棠先生出山……"

周翡猛地听见她爹的消息，立刻站直了。

"他将梁绍辛苦经营了一辈子的势力接过来，以一己之力压下南朝中蠢蠢欲动的蠢货，静待蛰伏。而伪帝病重的消息搅得南北内外沸沸扬扬，当时比现在还乱，有的人扯上一面大旗，在山脚下撒泡尿就敢当自己占了一座山头，英雄狗熊你方唱罢我登场，被曹伪帝挨个儿钓出来，险些一网打尽。幸亏有你爹黄雀在后，将计就计，在终南山围困伪帝座下大将，斩北斗'廉贞'，头挂在城楼上三天，重创北朝。"

周翡连大气都没敢出。

"那一战，伪帝元气大伤，卷入动荡的各大门派也都未能独善其身，'侠以武犯禁'，你爹大约也有些故意的成分在里头。"谢允道，"此后，武林中很大一部分门派与世家都成了一盘散沙，世道确实安生了不少，但分久必合，洞庭一带以霍家堡为首，很多人谋求抱团成势已经不短时间，霍家请的人大多与之志同道合。只有少数人是阴错阳差不明就里的，或者碍于面子不得不敷衍的。"

周翡："都在这儿了？"

谢允一点头："嗯，不过这么掉价的事不一定是霍家人做的，否则他们脸都蒙上了，却还要使霍家腿，岂不是脱裤子那什么？洞庭一带的江湖人大多归附了霍家堡，这其中鱼龙混杂，有一些……"

他停顿了一下，周翡脱口说出方才学会的新词："邪魔外道。"

"一些不大体面的江湖朋友，"谢允十分客气地纠正道，"当时霍家堡一再挽留我们，一天三次对我们晓之以理，动之以情，可惜我们这些人敬酒不吃吃罚酒，人家最后没强逼，好言好语地送我们走了，谁知刚离开霍家堡，就被人暗中偷袭，一股脑地扣押在这里，只要我们答应在洞庭会盟画押，便放我们出去。"

周翡想起荒村里那个刀下鬼，心里的疑惑一闪而过，想：腿法可以假装？那么粗的'大火腿'也是一朝一夕能慫出来的吗？

随即她又想到，那"大火腿"当时好像确实没有当着王老夫人的面使过腿功。她越想越不明白，整个江湖的云谲波诡在她面前才露出冰山一角，周翡已经觉得应付不来了，她随口说道："那就画呗，出去再说。"

谢允大笑道："然后说话不算数是小狗吗？那不成的，就算一诺不值千金，也不能翻脸不认人，反复无常的名声传出去，将来还如何在世上立足？况且平白无故被人关在这里，倘若就这么服软，面子往哪儿放？"

以周翡的年纪，还领会不到英雄好汉们面子大过天的情怀，但她颇有些"求同存异"的心胸，不理解也不去跟人掰扯，想了想，便说道："那我想个办法把你们放出去。"

谢允看了她一眼："妹子啊，你听我的，回去找你家长辈，递上拜帖到霍家堡，就说丢了个人，请霍家堡帮忙寻找。"

周翡皱眉道："你刚才不是说这黑牢不是霍家堡的授意？"

"水至清则无鱼，"谢允往石洞山壁上一靠，懒洋洋地说道，"你这不懂道理的小鬼，非得逼我说什么大实话？"

周翡三言两语间就从"美人"降格成了"小鬼"。她虽然头一次下山，十分不谙世事，却有点一点就透的敏锐，立刻听懂了谢允的言外之意——霍家堡睁一只眼闭一只眼，说不定还有正牌子侄牵涉其中，邪魔外道有邪魔外道的用场，万一弄出点什么事来，把这些"不体面"的朋友往外一推顶缸就行！

这都什么狗屁道理？

第九章·

插曲

"方才那个小丫头，倘若见到了，且留她一命——见不到就算了，看她运气吧。"

谢允见她一点就透，便笑道："不错，不愧是甘棠先生的女儿，有我年轻时一半的机灵。"

周翡听了他这句不要脸的自夸，没好气地腹诽道：你可真机灵，机灵得让人关在地底下两个多月，就快发芽了。

她从乌烟瘴气里滚下来，滚了一身尘土，脸上灰一块白一块的，唯独睁大的眼睛又圆又亮，像只花猫。谢允一看她的样子，就不由自主地想让她躲开这是非之地，能跑多远跑多远，至于自己的安危，倒是没怎么放在心上。

谢允冲她招招手，轻声道："听我说，你在这里且先忍耐一天，等到戌时一刻，正好天黑，他们又要换班。你趁那时候走，我给你指一条紧贴着牢房这边的路，山壁间石头多，好藏。被关起来的那些人看见你，应该也不会声张。"

谢允花了一整天的时间，事无巨细地跟周翡说了此地地形，叫她在小孔对面的石壁上画出，有理解错的地方立刻纠正过来，当中被送饭的打断几次，外面不时传来南腔北调的怒骂声。有一阵子，谢允被"温柔散"影响，话说到一半突然就没了声音，靠着身后的石壁一动不动，好像是晕过去了。

周翡不由得有点心惊胆战，石洞里光线晦暗，照在人脸上，轻易便投下一大片阴影，也不知他是死是活，好在谢允没多久就自己醒过来了，脸色虽然又难看了几分，却还是软绵绵地跟对面的周翡道："我活着呢，别忙着瞻仰遗体……刚才说到哪儿了？"

他不但讲了地形，还详细地告诉周翡什么路线最佳，以及一大堆避人耳目的小技巧，俨然是个偷鸡摸狗方面的高手。周翡一一用心记了，最后忍不住道："你不是一直被关在地下吗，这些都是怎么知道的？"

"被他们关进来的时候看过一眼，"谢允道，"没看见的地方是通过上面那些好汉日日骂街推测的。"

周翡恍然大悟——原来他们并不是没事消磨时间骂着玩，还能通过这种心照不宣的方式传递消息！

谢允往上瞄了一眼，透过细小的空隙漏下来的光线，他对时辰做出了判断，对周翡说道："我看时间差不多了，你该准备了，他们敲梆子换班，不难避开，你小心点。"

周翡是个比较靠谱的人，不忙着走，先回头把自己在墙上写写画画的痕迹又细细看了一遍，确保自己都记清楚了，才问谢允道："还有什么事吩咐我做吗？"

谢允正色嘱咐道："你记着一件事。"

周翡料想他这样费劲吃力地谋划了一整天，肯定是有事要托自己办的，当下便痛快地一点头道："你尽管说。"

谢允道："你上去以后，千万不要迟疑，立刻走，这些老江湖坑蒙拐骗什么都经历过，自然能想到脱身的办法，你千万不要管闲事。回去不要多说，直接找你家长辈去霍家要人。你放心，这个节骨眼上，霍连涛不会想得罪李大当家，肯定会想办法把你哥全须全尾地还回去。"

周翡倏地一愣，还以为自己听错了什么，追问道："然后呢？你们怎么办？"

"凉拌。"谢允不慌不忙地说道，"我夜观天象，不日必有是非发生，你权当不知道这件事，要到人以后，尽快离开洞庭。"

周翡用一种奇异的目光打量着他。她下山不过数月，已经见识了人世间的摩肩接踵、车水马龙、蓬蒿遍野、民生多艰，见识了十恶不赦之徒、阴险狡诈之徒、厚颜无耻之徒……没想到在此时此地，还让她见识了一个佛光普照的大傻子！

"你瞪我干什么？"谢允没骨头似的坐在墙角，有气无力地微笑道，"我可是个有原则的人，我的原则就是，绝不支使小美人去做危险的事。"

周翡迟疑道："但你……"

谢允打断她："这地方挺好的，我们兄弟四人有说有笑，再住上两个月都不寂寞。"

周翡随着他的话音四下看了一眼，十分纳闷，哪里来的兄弟四人？便见谢允那厮指了指上头，又指了指对面，最后用手指在自己肩头按了一下，悠然道："素月、白骨、阑珊夜，还有我。"

周翡："……"

娘啊，此人病入膏肓，想必是好不了了。

"快去，记着大哥跟你说的话。"谢允说道，"对了，等将来我从这儿出去，你要是还没回家，我再去找你，还有个挺要紧的东西给你。"

"什么？"

谢允十分温和地看了她一眼，说道："上次我擅闯你们家，虽然是受人之托，但到底害你爹娘分隔两地，还连累你折断了一把剑，回去想了想，一直觉得挺过意不去。那天在洗墨江，我看你用窄背的长刀似乎更顺手些，便回去替你打了一把，眼下没带在身上，回头拿给你。"

周翡心里一时间忽然涌上说不出的滋味。她是不大会顾影自怜的，因为每一天都记得周以棠临走时对她说的话，无时无刻不在挖空心思地想要更强大一点。她也很少能感觉到"委屈"，因为幼童跌倒的时候，只有得到过周围大人的细心抚慰，才知道自己这种遭遇是值得同情与心疼的，才会学着生出委屈之心，但如果周围人都等闲视之，久而久之，他就会认为跌倒只是走路的一部分而已——虽然有点疼。

周翡什么都没说，拎起自己的长刀，径自来到自己掉下来的那个洞口，飞身而上，用手脚撑住两侧石壁。她人瘦身轻，十分灵巧地从逼仄的小口上爬了出去。外面微凉的夜风灌顶似的卷进她的口鼻，周翡精神微微一振，心道：这可是恕难从命，大当家没教过她临阵脱逃。

再说了，就算逃出去，谁知道从这鬼地方怎么原路返回？

周翡作为一个到了生地方就不辨南北的少女，早忘了自己的"原路"是哪一条了，让她回去找王老夫人，难度就跟让她自己溜达到金陵，抱着周以棠的大腿哭诉她娘虐待她差不多。

她在石壁间的窄缝里一动不动地等着，这回终于看清楚了——此地果然如谢允所说，是被山峰夹出来的狭长谷地，两侧山岩上掏了好多洞口，是两面相对而立的大监牢。好多牢房里都关了人，倒是没听见镣铐声，想必一天三顿"温柔散"吃得大家都很温柔，不锁也没力气越狱。

周翡大致观察了一下地形，便开始全神贯注地盯着自己的第一个目标——距离她七八丈远的地方，有个茅草顶棚的小亭子，是岗哨交接用的。

谢允说，交接的时候，先头的人经过小亭子撤走，后来的人要短暂地在周围巡视一圈，这片刻的工夫里，交接亭是"灯下黑"，可以落脚。

但是亭子里有油灯，她必须动作足够快，运气足够好，还要注意不要露出影子。

戌时一刻，山间果然响起了一阵清脆的梆子声，不轻不重，却传出了老远。守卫打了个哈欠，前去换班，火把如游龙似的在狭长的山间流转，周翡就在这一瞬间闪身而出。

她将自己的轻功发挥到了极致，夜色中微风似的飞掠而过，在最后一个人离开小亭的刹那钻了进去，距那岗哨不到一人的距离。

可惜，她轻功虽然过得去，却远没有达到"风过无痕"的地步，周翡落地的一瞬间，悬挂在一侧的油灯被她卷过来的风带得晃了一下，灯火随之闪烁。周翡当机立断，脚尖方才落地，便直接借力一点，毫不迟疑地掠上了茅屋顶棚，四肢扒住了几根梁柱，整个人与地面平行地卡在茅屋顶上。

这一下好悬，她才刚上去，离开的岗哨就非常敏锐地回了一下头，眯着眼打量着微微摆动的火苗，又疑惑地往回走了几步，围着亭子转了一圈。

周翡一口气憋得胸口生疼，人已经紧张到了极致，单薄的手背上青筋一根一根地凸了起来，后背竟然已经被冷汗浸透了。

她微微闭了一下眼，全神贯注地想象一整张牵机线织成的大网铺天盖地地向她压过来，漆黑的江面上满是点点寒光的场景，心里那一点担惊受怕立刻训练有素地转成了战栗的兴奋——这是她自创的小窍门，每次被牵机线逼得走投无路，满心惊恐畏惧的时候，她都强迫自己想象一条长长的台阶，另一头通到一座大山的山巅，然后说服自己，只要她能穿过这片牵机线，就能艰难地再爬上一个台阶。

眼睛一闭一睁，周翡的目光便平静了下来，那岗哨回到小亭里，伸手拨了一下灯芯。

周翡居高临下地盯着他的大好头颈，心里盘算着怎么在最短的时间内悄无声息地宰了这个人。

如果失败呢？

"如果被人发现，"她镇定地思忖道，"那我就杀出去，杀不动了再说。"

就在这时，不远处有人叫道："甲六，你磨蹭什么呢？"

那岗哨不耐烦地回道："催什么！"

说完，他放下油灯走了，终于还是没往上看。周翡缓缓吐出口气，心里默数了三下。方才的岗哨走出几步，本能地回了一次头，什么都没发现，这才确定是自己疑神疑鬼，摇摇头，转身走了。

待他彻底走开，周翡才从亭子一角溜下来，往岗哨亭里扫了一眼，见油灯下的小桌上有一壶茶，还有一笼白面馒头，用白布闷着热气，那岗哨大概是想等回来的时候加个餐。周翡饿了一天，见这些混账东西倒挺会享受，顿时气不打一处来，果断摸了两个巴掌一般大的馒头，顺走了。

按照谢允给她规划的路线，周翡要穿过石牢附近错综复杂的小通道，小通道上天然的石块与遮挡能帮她隐藏行踪，偶尔不小心跟被关在里头的英雄们打个照面，也果然如谢允所说，牢里的人一见她就知道是偷偷潜进来的人，不但没有声张，有些还会偷偷给她指路。

　　谢允的本意是叫她穿过石牢区，那里有一条上山的小路，可以直接出去。周翡却没打算跑，她出来的时候就借着谢允指的路，擅自订了另一个计划。她的目标是石牢后面的马圈——这些蒙面人大约没少干劫道的事，很多过路人都被抢了马匹财物，没来得及运走的马，就先圈在后山一块地方养着。

　　马棚多干草，夜间风又大，正适合放火。

　　周翡打算放火放马，最好把这山间黑牢搅成一锅粥，然后去找厨房。

　　谢允不愿意让她掺和进来，因此没告诉她"温柔散"的解药长什么样，但周翡寻思，既然是下在食物里的，显然是经厨房统一调制，厨房有厨子、杂役、送饭的、岗哨等等，人来人往，不可能万无一失，时间长了，准会有自己人误食，所以他们八成有备用的解药，过去抓个厨子逼问一通，顺利的话，也许能弄来解药。

　　周翡思路十分清晰，她来到最靠边的一间牢房前，盯着不远处的马圈，提刀在手，深吸一口气，立刻打算行动。

　　然而就在这时，身后寂静无声的石牢里突然伸出了一只手，一把按住了她的肩头。

　　周翡心里"咯噔"一声，差点直接把刀拔出来。

　　然而下一刻，她耳根轻轻一动，听见不远处传来一阵非常轻的衣服窸窣声——来人脚步太轻了，要不是他不想掩盖行踪，周翡是察觉不到他存在的。

　　她本以为漫山的岗哨都和自己半斤八两，没想到角落里居然还藏着高手。就在周翡开始担心自己会不会泄露形迹的时候，她身后突然传来了一阵要断气似的咳嗽声，按在她肩上的手随着主人这一阵咳嗽，不由自主地往下压了压，似乎是那人连站都站不稳，将她当成了一个人形的扶手。

周翡小心翼翼地回过头去，只见这个最里面的黑牢里关着一个形销骨立的中年男子，他整个人方才藏在阴影下，又无声无息，以至于她完全没察觉到这里还有个活物。这人两鬓斑白，身着布衣，肩背虽然不驼，但也不怎么直，一脸清苦落魄，像个人形的"穷"。那人对周翡轻轻地摇摇头，没来得及说什么，随即又是一阵撕心裂肺的咳嗽，听得周翡胸口一阵发闷，差点要跟他一起喘不上气来。

不远处的人好像顿了顿，大概是不想靠近这个痨病鬼，他嫌弃又厌恶地低低"啧"了一声，转道往远处去了。

那中年人这才放开周翡，按着自己的胸口，靠在旁边休息，气息十分微弱。

周翡迟疑了一下，没有立刻走，小声说道："多谢……前辈，你没事吧？"

中年人抬头看了她一眼，周翡对上他的目光，心里没来由地一惊，那是一双混浊的、有些死气沉沉的眼睛，看过来的时候，叫人心头无端一紧。

只听那人淡淡地说道："哪里来的小丫头，好大的胆子。"

四十八寨中，隐世高人无数，不少人像王老夫人一样，看起来只是个再寻常不过的老翁老太，却说不定有一手神鬼莫测的功夫。周翡见识不多，出了门不知道柴米油盐是怎么卖的，唯独见过的高手多得数不过来。可是那些寨中长辈……包括李大当家在内，没有一个人像眼前的中年人一样，给她一种说不出的压力——哪怕他看起来比周以棠还虚。

周翡不由得带了几分谨慎，小心地回道："我家中有一兄长，独自外出的时候被他们捉去了，不得已来寻，打扰前辈了。"

中年人半合着眼，又道："哦，师承何处？"

他这话可谓十分无礼，带着些许发号施令惯了的居高临下，态度却又十分理所当然，让人觉得他好像天生就该这样说话一样。

周翡犹豫了一下，她一个人的时候，颇有些天不怕地不怕的傲慢气，然而涉及家里，全身沉睡的谨慎小心便齐刷刷地苏醒了。她不知眼前这人是什么来路，又深知自己没什么经验，恐怕给四十八寨找事，便只好半藏半露道："家里留着些祖上传下来的功夫，爹娘随便传，自己胡乱练，强身健体而已。我们家里人丁稀少，总共三口人并两个亲戚家的兄弟姊妹，谈不上正经门派。"

那中年人"嗯"了一声，也不知道信了没有，反正是对她失去了兴趣，摆摆手示意她可以滚蛋了。周翡其实不太爱搭理陌生人，但瞧见这人憔悴的样子，不知怎的想起了周以棠。在地洞里，她听谢允三言两语便扫过千军万马，脸上虽然没表露出什么，心里却不由得七上八下，一时担心她爹四处奔波没人照顾，一时又觉得他既然那么威风凛凛，名医与侍从一定多得很，走了这几年，连一点音信都没有传回过寨中，怕是要忘了她们母女了。

此时，她种种复杂的担心不由自主地移情到面前的中年人身上，忍不住问道："前辈是病了吗？"

那中年人似乎没料到她会主动跟自己搭话，微微愣了愣，才简短地说道："一点旧伤。"

周翡"哦"了一声，想了想，取了个馒头，从牢门的缝隙里递了进去。

中年人看了一眼那馒头，神色有几分奇异地打量着她。

"这是我从岗哨亭顺来的，"周翡解释道，"他们自己吃的，没毒。我看那些食物里的药很伤人，前辈既然有伤，能少吃一点是一点吧。"

那中年人伸手接过，拿着还有些余温的馒头在手中翻来覆去地看了两遍，好像这辈子没见过馒头长什么样似的，而后他也不道谢，只是淡淡地问道："你方才说的兄长被他们关哪儿了？"

周翡茫然地摇摇头。

中年人深深地看了她一眼："那你就敢乱闯？你可知此地主人是谁？"

谢允说是"一些不大体面的江湖朋友"，他大概想到就算他说了她也不见得知道，于是略去了。

中年人道："'活人死人山'你总听过吧？"

他似乎有点不耐烦，本以为提点两句就够了，谁知周翡神色仿佛愈加茫然了。中年人皱起眉来，冷冷地说道："没断奶的小崽子怎么也出来四处走动，你家果然是没人了。"

周翡有点不悦，然而随即想起来，"家里人丁稀少"这话是她自己瞎说的，只好短暂地把火按回去，同时好奇此人究竟是什么身份，怎么一把年纪了还这么不会说人话？

"活人死人山上无数妖魔鬼怪，上有四个主位，大言不惭，以四象冠名，是一群天下闻名的搅屎棍，手段狠辣，喜怒无常，一度闹得腥风血雨，乃臭名昭著的'黑道'。后来那兄弟四人自己狗咬狗，闹了一场内讧，恰逢南北对峙，两头都想剿灭他们，这才分崩离析——其中朱雀一支落在了岳阳附近，这伙人无法无天的时候，结仇遍天下，如今龟缩此地，也知道不宜抛头露面，便各取所需地依附了霍家。"

周翡恍然大悟道："哦。"

不过"哦"完了，她也只是大概明白了这帮蒙面人为什么干龌龊事这么得心应手，没有太多其他感触，毕竟她没亲眼见过这些"妖魔鬼

怪"的真身，而且要说起"黑道"来，四十八寨这种"奉旨为匪"的，
也白不到哪里去。

中年人瞄了她一眼："朱雀主名叫木小乔，当年因为一些小龃
龉，独自一人上泰山，一炷香时间内挑了泰山派三大长老，震断了掌门
三根肋骨，在众目睽睽之下一把破开掌门独子的胸口，抓出了一颗活蹦
乱跳的心，掷在地上全身而退。"

周翡这回睁大了眼睛，泰山派她是知道的，四十八寨中的千钟一
系便是从那边迁过来的，他们掌门极推崇泰山十八路"社稷掌法"，据
说千钟的开山祖师就曾经是泰山弟子，后来将掌法融入长戟中，才自创
了这一系。中年人见这孤陋寡闻的小丫头总算被唬住了，这才有些尖酸
地笑了一下："总算说出了一个你知道的门派——晓得厉害就好，算你
运气好，现在知道了，快滚吧。"

谁知"被唬住"的周翡心道：原来这么厉害，那方才闹个天翻地
覆的计划是行不通了，我还是得小心点，不如先悄悄地去搜寻解药，多
放出点帮手来再说。

她便对这中年人说道："多谢前辈指点。"

说完，周翡轻巧地从石牢门口一跃而下，两三个起落就朝马圈后
面的一排房屋去了。那中年人猝然睁眼，见她居然丝毫不理会自己的劝
告，执意找死，便面色阴郁地注视着周翡离开的方向，低声道："不知
天高地厚。"

这时，一道影子从方才周翡站的地方"溜"了下来，落在石牢门
口，才看出这道"影子"竟然是个人，他裹着一身黑，贴在山岩石壁
间，和真正的影子没有一点区别。黑衣人恭恭敬敬地单膝跪地，等着那
石牢中的中年人吩咐。

"没事。"中年人淡淡地说道，"一点小插曲，不影响，我只想

知道，你确定朱雀今夜在此山中吗？"

黑衣人张开嘴说了句什么，分明没有说出声音来，石牢里的中年人却好像听见了，他低低地笑了一声："很好，不枉我久候，去吧，按原计划来。杀了木小乔，霍连涛不足挂齿。"

黑衣人一低头，似乎应了一声"是"，眨眼间便又化成了一道影子，壁虎似的贴着山壁，已经攀上了数尺。

就在这时，石牢里的中年人却忽然又道："慢着。"

黑衣人闻声，温顺地溜回牢门口，等着听吩咐。只见那痨病鬼似的中年人掰了一块馒头，十分不信任地凑在鼻尖仔细闻了一遍，又抿了一点渣，反复确认确实没毒，才吃了一小口。他吃东西的样子极其严肃，眉头微微皱起，似乎在做什么艰难的抉择。

好不容易把这一块馒头咽下去，中年人才低声说道："方才那个小丫头，倘若见到了，且留她一命——见不到就算了，看她运气吧。"

周翡全然不知道平静的山谷中正酝酿着什么，她耐着性子小心搜寻了小半个时辰，终于跟着几个杂役找到了后厨的地盘。知道了此地的凶险之后，她对后厨中看似普通的杂役丝毫不敢掉以轻心，使出浑身解数，跟上了一个矮墩墩的胖厨子。那厨子大约是夜间饿了，想给自己做点消夜，又不想给人看见，便斥退了小学徒与其他杂役，独自来到伙房。

周翡不错眼珠地盯着他的一呼一吸，一举一动，下意识地模仿着那厨子走路的节奏，就在那胖厨子推开伙房木门的一瞬间，周翡骤然发难，只听"噗"一声，那胖厨子连吭都没吭一声，喉咙处已经多了个洞。

周翡："……"

说好的妖魔鬼怪窝呢？

刚才那个病歪歪的大伯是吓唬人玩的吗？

第十章·

朱雀主

"你看好了，这可是个千载难逢的
大魔头，见他一次，往后三年都得
走好运……只要别死在这里。"

　　其实是周翡初出茅庐，弄不清自己的水平。

　　她年纪不大，哪怕从娘胎里就开始练，内功也未见得有多深的积累，因此不耐久战是正常的，倘若对手人多或是恰好与她水平相当，她就会很被动。而破雪刀乃李老寨主四十岁时修补完成的，他那时尚未老迈，经验与积累却已经极为深厚，正是一生中的巅峰，因此破雪刀极烈、极暴虐，周翡天生条件本不太好，九式破雪刀，她有一多半是难以施展的——但这些都不代表她稀松平常。

　　就算是李晟，倘若不是他当时正心绪起伏，那两个蒙面人又卑鄙偷袭，也不会落到这些人手里。

习武不比读书——哪怕是读书，首先得交得起先生束脩、供得起文房四宝，就算这些都没有，"凿壁借光"，起码要有个"壁"，有片瓦挡雨、一席容身之地才行，这在当今世道，就已经是比一半的人都优越的出身了——习武则要更苛刻一些，因为还要有师父领进门。贫家子弟倘若悟性绝佳，尚可在门口听院内书声，但习武之人，十八般兵器就算不会使，起码也要认得。气门、经脉等，入门的时候都得有人手把手教，否则错认一点，走岔了气是轻的。不少功夫是师长言传身教的，压根儿没有一字半句留在纸面上，百部武学中不见得有一部能成为纸面上的典籍，而能成为典籍的，通常都是门派中出了一代宗师般的人物，这些人很少考虑小弟子的接受能力，整理出的典籍有不少佶屈聱牙，倘若没人细细讲解，一般读过两三年书就自以为不算睁眼瞎的人怕是连上面的字都认不全。

可是各大门派，哪个不是敝帚自珍？

大多数帮派的所谓"弟子"，其实入门以后都不过是由老弟子传一些粗浅末流的拳脚功夫，平时与普通杂役没什么区别，打起来都是炮灰。那厨子被她这全神贯注的一刀捅个对穿实在再正常不过了。

周翡几乎怀疑自己杀错了人，然而事已至此，就算真杀错了，她也不敢再耽搁，她一弯腰将那厨子的尸体拖进伙房，又按照邓甄师兄他们的做法，生疏而细致地处理了地上的痕迹。然后回身闩上伙房的门，用水缸里的水随便洗了洗手，把剩下的一个馒头拿出来，一边啃一边将伙房翻了个底朝天。

最后，周翡找到了一堆送饭的食盒，旁边有一个半人高的柜子。

食盒有两种颜色，一种是红的，上面刻了个"赤"，一种是黑的，上面刻了个"玄"，想必是为了区分开给看守和囚徒的伙食，柜子里有一堆药瓶，也不知都是干什么用的。周翡对这些瓶瓶罐罐一窍不通，也不敢乱闻，干脆随手撕下一块桌布，两头一系，做了个布兜，一股脑地兜走了。

然后她没有立刻离开，在原地逗留了片刻，思考自己是否还有遗漏。

就在这时，外面突然传来一阵喧哗，尖锐的马嘶声混乱地响起来。周翡一惊，将窗户推开一条小缝，见不远处的马棚火光冲天，不知是谁又放火来又放马，简直跟她"英雄所干缺德事略同"，把她暂时搁置了的计划完美地执行了！

接着，喊杀声乍起，无数道黑影从四面八方落下来，顿时便如油入沸水，将整个山谷炸了个底朝天。周翡很想看看这位不知名的"知己"是何方神圣，然而她想起谢允那句"不日必有是非发生"，还有要她迅速离开的警告，便直觉这伙"知己"不是来救人的。她立刻从伙房里溜了出来，将一个包裹的药瓶护好，反手抽出长刀，逆着人群冲了出去。

外面那叫一个乱，人咬人，狗咬狗，黑衣人与山谷中的岗哨们混战在一起。周翡刚一冲出去，便迎面碰上了山谷中的几个岗哨，她提刀的手腕一绷，正要对敌，那几个岗哨晕头转向中见她也没穿黑衣，居然熟视无睹地从她身边跑过去了！

周翡："……"

她还没来得及偷着乐，刚跑过去的岗哨又反应过来了，领头的一个猛地回过头来，跟周翡大眼瞪小眼片刻，"嗷"一声暴喝："不对，你又是什么……"

对方"人"字未曾出口，周翡已经先下手为强了，她吃饱了，手中长刀有如吐芯之蛇，转眼随着三声惨叫，她已经放倒了三人，径直冲到了那领头人面前，那领头人一声暴喝，双手泛起铁青的光，竟要用一双肉掌去接她的刀。周翡蓦地往上一蹿，虚晃一招，纵身越过那领头人的头顶，翻身上了一棵大树，在树冠上轻轻借力，转眼人已在两丈之外。那领头人正要命人追击，身后突然响起凌厉的刀锋声，几个黑衣人不知什么时候到了他身后。

周翡常年在黑灯瞎火的洗墨江中跟牵机斗，眼观六路耳听八方的本领早已经炉火纯青，动手的时候便看见了逼近的黑衣人，当机立断撂下他们脱身而去。

此时，地下石牢中的谢允已经半睡半醒地养神良久，终于在压不住的喊杀声中睁开了眼睛，外面是什么场景他看不见，但听声音也大概能想象到。他扶着冰冷的石壁站起来，腿有些软，脚步却不着急，缓缓地踱步到墙上有孔洞的一侧，侧身靠在墙上，对隔壁的白骨低声道："布衣荆钗盖不住倾城国色，吃斋念佛也藏不住野心昭昭。怎么总有人觉得自己能瞒天过海？霍连涛真是个棒槌啊，对不对？"

白骨默无声息。

谢允摇头一笑，随即又想起了什么，脸上终于露出一点忧色，说道："这祸端比我想象中来得还早，那小丫头也真会赶日子，你说她跑得掉吗？"

就在他身陷囹圄、还替外面的人闲操心的时候，隔壁石室中突然一阵稀里哗啦的动静，上面一串沙石掉下来，蹦起来的石子三蹦两蹦地砸了那白骨一个脑瓜崩，把那已然魂归故里的白骨兄砸得一歪脖，脑袋掉下来了。

"哎哟。"谢允十分心疼地看着那在地上滚了两圈的头颅，"罪过罪过，又是谁这么毛手毛脚的？"

下一刻，一道人影蓦地从那窄小的缝隙中冲了进来，两步便带着一身烽火气落到了谢允面前，来人飞快地说道："我都不认识，你快看看哪个是解药？"

谢允看清去而复返的周翡，蓦然变色，她手中竟然只剩了一把光杆刀，刀鞘不知落在了哪里，不但跟人动过手，恐怕还是一路砍过来的。他难得敛去笑容，一时露出几分厉色："我不是叫你走吗？怎么又回来了！"

周翡从小被李瑾容凶到大，才不在乎他这点温柔的"厉色"，说道："别扯淡，外面打成一锅粥了，你少啰唆两句，快点看。"

谢允被她噎得不轻，然而事已至此，废话无益，他只好挨个儿接过周翡从小孔里递过来的小瓶子："避暑丹、穿肠散、金疮药粉，这儿还有一瓶鹤顶红，这个是什么？春……嘶，你跑哪儿去了，怎么什么都拿？"

周翡莫名其妙地问道："春什么？"

"抹春饼的酱……别瞎问。"谢允顺口胡诌，同时牙疼似的看了她一眼，接过了下一瓶，先是闻了一下，随后他"嗯"了一声，又倒出一点尝了尝，一开始有一点淡淡的草药味。片刻之后，那点草药味陡然发难舌尖，排山倒海的辣味顺着舌尖经过他口中，瞬间淹没喉咙，冲向四肢百骸。

谢允一个没留神，咳得眼泪都快出来了。

那股辣味仿佛一排大浪，灭顶似的扫过他骨缝中缠绕的温柔散，一鞭子把他抽醒了，消失了不知多久的力气缓缓回归到他身体里。谢允挣扎着举起一只手，哑声对周翡道："是……是这个。"

周翡眼睛一亮："这就是解药吗？一次吃几勺？"

被辣得死去活来的谢允闻听了这种"无忌童言"，差点给她跪下，忙道："别别，抹一点在鼻下或舌尖就行，按勺吃要出人命的……

外面现在是个什么情况？"

　　周翡三言两语把突如其来的黑衣人说给他听了，谢允越听越皱眉，说道："不好，你从那边上去，跟我走。"

　　说着，他试着提了口气，直接顺着送饭时吊下来的草绳飞身而上，虽然周身血脉还有些凝滞，但大体不是半瘫状态了。他从头上取下束发的簪子，那东西非金非玉非木非骨，乃少见的玄铁，头很尖，跟时下男子用的束发簪大有不同，也不知平时是干什么坏事用的，反正三下五除二就把上面的锁头给捅下来了。

　　周翡见状，不再耽搁，顺手捡起白骨脑袋放回原位，怎么下来的怎么安上去了。

　　此时，整个山谷已经变成了一片火海。

　　谢允将解药的瓷瓶磕碎了，这时候就不必讲究什么干不干净的问题了，他一路将药膏抹在每个石牢的门口。

　　周翡迅速跟上他，一边挨个儿将石牢门上的锁砍松，一边尽量不去直视用各种姿势舔牢门的英雄好汉们……有些好汉大约吃不惯辣，舔完还要神情痛苦地叽喳乱叫一番，好不热闹。

　　漫山遍野都是居心叵测的杀手，唯有他们俩救火似的救了一路。

　　谢允的轻功不知师承何处，简直有点邪门，周翡怀疑他骨头里可能灌了好多气，飞奔起来完全不费力，活像一张被大风刮走的薄纸。她本就有些追不上，还得扛着大刀干体力活，一时连气都快喘不匀了。最要命的是，这一大圈砍下来，她没能找着李晟。

　　周翡心里不由得有些急了，尤其想起别人告诉她的那些个剥皮挖心的传说——李晟一个细皮嫩肉的小白脸，倘若被那什么朱雀主看上了捉去，做成人皮毡子可怎么办？

四十八寨里有一年来了一头脾气暴躁的熊，差点伤着几个去捉山鸡的小师兄，被一个长辈追踪了一天一宿，打死拖了回来，说要剥皮做个毡子。那时候周翡还很小，只记得那狗熊的脑袋耷拉在一边，一脸死不瞑目的阴郁，仿佛咬牙切齿地打算来生再报杀身大仇——这是周翡野猴子一样的童年里不多的阴影。

此时，她自动将李晟的脑袋安在了熊身上，想得自己不寒而栗。

就在她开始因为压力太大而胡思乱想的时候，前面的谢允突然停住了脚步。

周翡："怎么……"

谢允伸出一根手指："嘘——"

他神色实在太严肃，周翡下意识地屏住了呼吸，渐渐地，一阵琵琶声从满山谷的喧嚣中传了出来，刚开始只有纤纤一线，而后越来越清晰，竟如同在耳边响起似的，将所有喊杀与杂音一并压了下去。那琴声并不激昂，反而凄凄切切的，低回婉转，甚至有些气若游丝的断续感。

"哭妆。"谢允低声道。

周翡诧异道："什么？"

谢允道："一段唱词，说的是一个美人，红颜未老恩先断，灯下和烛泪哭薄幸人，胭脂晕染，花残妆、悼年华……"

周翡满脑子人皮毡子，哪听得进这种风花雪月？立刻暴躁地打断他道："都什么乱七八糟的！"

谢允伸手拦住她，肃然道："后退，来者不善。"

他话音没落，远处山巅上突然出现了一个人影。周翡夜里视力极佳，看出那是个宽肩窄腰的男人，手上抱着个琵琶，披头散发，衣袂飘逸，随时能乘着夜风飞升而去似的。如泣如诉的琵琶声忽地一顿，那人提琴而立，向山下一瞥，不过两三瞬，已经顺着漫长的山脊落了下来。

来人走路的样子很奇怪，步伐很小，轻盈得不可思议，偏偏速度极快，行云流水一般，转眼就到了山谷正中。他所到之处，原本打得乌眼鸡一样的两路人马纷纷畏惧戒备地退开。

他微微低头敛衽，行了个女人的福礼，然后轻轻地嗟叹一声——别人的叹息是喷一口气，最多不过再使劲一拍大腿，他这一声叹息却长得像唱出来的，余音缭绕了半晌不散，周翡下意识地跟着微微提了一口气，总觉得他后面得接个长腔。

那人倒是没哼唧，只轻声道："家门不幸，我手下精锐全都折在了活人死人山，如今傍身的都是这些废物。沈先生大驾光临，也不知事先通报我一声，实在有失远迎。"

周翡揉了揉眼睛，她见抱琵琶的人分明是个身量颀长的男子，这一说话，却又分明是个女的。

谢允却眉头一皱："沈先生？"

这时，半山腰上"当啷"一声，一道石牢的门自己打开了。周翡惊讶地睁大了眼睛——最里面那间石牢里关的，可不就是那个说话喜欢危言耸听的前辈？

只见那痨病鬼似的中年人慢吞吞地从里面走出来，他身形有些佝偻，双手背在身后，越发没了精气神。他居高临下地低头看着抱琴的人，咳嗽了几声，说道："不速之客，多有叨扰，朱雀主别来无恙啊。"

周翡不由得微微踮起脚，想看看这传说中空手掏人心的"大妖怪"长着几个鼻子几张嘴。

山谷中灯火通明，那"大妖怪"并不是青面獠牙，反而有几分清瘦，一张映在火光下的侧脸生得眉清目秀，面容雪白，雌雄莫辨，唯独薄薄的嘴唇上不知糊了几层胭脂，殷红殷红的，像屈子《楚辞》中幽篁深处的山鬼。

朱雀主抬手拢了一下鬓角，轻声细语道："我是个末流的小人物，天生苦命，跑江湖讨生活，与沈先生往日无冤，近日无仇，您有什么差遣，但请吩咐就是了，何必这样大动干戈？"

"沈先生"听了，便沉声道："确有一事相求。"

朱雀主指尖轻轻地拨动着琵琶弦："洗耳恭听。"

沈先生道："可否请朱雀主自断经脉，再留下一只左手？"

周翡："……"

这病秧子找揍吗？

谢允低声对她解释道："活人死人山的朱雀主名叫木小乔，掌法独步天下，有隔山打牛之功……不是比喻，是真山。他是个左撇子，左手有一招'勾魂爪'，号称无坚不摧，探入石身如抓捏豆腐，他指尖带毒，见血封喉，阴得很。你看好了，这可是个千载难逢的大魔头，见他一次，往后三年都得走好运……只要别死在这里。"

石牢中的囚徒，漫山跑的岗哨，还有那位神秘的沈先生带来的黑衣人全都安静如鸡，跑的顾不上跑，打的也顾不上打，屏息等着听木小乔发话。

"沈先生实在是强人所难啊。"木小乔好一会儿才吭声，居然也没急，仍是客客气气地说道，"唉，是福不是祸，是祸躲不过，既然这样，我也只能领教一二了。"

谢允突然道："掩住耳朵。"

可能是谢允天生自带圣光，这一天一宿间，周翡对他生出某种无端的信任。她反应奇快，立刻依言捂住耳朵，但人手不可能那么严丝合缝，饶是她动作快，一道轻吟似的琵琶声还是撞进了她的耳朵。

　　周翡当时就觉得自己来了一回"胸口碎大石"，五脏六腑都震了几震，一阵晕头转向的恶心。

　　其他人显然没有她这样的运气，朱雀主这一手敌我不分，以他为中心几丈之内的人顷刻间倒了一片，离得稍远的也不免被波及。不少人刚解了温柔散，手脚还在发麻，立刻遭了殃，内伤吐血的就有好几个。

　　半山腰上的"沈先生"却蓦地飞身而下，他站在那儿的时候像个霜打的茄子，这纵身一扑，却仿如猛禽扑兔，泰山压顶似的一掌拍向朱雀主头顶。朱雀主嘴角噙着一点笑意，五指骤然做爪，一把扣住沈先生的手腕，地面上的石头受不住两大高手之力，顿时碎了一大片。

　　"勾魂爪"骤然发力，随后朱雀主微微色变，轻"咦"了一声，一个转身便已经飘到了数丈之外，手中扣着一样东西——他一把将沈先生的手掌齐腕拽下来了！

　　那手掌不自然地伸着，断口处却连一滴血都没有，痨病鬼似的中年男人面沉似水地站在原地，两袖无风自动，拢住残缺的左腕。

　　周翡自以为见过百家功法，却还是头一次知道有人能用义肢打出那样一掌。她从未见过这种绝顶高手动手，一时顾不上自己胸口闷痛，看得目不转睛——那两人顷刻之间过了百十招，朱雀主木小乔身形翩翩，出手却像毒蛇。沈先生没他那么多花样，乍一看有些以静制动、以力制巧的意思在里头，步伐中却另有玄机……究竟是什么玄机，周翡一时没看明白，只好先记在了脑子里。

　　谢允骤然色变："棋步——沈天枢？"

　　周翡眼睛也不眨地随口问："谁？"

　　"傻丫头还看热闹！"谢允抬手一拍她后脑勺，"你不知道'天枢'乃北斗之一，又名'贪狼星'吗？他既然来了，今天在场中人一个也跑不了，肯定是要灭口的，趁他现在被木小乔缠着，赶紧走！"

周翡回过神来，还没来得及消化他那句话，便见谢允嘴里说着让她走，自己却拿着方才的药膏沿着石牢往里跑去，她想也不想便跟了上去："我也去。"

"你跟来干什么？要不是这管药膏在我手上，揣着于心不安，我早跑了，你傻吗？"谢允脚步不停，没好气地说道，随后他也发现周翡拿他的话当耳旁风，便激将道，"你要再跟，药膏你拿去，你去给这帮累赘解毒，我可走了。"

"哦，"周翡一伸手，"给我吧。"

谢允："……"

周翡在四十八寨就特立独行惯了，主意从来都非常大："反正我还得找李晟，把他一个人丢在这里我跑了，回去怎么跟我娘交代？"

谢允觉得简直匪夷所思："你娘是亲娘不是？是你的小命重要还是'交代'重要？"

周翡毫不犹豫地道："交代重要。"

谢允用一种奇怪的目光看了她两眼，周翡以为他又想出了新的劝阻，不料此人竟说道："不错，确实是交代重要，不过烂命一条，也未见得比别人值钱——既然这样，走，咱们去把这些倒霉蛋放出来，是死是活听天由命，好歹问心无愧。"

谢允东拉西扯起来实在太能絮叨，周翡这回难得从他身上找到了一点痛快劲，还没来得及欣慰，便听他又悠然补充了一句："像我这样身长七尺，五尺半都是腿的世间奇男子，居然也能碰上半个知己，幸哉！"

这自我描述很是特立独行，听着像只大刀螂。

"……"周翡顿了一下，问眼前这只大言不惭的"人形刀螂"道，"为什么我是半个知己？"

"大刀螂"在一间石牢门口抹上解药，嘱咐那人快跑，回头在周翡头上比画了一下，正色道："因为你怕是还没有五尺高。"

下一刻，他脚下生风一般地原地飘了出去，大笑着躲过了周翡忍无可忍的一刀。

有些人白首如新，有些人倾盖如故。不知道是不是因为谢允太自来熟了，周翡本来不是个活泼爱闹的人，却转眼就跟谢允混熟了，好像他们俩是实实在在认识了三年，而不是才第二次见面。

谢允说那温柔散是药马的，不知是不是又是他胡诌的，反正对人的作用似乎没有那么强，一点解药下去，很多人功力未必能恢复，但好歹是能痛快站起来了。

江湖中人比较糙，能站起来就能跑能跳。大部分人都很机灵，早嗅出了危险，出来以后冲周翡和谢允抱个拳道声谢就跑了，还有一小撮，要么是被人关了那么久依然不长心眼，要么是有亲友被关在其他的石牢中，出来以后第一件事是冲上来帮忙，渐渐汇成了一股人流。

山谷中的岗哨也回过神来，分头上前截杀，沈天枢带来的黑衣人不依不饶，紧跟上来，三方立刻混战成一团。谢允一回头，见身后多出了这许多打眼又碍事的跟班，顿时哭笑不得，这话痨正要多嘱咐几句，一个谷中岗哨突然神不知鬼不觉地出现在他身后，旁边石牢里有个老道士正好看见，忙大声道："小心！"

谢允当时没来得及招架，旁边却飞过来一把沙子，不偏不倚，正飞进了那偷袭者的眼睛。谢允趁机险险地躲开一剑，叫道："杀我还用得着偷袭吗，要不要脸？"

那偷袭者抹了把脸，纵身又要追，被已经赶上来的周翡横刀截住，逃过一劫的谢允在旁边起哄道："好风，好沙，好刀！"

周翡肩膀一动，刀光如电，这岗哨是活人死人山的正经弟子，可不是被她一刀捅对穿的胖厨子之流，短短几息，两人已经交手数招。周翡只觉得此人好像一摊泥，沾上就甩不下来，过起招来黏黏糊糊，而她自己的刀总好像被什么东西缠着，分外不得劲。

这时，方才发话提醒的老道又开口道："小姑娘，抽刀断水水更流，你莫要急躁。"

谢允"啊"了一声："哦，原来是左右手轮流持剑的'落花流水剑'吗？"

那老道的道袍脏得像抹布，拎着一条鸡毛掸子似的拂尘，狼狈得简直可以直接转投丐帮门下。他仿佛没看见谢公子方才屁滚尿流的一幕，仍是称赞他道："不错，这位公子见多识广——姑娘，十八般武艺，道通为一，都是在收不在放，分毫不差，才能手到擒来，否则逐力也好，讨巧也好，必误入歧途、流于表面。"

周翡心里一惊，那老道居然一语道破她连日来的疑惑——当年她从鱼老那里见到破雪刀的一招半式，顺势学了来，融入其他的功夫里，虽说并不正宗，却意外打动了李瑾容，传了刀法给她，之后她反复在脑子里描摹李瑾容那破雪九式，震慑于其中绝顶的凛冽之气，一味模仿，反而束手束脚，有些画虎不成反类犬了。

她一时豁然开朗，手上的刀随心变招，刀刃压得极低，自下而上轻轻一挑，正挑中那人两手之间。偷袭的人一手功夫全在左右手交替上，被她打乱阵脚，动作当即一滞，慌乱间往后一仰，便觉胸口一凉——

谢允摇头晃脑点评了一番："刀法虽未成，但大开大合，已经颇有气象。"

周翡抬袖子擦了擦下巴上溅上的血，心里一点破开迷惑的快意来不及弥漫，一转脸已经看到越来越多的人围上来，便拿刀背戳了谢允一下："你一个就会跑的，快别废话了，躲开。"

她扒拉开谢允，两刀砍下关着那老道士的石牢门锁，正色道："多谢道长指点。"

老道抚须微笑，十分慈祥。周翡本想再跟他说几句话，旁边忽然有个石牢中人讶然出声道："可是阿翡吗？"

周翡吃了一惊，转头望去，只见一个"野人"扒在石牢门口。

那"野人"将自己乱七八糟的头发一掀，露出一张亲娘都快不认识的脸，冲她叫道："哎，什么眼神，晨飞师兄都不认识啦！你怎么回事？为什么会一个人跑到这里来？跟谁来的？你娘知道吗？"

这人正是张晨飞，王老夫人那失踪的儿子！周翡分明是追着李晟的踪迹而来，李晟至今没找着，反而叫她先找到了音信全无的潇湘门人。

晨飞师兄行走江湖的时候，周翡还在寨中学着扎马步，张晨飞拿她当孩子，情急之下，兜头扔了一大把问题，周翡一时不知道该先说哪一个，便问道："你们怎么在这儿？"

"唉，别提了。"张晨飞痛苦地舔了一口解药，一时说不出话来，只艰难地给她指着旁边的石牢。周翡砍断锁头，顺着他手指的方向往下找去，只见四十八寨丢了的人在这里聚齐了。

原来他们一行人途经洞庭，便听说霍老设宴，张晨飞他们本该前去拜会，可是身负护送任务，生怕人多眼杂，贵客有什么闪失。张晨飞办事妥帖，便派了个人去霍家堡打招呼。谁知人还未到霍家堡，就被扣下了，他们一行随即遭到偷袭，被关在这里，至今都没明白是因为什么！

再往里的一个牢房里关了三个人，一个面带病容的妇人，一个幼童，还有一个跟周翡差不多大的女孩子，想是张晨飞等人千里迢迢从终南山接回来的吴将军家眷。这些平日里大门不出二门不迈的夫人小姐，听见山谷里喊杀冲天，早吓得六神无主，忽然一大帮衣衫褴褛的男人跑过来，也分不清谁是来搭救的，谁是不怀好意的，女孩吓得"啊"了一声，被那憔悴的妇人拦在身后。

谢允脚步一顿，没像给其他人那样把解药抹在门上，他十分君子地对那强作镇定的妇人行了个晚辈礼："夫人，此地危险，怕是得速速离开，温柔散的解药恐怕味道不好，烦请诸位忍耐。"

吴夫人面色苍白，艰难地万福道："不敢，有劳。"

谢允三下五除二撬开了锁，没给周翡暴力破坏的机会，转头问她道："干净帕子有吗？"

周翡在身上摸了摸，发现还真有一条——是给王老夫人装小丫头的时候，随手塞在身上的。谢允低头一看，见那手帕折得整齐干净，一角还绣着一簇迎春花，似乎透出一股清浅的香气来，突然反应过来自己直接开口问女孩要手帕十分唐突，好在他脸皮颇厚，倒也不红。

他忙干咳一声，没有伸手去接，只将手中的药膏递给她道："隔着手帕弄一点，你送进去合适些。"

周翡见那女孩哆嗦得袖子都在颤，小孩也要哭不敢哭的样子，便将长刀往身后一背，隔着干净的手帕弄了一点药膏递了进去。

正在这时，远处突然传来一声长啸，那声音凄厉无比，好似荒原上的野狼长嚎，扎进人耳朵里叫人一阵一阵地难受，高低起伏三声，一个人影现身于山谷这一端。

那人实在太显眼了，一身红衣，夜色中像一团烈烈的火，转眼便呼啸而至。

"武曲。"周翡听见谢允低声道，"北斗武曲童开阳也来了。"

他话音没落，朱雀主木小乔猝然后退，有两个人不幸挡住了他的去路，被他一手一个，通通掏了心出来。木小乔飞掠而出数丈，他方才所在之处，被武曲一剑劈中，整个山谷似乎都在那重剑的尖鸣声中震颤不休。

这世间罕见的几大高手显然都不怎么讲究，都是奔着要命来的，谁也不肯讲一讲"不以多欺少"的道义，场中转眼变成了二对一，"武曲"童开阳到了以后话都没说一句，立刻便开打。木小乔不愧为赫赫有名的大魔头，身法叫人眼花缭乱，走转腾挪，一时间竟也不露败象。

这朱雀主极不是东西，是个大大的祸害，"北斗七星"周翡虽然不了解，但听四十八寨中的长辈们提起，无不咬牙切齿，可见也不是什么好货。这两方你死我活地斗在一起，周翡一时都不知该盼着谁赢，心道：我要是有本事，就把他们仨一起摁在这儿。

可是一转念，又觉得自己这念头有点可笑——倘若她和这三人中的任何一个有一战之力，眼下用得着这么狼狈地仓皇逃窜吗？

周翡不由得捏紧了手中的窄背刀，心里浮现出熟悉又陌生的不甘。忽然，一只冰凉的小手抓住了她的手肘，周翡愣了愣，原来是吴家小姐被尖锐的啸声吓了一跳，不由自主地抓住了她提刀的手，是个寻求保护的姿势。对上周翡的目光，吴小姐"呀"了一声，慌忙松手道："对……对不住。"

李瑾容曾经言明，吴将军的家眷乃四十八寨的贵客，这母子三人幼的幼，弱的弱，全无自保之力，沉甸甸地缀在她的刀背上，女孩那惊惶的神色撞进周翡眼里，莫名地把周翡方才那点妄自菲薄与浮在半空的不甘心扫空了。

周翡心道：要是我都怕了，他们可怎么办？管他呢，杀出去再说。

"没事。"周翡对吴小姐道，"不怕。"

自从吴将军被奸人陷害，吴家已经败落，但无论如何，家底还在，吴小姐是正经的千金小姐。然而山河虽多娇，乡关无觅处，该她生不逢时，落难"千金"换不了俩大子儿。

吴将军死后，吴小姐先是跟着母亲躲躲藏藏，继而又好一阵颠沛流离，最后和这许多糙人一起，身陷牢笼。连日来，山中不知多少看守刻意每天在他们这间石牢门口肆意张望，她担惊受怕、悲耻交加，恨不能一头撞死，可是心里又知道母亲和弟弟心里未必比自己好受。三个人每天面面相觑，谁也不敢先露出一点软弱。

吴小姐呆呆地看着周翡手中的刀，忽然没头没脑地问道："你不怕吗？"

周翡以为是这女孩自己害怕，来寻求安慰，便为了让她宽心，故意满不在乎道："有什么好怕的，要让我再练十年，我就踏平了这山头。"

吴小姐勉强笑了一下，低头看着自己的手，小声道："我就什么本事都没有，只好当累赘。"

周翡张张嘴，有些词穷，因为这个吴小姐确乎是手无缚鸡之力，什么本事也没有，那些虎狼之辈，不会因为她花绣得好、会吟诗作对而待她好些——这道理再浅显不过。

周翡自下山以来，鲜少能遇见和她差不多大的女孩子，便凝神想了想，不知怎么的脱口道："也不是这样，从小我爹告诉我豺狼当道，我只好拼命练功……你……你爹大概没来得及告诉你吧。"

她平平常常地说了这么一句，吴小姐却无来由地一阵悲从中来，眼泪差点下来。而靠在门口指挥众人的谢允听到这儿，忍不住回头看了周翡一眼，总是带着三分笑意的眼角微沉，也不知是想起了什么。

突然，地面剧烈地震颤起来，不远处传来此起彼伏的惨叫声。

原来那"武曲"童开阳不是一个人来的，只是他脚程太快，将一干手下都抛到身后，直到这时，武曲的大队人马才气势汹汹地拥进山谷，好巧不巧，之前被周翡他们放出来后便四散奔逃的人正好迎面撞上这群杀神。那些倒霉蛋身上的药性本就没解干净，几乎没有还手之力，顷刻就被碾压而过。方才还以为逃出生天的人，转眼便身首分离，狭长的山谷里血光冲天，到处都在杀人，不知是哪一边先开始放箭，谷中有被砍死的，有被射死的，还有冲撞间被飞奔而过的马匹踩踏致死的。

周翡原以为他们途中遇到的被反复劫掠的荒村已经很惨，谁知还有这样一幕，手脚当即冰凉一片。众人一时都骇得呆住了，吴夫人脚下一软，险些倒下，又让小儿子一声"娘"生生拉回了神志，愣是强撑着没晕过去。

谢允俯身抱起吴夫人的小儿子，把他的脸按在自己怀里，当机立断道："大家都聚在一起，不要散，跟着我！"

是他一路把石牢里的人都放出来的，此刻一声号令，众人下意识地便跟上了他，四十八寨中人自发聚拢，将吴夫人母女围在中间，这一小撮人像大河里离群的鱼，渐成一帮。

张晨飞见周翡踟蹰了一下，仍在原地张望着什么，忙催道："阿翡，快走，那边没人了！"

周翡赶上前几步，问道："晨飞师兄瞧见李晟了吗？"

张晨飞闻言，一个头都变成了两个大，腹诽：不知道是哪个不靠谱的长辈将这两个孩子带出来的，也不把人看好了，现在一个乱跑，另一个也在乱跑！

他哀叫一声道："什么，晟儿也在这儿？我没看见啊！你确定吗？"

周翡听到他问，顿时一呆——她想起来了，自己当时其实并没有看见李晟人在哪里，只见那两个蒙面人偷他的马，就贸然一路跟来了！是了，那两人牵了马，跑了这么长一段路，把李晟搁在哪儿呢？除非他们还有别的同伙先走一步，否则那么大一个人，总不能塞进包裹里随手拎走吧？有同伙好像也不对劲……劫道抢马也要兵分两路吗？

周翡不由得敲了敲自己的脑门，这道理她本该早就想明白，可是当时她刚进山谷，尚未从看见大规模的黑牢的状况中回过神来，就遭到了那匹瘟马的出卖，接着一路疲于奔命地连逃跑带捞人，居然没来得及琢磨清楚！

张晨飞一看她那迷茫的小眼神，好长时间没吃过饱饭的胃里顿时塞得不行："哎呀……你这丫头……我说你什么好！"

周翡颇有些拿得起放得下的气度，这回事办得糊涂，下回改了就是，混乱中她也没多懊恼，还颇有些庆幸地对张晨飞道："那累赘不在这里更好。"

说着，她停了下来，持刀而立，让几个跟着跑的同道中人先过去，自己缀在最后。

张晨飞怒道："你又干什么？"

周翡冲他挥挥手："我来断后。"

这帮人有武功比她高的，也有经验比她丰富的，可惜一个个都好不狼狈，眼下能跑就不错了，还大都手无寸铁，周翡觉得自己断后责无旁贷。方才指点过她的老道大笑一声，也跟着停了下来："也好，贫道助你一臂之力。"

谢允脚步一顿，他们此时在最高处的石牢附近，相当于半山腰。他居高临下地扫过山谷，见方才追杀他们的人此时已经无暇他顾，反而是七八个"北斗"黑衣人沿着石牢往上追了过来。

"不忙跑。"谢允道，"先服解药的，功力恢复些的诸位到外圈去，后服解药的往里退，先灭了那些火把！"

他一声令下，众人纷纷去捡地上的小石子，各自展开暗器功夫，出手打向附近的火把。四下转眼就黑了，众人都不傻，立刻明白了谢允的意思——他们人不多，也不算很打眼，完全有资格充当一回漏网之鱼。只要宰了第一拨追上来的人，下面的两路人马狗咬狗，一时半会儿察觉不到他们，说不定能神不知鬼不觉地混出去！

唯一的问题是，他们这群人里，勉强能一战的还没有七八个人，只有周翡手里有一把像样的刀。她一个人肯定不行，不要说她上蹿下跳了两天两宿，正十分疲惫，就算她全盛的时候，也不可能挡住"北斗"手下七八个好手。

谢允眉头一皱，还不等他想出对策，那周翡不需要别人吩咐，已经提刀迎了上去。

谢允吃了一惊："等……"

然而敌人和己方"大将"都耐心有限，没人听他的。

周翡一动手，就感觉到了压力，虽然也有人帮她，但黑衣人训练有素，显然看得出她才是这一帮倒霉蛋中最扎手的，打定了主意先摆平她。她手里长刀不堪重负，眼看有要吹灯拔蜡的趋势，不由得暗暗叫苦——自从那次跟李晟擅闯洗墨江，她就跟穷神附体一样，什么兵器到她手里都只能用一两次，比草纸消耗得还快，再这么下去，四十八寨要养不起她了，也不知周以棠在外面这么些年，赚没赚够给她买刀的钱。

这时，那老道忽然开口道："小姑娘，走坎位后三，挂其玄门。"

周翡："啊？"

她爹走了以后，就没人叨叨着让她读书了，早年间学的一点东西基本都还了回去，好多东西只剩下似是而非的一点印象，听老道士玄玄乎乎的这么一句，顿时有点蒙。

谢允忙道："那块大石头看见了吗？借它靠住后背！"

这句周翡明白了，闻声立刻往旁边的山石退去，黑衣人一拥而上，要拦她去路，老道大声道："左一，削他脚！"

这回，老人家照顾到了周翡的不学无术，改说了人话，周翡想也不想，一刀横出，眼前的黑衣人连忙起跃躲闪，正挡住身后同伙，周翡一步蹿出，借回旋之力轻叱一声，刀背将那黑衣人扫了个正着。

老道不知是何方神圣，精通阵法，每一句指点必然在点子上，时常借力打力，周翡一把刀周旋其中，竟好似凭空多了七八个帮手，自己跟自己组成了一个刀阵。

谢允绷紧的肩膀忽然放松了，低声道："原来是'齐门'的前辈。"

老道这一门功法叫作"蜉蝣阵"，严格来说是一种轻功，暗合八卦方位，一人能成阵法，最适合以少胜多，据说当年"齐门"的开山老祖有以一敌万之功。周翡时常与洗墨江中的牵机为伴，不怵这种围攻，对蜉蝣阵法领悟得很快，绕石而走，一时居然将众多敌人牵制住了。

谢允趁机在一旁道："那位大哥，拦住左数第三人……前辈，别讲义气了，背后给他一锤！"

被他点名的黑衣人闻听此言，不由得回头观望，谁知身后空空如也，他来不及反应，便被赶上来的张晨飞一掌拍上头顶天灵。此乃大穴，哪怕张晨飞手劲不足，也足以让他死得透透的。谢允与老道配合得当，有指点的，有胡说八道的，借着周翡手中一把刀，众人拳脚巨石齐上，转眼竟将这几个黑衣人杀了个七八。

有一人眼见不对，飞身要跑，谢允喝道："拦下！"

周翡手中刀应声掷出，一刀从那人后背捅到前胸……然后刀拔不出来了。她情急之下手劲太大，刀入人体后撞上肋骨，在血肉中断成了两截。

周翡："……"

终于还是没逃过败家的宿命。

"回头赔你一把。"谢允飞快地说道，"快走！"

他带着这一伙人冲向了黑暗中，穿过两侧石牢，往高处的小路拐去——那是他最早给周翡规划的逃亡之路。原来这家伙心里早打算好了，这一圈走下来就是从下往上的，连救人带逃跑，路线奇顺，半步的弯路都没走。

他们先行占领高处，哪怕带着一群"丧家之犬"，也相当于占据了主动，下面的人往上冲要事倍功半，上面的人哪怕手无寸铁，好歹还能扔石头，而且不用担心活人死人山的妖魔鬼怪又出什么幺蛾子。

就在这时，山谷里突生变故。

那木小乔与沈天枢的武功约莫在伯仲之间，而"武曲"童开阳一来，形势立刻逆转。木小乔将琵琶自胸前横扫，与童开阳的重剑撞在一起，顷刻间碎了，碎片漫天乱飞。朱雀主微仰头，张开双臂，宽大的袖子蝶翼一般地垂下来，他全不着力似的，自下往上飘去，亮出嗓子来一声："去者兮——"

那是个女音，清亮如山间敲石门的泉水，悠悠回荡，经人耳，过肺腑，化入百骸，竟叫人战栗不已。

周翡狠狠地一震，不由得抬头，望见木小乔的脸，他嘴角红妆晕开，像是含着一口血，冷眼低垂。这时，忽然有什么东西在她脸侧一晃，周翡蓦地回过神来，原来是跟她一起殿后的老道用那鸡毛掸子似的拂尘在她肩上轻轻打了一下。周翡心里一时狂跳，见周围受那大魔头一嗓子影响的不止她一个人，连沈天枢都僵了片刻。而就在这时，脚下的山谷中突然响起闷雷似的隆隆声，好像有什么东西要从地下挣脱出来，同时，一股难以言喻的味道四下弥漫开。

"这疯子在地下埋了什么？"

"他居然在地下埋了火油！"

两个声音在周翡耳边同时响起，一个是那道士，一个是谢允，这两人心有灵犀一般，一人捉住周翡一条胳膊，同时用力将她往后拽去。

周翡没弄清怎么回事，茫然地被人拉着跑，他们一群人好似脱缰的野马，没命地从这一侧山巅的小路往山坡下冲。

木小乔在身后纵声大笑。

而后他的笑声湮灭在了一声震耳欲聋的爆炸中，地动山摇，方才那山谷中的火光冲天而起。

周翡被巨响震得差点把心肺一起吐出去，耳畔嗡嗡作响，一时什么都听不见。旁边有些身体弱些的干脆直接趴下了，谢允喊了两声，发现自己都听不见自己说什么，只好忍着难受匆匆打手势，逼着他们爬也得爬起来，尽快离开这是非之地。

这帮人九死一生，都知道厉害——那木小乔大概那仇家满天下，既然早有准备，不可能没有后招，而沈天枢和童开阳那两人可谓是"祸害遗千年"，当年连梁绍那个狠角色都没能把他们俩干掉，也不太可能真被一把大火烧成煳家雀，再逗留下去，搞不好一会儿又撞见那几尊不分青红皂白的杀神。

他们好不容易逃出了山谷，无论如何不能在这里掉以轻心。

能留在谢允身边的，基本都是那时候没走、跟着他救人的，因此这会儿不用旁人吩咐，便纷纷自觉背、扶起一干老弱病残。他们连夜急奔出约莫有二十里，谢允终于松口答应停下来休息。一时间，谁也顾不上形象，这群天南海北的英雄好汉各自筋疲力尽地横在地上，只恨不能长在土里生根发芽，躺个地老天荒，再也不动弹。

此时，夜空仍未被启明星惊扰，漫天星河如锦。

众人面面相觑了片刻，想起那一山谷的好人坏人、英雄枭雄，弄不好都熟了，到头来，居然只有他们这几个人机缘巧合地逃了出来。也不知道是谁先笑出声来的，那笑声瘟疫似的传开，不过片刻，众人都疯了，有大笑的，有垂泪的，有依然茫然回不过神来的。

周翡靠着一棵大树坐在地上，脑子里还是乱的，耳边还有刀剑声与爆炸声在回响，眼前一会儿是黑压压的"北斗"夜行人，一会儿是满山谷的火光与血，一会儿那蜉蝣阵法在她心里自动推演，忙得不可开交，心口还在狂跳，只觉得下山来这几个月，仿佛已经比她的一生都要长了。

谢允见众人要疯，连忙收拾起神志，开口指挥道："那边有水声，里头必有鱼，诸位先中毒又劳累，大概十分疲惫，我看不如先原地休整一宿，明日起程，一天之内赶到华容，也好落脚联系家人朋友。"

众人死里逃生，草根树皮都啃得下去，哪里还有意见。几个缓过一口气的汉子自发站起来，分头去抓鱼打猎，几个火堆很快生起来，在石牢中关久了，幕天席地也有种自由自在的快活。

那老道士笑呵呵地率先自报家门："贫道出身'齐门'，道号冲霄子，今日幸甚，与诸位多了一回同生共死的缘分。"

除了一眼看破他来历的谢允，众人都是一震——"齐门"与"全真""武当""青云"齐名，并称四大观。其中，齐门中人深居简出，又精通阵法，最是狡兔三窟，很少在江湖上走动，除了掌门的道号有些名气外，其他人基本就是个传说，一辈子也不见得见过一个活的齐门中人，尤其"冲"字是跟现任齐门掌门一辈的。

当下便有人问道："道长是怎么落到那魔头手里的？"

冲霄子摆手道："惭愧,贫道学艺不精才不留神着了人家的道儿。"

朱雀主叛出活人死人山之后没多久,就找到了这地方,重新给自己炮制出了一个魔窟,他们这群人还不是同时被捉去的,各有各的一言难尽。木小乔似乎有饲养俘虏的爱好,根据他那连马都抢的穷凶极恶劲头,扣下这许多人肯定不白扣,指不定找谁勒索去了。相比起来,四十八寨这种自己租地种田,没事跟山下老百姓做买卖的"黑道"当得简直是不称职。

冲霄子叹道："那朱雀主声名狼藉,全然不讲规矩道义,虽然可恶,扣下我等这么长时间,倒也未曾不由分说地全杀干净,反而是北斗那两位大人,做事忒狠毒。"

老道士内蕴颇丰,出身清正,说话很有修养,提起一干生死相斗的仇人,也不出恶语。旁边有那莽撞人却不干了,嚷嚷道："道长客气什么,什么'两位大人',分明是老王八养的两条狗!"

冲霄子笑了一下,没跟着逞口舌之快,对谢允和周翡抱拳道:"还得多谢这两位小友高义,不知二位师承何处?"

有他开头,众人立刻纷纷附和着围了上来。

周翡三天没合眼,正有点打瞌睡,忽然被这么一大堆人七嘴八舌地围上来,手里还不知被谁塞了一条刚烤好的鱼,活生生地吓醒过来了。

有人唾沫横飞地替她吹牛道："这姑娘小小年纪,真是使得一手好刀,我可瞧见了,她'唰唰唰'这么起落几次,就逼退了那北斗大狼狗!"

周翡:"……"

她连大狼狗的毛都没摸到一根,还喂了人家一个馒头吃。

晨飞师兄上前替她解围，自报了家门，又一抬手在周翡头顶上按了一按，说道："这是我寨中的小师妹，往日里虽然净调皮捣蛋，难为她也能干点正事。"

"四十八寨"在外面可是大大地有名，晨飞师兄不开口还好，这一开口便好似炸了锅，一时间"久仰"之声此起彼伏，夸什么的都有。

有人十分激动地问道："可是'破雪刀'吗？"

周翡确实用过一点破雪刀，然而自认功夫很不到家，她亲眼见识了这群大侠造谣传谣的能耐，唯恐隔日传出"某月某日，破雪刀东挑贪狼西砍武曲"的胡话，忙不迭地否认道："不是不是，我资质不好，破雪刀大当家不肯传。"

好在她是个小姑娘，大侠们也不好意思总缠着她说话。周翡松了口气，默不作声地藏进寨中师兄们中间，小声把自己因为什么跟王老夫人下山，李晟怎么被掳走，她又怎么追来的事说了。眼下晨飞师兄找到了，第二天一早怎么走，先联系谁，如何与王老夫人会合等等杂事，就全交给他了，周翡只要跟着走就是了，她便放宽了心，有一耳朵没一耳朵地听起各路豪杰吹牛来。

听着听着，周翡就有些走神，她以前心心念念地想胜过李瑾容，这会儿，突然又生出了一个新的念头——二十年前，提起四十八寨，大家提的都是她外公的名字，现在，报出四十八寨的名头，大家说的都是"李大当家"的破雪刀，那……什么时候提起四十八寨，人们都会想起"周翡"呢？

这念头只是一闪而过，她自我审视，觉得异想天开不说，"周翡"这两个字天下皆知的想法也有点可耻，于是又丢在一边了。

吴小姐在水塘旁边将自己的手、脸细细洗干净了，又把周翡给他们送药时用的那块手帕洗了一遍，仔细晾在旁边一根小树枝上，四下都是散发着难以言喻的味道的大老爷们儿，她别无选择，只好坐在周翡旁边。

周翡看了她一眼，把没啃过的半条鱼撕下来分给她，随口问道："你叫什么？"

小姐的闺名通常是不好叫别人知道的，周翡一个从小殴打先生的糙货也不知避讳，大大咧咧地就当着一帮人问出来了，好在她是个姑娘，不然指定得让人当成登徒子。

吴小姐目光扫过周围一圈陌生男子，四十八寨的都识相地背过脸去，假装没听见。她脸一红，蚊子似的对周翡小声道："我叫楚楚。"

周翡点点头："我娘说你爹是个大大的英雄，你到了我家，就不用怕那些坏人了。"

话音一顿，她想起热热闹闹的四十八寨，就忍不住细细对吴小姐描述起来，周翡不曾见识过金陵十里歌声的盛景，也不曾见识过北朝旧都的威严庄重，是个彻头彻尾的土包子，心里觉得四十八寨是天下最繁华、最好的地方。吴楚楚也没笑话她，反而听得有些惆怅，人间再繁华，跟她也是一点关系都没有的。她背井离乡，往后要靠别人的庇护而活，天下所有有家、有可怀念之处的人，她都羡慕。她细声细气地问周翡道："到了四十八寨，我……我也能习武吗？"

周翡一顿。

吴楚楚神色又黯淡了下去："怕是不行吧，我听说习武的人，练的都是童子功，我可能……"

"有什么不行，练了武你可能不如有些从小开始学的人厉害，但好歹比你现在厉害啊，回去找……"周翡本想说"找我娘"，后来想起，李大当家日理万机，未必有工夫，便话音一转道，"找我家王婆婆，她脾气好得很，又慈祥，肯定愿意教你的。"

晨飞师兄笑道："你可真行，还给我老娘安排了个活计。"

吴楚楚面露喜色，正要说什么，忽然神色有些局促起来，默默地退到了一边。

周翡抬头一看，原来是谢允不知何时摆脱了众人，悄无声息地走过来，只是见她在跟吴小姐说话，便没过来打扰，双手抱在胸前，笑盈盈地在几步以外等着。

第十一章·
世间多遗恨

海棠无香、蔷薇多刺、
美人是个大土匪!

谢允坐到张晨飞身边,偏头对周翡笑道:"我夜观天象果然是准的,你看,咱们顺顺当当地跑出来了。"

周翡不由得挖苦道:"你的'顺顺当当'跟我们平时说的肯定不是一个意思。"

"哎,你要求太高了,"谢允开心地指了指她,又指了指自己,说道,"你看,活着,会喘气,没缺胳膊没短腿,有吃有喝能坐着,天下无不可去之处,是不是很好?"

周翡一挑眉,说道:"这可没你的功劳,我要是听了你一开始的馊主意,先跑了呢?"

"跑了也明智，我不是告诉过你，不日必有是非发生吗？你瞧，是非来了吧，要是你听我的话早走，根本就不会撞见沈天枢他们。"谢允说完，又嘴很甜地补充了一句，"到时候虽然我去见先圣了，但留着清风明月伴花常开，我也算功德无量。"

晨飞师兄在旁边听这小子油嘴滑舌地哄他家师妹，顿时七窍生烟，心道：娘的，当我是个路边围观的木头桩子吧？

他于是重重地"哼"了一声，正要插话进去，谁知他这小一年没见过的师妹不知吃了什么仙丹，道行居然渐长——几年前周翡听谢允说自己是漂亮小姑娘，还十分茫然无措，此时她却已经看透了此人性子，当即波澜不惊地冷笑道："是吗，不足五尺，肯定不是树上开的花。"

这个记仇劲。

谢允蹭了蹭鼻子，丝毫不以为意，话音一转，又笑道："不过现在嘛，花是没了，只剩个黑脸的小知己，有道是'千金易得，知己难求'，算来我更赚啦。"

周翡伸手在脸上抹了一把，果然抹了一把灰，不必照镜子也知道自己这会儿是副什么尊容，她抬头看了看不远处的小溪流，琢磨着自己是不是该像吴楚楚那样洗把脸，可又懒得站起来。琢磨了一会儿，她那点柔弱的爱美之心在"懒"字镇压下溃不成军，心道：黑脸就黑脸。

于是她就此作罢，没心没肺地低头吃东西。

谢允感觉身边的张晨飞磨牙快把腮帮子磨穿了，以防一会儿挨人家小姑娘师兄的打，便转头跟他搭话。他有点见人说人话，见鬼说鬼话的能耐，虽然满嘴跑马，但不乱跑，跑得颇有秩序，因此不惹人讨厌，还让人觉得十分亲切，三言两语便消了张晨飞的怒气，开始任凭谢允跟四十八寨的一帮人称兄道弟起来。

"多谢。"谢允接过一只烤好的小鸟，闻了闻，喟叹道，"我可有日子没吃过饱饭了，唉，讨生活不易，我那雇主也吹灯拔蜡了，剩下的钱恐怕是收不到……可怜我那一把好剑，也不知会被谁捡走，千万来个识货的，别乱葬岗一丢了事。"

张晨飞听他话里有话，微微一怔，问道："怎么，谢兄觉得霍家堡恐怕会有不测？"

旁边烤火的老道人冲霄子眼神一凝，也抬起头来。

谢允被食物的热气熏得眯了眯眼，缓缓地说道："北斗来势汹汹，逢人灭口，他们要杀朱雀主，自然不是为了除魔卫道，此地除了霍家堡，大概也没有什么能让贪狼亲自走一趟了。"

旁边又有个汉子说道："霍家这些年在洞庭一带一家独大，说一不二，确实霸道，但一群没着没落的落魄之人聚在一起，以求自保，也是无可厚非，霍连涛还没什么动作呢，北帝倒是先忍不住了，好一个顺我者昌逆我者亡的'真命天子'，不怕总有一天真的官逼民反吗？"

谢允笑道："兄弟这话可左了，各大门派、云游侠客，向来既不肯服从官府管教，又不肯低头纳税，还要动辄大打出手、瞪眼杀人，算哪门子的'民'？"

周翡默不作声地在旁边听着，只觉得这些人和这些事乱得很，每个人似乎都有一套道理，有道理却没规矩，道义更是无从谈起，解决问题的方法就是你杀过来，我再杀过去——北朝觉得自己是在剿匪，南朝觉得自己是正统，霍家堡等一干人又觉得自己是反抗暴政的真侠客。

周翡思考了一会儿，实在理不清里面的是非，只觉得一圈看下来，似乎都不是什么好东西。

然而"好东西"应该干什么呢？

周翡又百思不得其解，连鱼都快啃不下去了。

一个乱局开启，不是那么容易平息下去的，非得有那么一股力量，或极强，或极恶，才能肃清一切或有道理，或自以为有道理的人，重新架起天下承平的礼乐与秩序。这其中要杀多少人？死多少无辜的人？流多少生民泪与英雄血？

恐怕都是算不清的了。

忽然，一只手伸过来，从周翡手里掰走了一块焦焦的鱼尾，不客气地据为己有。周翡回过神来，见谢允这承诺过要请她吃饭的人叼着她的鱼尾巴嚼了两下，得了便宜还卖乖地评价道："没有咸味，你这个更难吃。"

周翡眨眨眼，随口问道："你真是个铸剑师？"

"糊口，刚改的行。"谢允道。

周翡奇道："以前是干什么的？"

"以前是个写小曲作戏词的。"谢允一本正经地回道，"不瞒你说，朱雀主弹唱的那首曲子就是出自我手，全篇叫作《离恨楼》，里头有九折，他弹的'哭妆'是其中一折。我这篇得意之作很是风靡过，上至绝代名伶，下至沿街卖唱的，不会一两段都张不开嘴讨赏。"

周翡："……"

娘哟，好了不起哦。

她这头腹诽，旁边张晨飞却睁大了眼睛："什么？你写的？你就是'千岁忧'？等等，不都说千岁忧是个美貌的娘子吗？"

谢允"谦虚"道："哪里，美貌虽有一点，'娘子'万万不敢冒领。"

张晨飞当即起了个调，击掌唱了起来："有道是：音尘脉脉信笺黄，染胭脂雨，落寂两行，故园唉……"

谢允接道："故园有风霜。"

"是是是！正是这一句！"张晨飞正激动，一回头看见周翡正睁着一双大眼睛直勾勾地盯着他，顿时卡壳了，"呃……"

周翡慢吞吞地问道："师兄这么熟啊，都是在哪儿听的？"

张晨飞总觉得她脸上写了"回头告诉你娘"六个大字，连忙找补道："客栈里碰见的，那个……咳咳，那个卖艺唱曲的老瞎子……"

"哦，"周翡不甚熟练地掐了个兰花指，一指张晨飞道，"老瞎子是这样唱的'胭脂雨'吗？"

张晨飞没料到这看似十分正直的小师妹心里还憋着一股蔫坏，怒道："周翡！消遣师兄？你个白眼狼，小时候我白给你跟阿妍上树掏鸟窝了是不是？"

一帮年轻弟子顿时笑成了一团。

谢允含笑看着他们，四十八寨乃四十八个门派，自古以来，多少"同气连枝"都是关起门来钩心斗角，唯有蜀山中风雨飘摇的这一座孤岛，自成一体，别人都融不进去，连周翡这样话不多的人，在茫茫野外碰上自家师兄，都明显活泼了不少。

"真是叫人羡慕啊。"谢允伸手拨动了一下篝火，心里默默地想。

渐渐地，众人都睡下了，谢允走到稍远的地方，摘了几片叶子，挨个儿试了试，挑了一片声音最悦耳的，放在唇上吹了起来，那是一首不知哪个山头的民间小调，欢快极了，让人一听就忍不住想起春天开满野花的山坡。

周翡靠在树下闭目养神，不敢睡实在，尚且留着一线清明，她听着那细微的叶笛声，迷迷糊糊间，居然觉得谢允那句"有吃有喝能坐着，天下无不可去之处"说得很有道理，也跟着没来由地穷开心起来。

第二天清早，众人休整完毕，便准备赶往华容。

　　周翡总算把她那张花猫脸洗干净了，被讨人嫌的晨飞师兄好一番嘲笑，尚未来得及回击，冲霄子便叫住她道："周姑娘，请借一步说话。"

　　凡人维持仙风道骨的外表十分不易，得有钱有闲才行，道长看着就像个叫花子，一点也不仙。倘若与他交谈两句，却总不由得忽略他的狼狈相，对他心生敬重，连说话都会文雅几分。

　　周翡忙走过去，问道："前辈有什么吩咐？"

　　冲霄子没头没尾地问道："姑娘可曾读过书吗？"

　　周翡想起头天晚上自己丢的人，心里升起窘迫的庆幸——幸亏他们都不知道她爹是谁。

　　她从周以棠那里继承的，大概就只有一点长相了。

　　周翡厚着脸皮回道："读过一些……呃，这个，不怎么用功，后来又忘了不少，字还是认得的。"

　　冲霄子很慈祥地点点头，从怀中摸出一卷手抄的《道德经》给她，又道："老道身无长物，就这一点东西没被人搜走，我看小姑娘你悟性极佳，临别时便赠予你吧。"

　　周翡翻了翻那经书，见满眼"道"来"道"去，顿时两眼犯晕，莫名其妙地寻思道：我哪方面的悟性佳？当女道士的？

　　她便问道："前辈，你不跟我们去华容吗？"

　　冲霄子捻长须笑道："我有些私事需要处理，就此别过了。"

　　周翡心里疑惑，但是人家既然说了"私事"，又是前辈，总归不好追问，只好道："前辈一路平安……多谢赠书。"

　　冲霄子冲众人一拱手，他休息一宿，身上的温柔散已经全解，清啸一声，起落如风中转蓬，转眼便不见了踪影。

　　张晨飞外粗内细，眯眼看着冲霄子的背影，忽然低声道："这位冲字辈的前辈如此了得，比家母也不遑多让，怎会和我们这些人一样，轻易着了那妖人的道儿？"

"温柔散"是药马的，药劲很是不小，但假如人的内功高到一定境界，据说是可以暂时压制住的。就算只能拖延一时半刻，他别的事干不成，还不能跑吗？

谢允目光闪了闪，他在哪儿都是带路的角色，方向感很好，一眼看出冲霄子的去路正是岳阳方向，想是老道人头天晚上听到他跟张晨飞聊天，知道霍家堡可能有危险，特意赶过去的。在场的人不少是因为霍家堡才被木小乔扣押，纵然以前有过交情，现在恐怕也烟消云散了，冲霄子大概是怕别人心里不舒服，才没有言明，只说是"私事"。

"同路而已，走吧，我们也不要耽搁。"谢允岔开话题道，他瞥了一眼周翡，周翡正皱着眉，跟手里的《道德经》大眼瞪小眼，便拍了拍她的肩膀嘱咐道，"仔细收好。"

周翡一头雾水地收起来，不知道是不是自己太不学无术让老前辈看不下去了，临走还要丢给她一本书读，忖道：可是他给我《道德经》干吗？给我一本《三字经》还差不多。

众人经过一宿休整，体力恢复了七七八八，脚程也快了不少，太阳未升到头顶，便赶到了华容。华容虽不算很繁华，但好歹有人有客栈，对他们这帮人来说，简直堪称人间福地了。恰好城中有四十八寨的暗桩，张晨飞等人总算不必再囊中羞涩，消息也方便传出去。

周翡看见一个瘦小的中年男子到他们落脚的客栈来了一趟，想必就是暗桩的人，还恭恭敬敬地拜会了吴夫人。来人虽然面黄肌瘦，但眼珠灵动，一看就很精明，匆匆来了一趟就告辞了，说是要去给他们置办马匹、车辆。

周翡总算捞着了一口热饭和干净的换洗衣服，先由着性子吃了个撑，又回房擦洗换衣服，里里外外都干净又舒适了，她在客房的床上滚了两圈，听见全身的骨头"嘎吱嘎吱"作响，这才知道下山真是个苦差事，一点都不好玩。滚了一会儿，周翡又摸出奇怪的道士送给她的书，本想翻开参悟一会儿，不料看了没有两句，她就跟吃了蒙汗药一样，倒头便睡着了。

直到金乌西沉，周翡才被敲门声吵醒。

谢允胡子刮干净了，换了新衣服，还不知从哪儿弄来一把扇子，十分骚包地拿在手里，随时能出门装富贵公子招摇撞骗。房门拉开，他见周翡一副刚睡醒的样子，总是有些苍白的脸颊上难得有些红晕，整个人看起来十分柔软。

谢允的目光不着痕迹地从她身上扫过，一时连说话的声音都低了几分，问道："我看张兄方才派人送信去了，你们这几天就要回去了吗？"

周翡揉了揉眼睛："我们出来就是为了接晨飞师兄跟吴夫人他们，现在人接着了，也该回去了——就是不知道李晟那遭了瘟的王八蛋自己滚回去了没有。"

谢允："……"

刚还觉得她柔软可爱，转眼就出言不逊！

真是世间多遗恨——海棠无香、蔷薇多刺、美人是个大土匪！这姑娘要是个哑巴该有多好！

谢允将自己温柔的轻声细语一收，没形没款地往门口一靠，吊儿郎当地问道："那我恐怕不能跟你们同行了，你说下回我要是把刀直接送到你们四十八寨，会不会再被你娘打出来一次？"

周翡道："不至于，反正我也没有第二个爹让你拐。"

谢允被她噎得喘不上气来，一时哭笑不得。

周翡又想起了什么，问道："哎，谢大哥，你轻功那么好，别的
为什么一点也不会？"

谢允眉尖一挑："谁说我什么都不会？我会打铁铸剑，
还会……"

周翡道："唱小曲。"

"哎，你没见识了吧，"谢允摇头晃脑道，"有道是'盛世的珠
玉乱世的曲'，世道越艰辛，戏曲跟话本这些就越赚钱，比铸剑强多
了——好不容易打一把好兵器，雇主还死了，跟谁说理去？至于武功
嘛，我又不想称霸天下，够用就行了。"

周翡这才知道，他把自己那遇事只会跑的三脚猫功夫称为"够
用"，真是彻底为他的"上进心"所折服。

"行了，不跟你多说了，来时见那边有个当铺，我去瞧瞧有没
有什么你趁手的兵器，先赔你断在山谷里的那把，你回家这一路凑合
用。"谢允说完，甩着折扇，吹着小调，优哉游哉地溜达走了。

周翡感觉跟此人共处时间长了，肯定得心宽似海。她戳在门口，
一边揉眼，一边试着学谢允吹口哨，吹得两腮酸痛，只有"嘘嘘"声。
这时，隔壁的房门"吱呀"一声被推开了，吴楚楚一脸痛苦地扶着门
框，几乎有点站不稳，直冒冷汗地叫道："周……周姑娘。"

周翡一愣："你怎么了？"

吴楚楚憋了半天，憋得脸都发青了，耳根嫣红一片，小声道：
"那个……"

周翡："哪个？"

接着，她看见吴楚楚有些站不直，一手还按在小腹上，这才恍然
大悟："那……那个啊，你……是……嗯，肚子疼？"

少女月事本就容易乱，吴楚楚被关在潮湿阴冷的石牢中那么久，

要是个五大三粗的健壮人也就算了，她本就多忧多虑、体质虚寒，不闹毛病都奇怪了。谈到这个，周翡也很难拿出方才的彪悍，她有点手足无措地东看看西看看，做贼似的小声道："那怎么办？要……要么问问你娘？"

吴楚楚声音几不可闻地说道："娘患了风寒，已经喝药睡了。"

好，敢情这母女是一对病秧子。

周翡对此全无主意，但放眼整个客栈，也就自己一个女孩了，吴小姐实在没有第二个可以求助的人。她只好拉着吴楚楚坐下，将掌心贴在她的后腰上，试着运功，输了一点真气过去——不敢用力过猛，吴楚楚没练过功，经脉脆弱。

她手心暖烘烘的，吴楚楚的脸色果然好了一些，然而过了一会儿，又开始反复。

周翡试了两三遍，发现有热源她就能好一点，没有还会疼，便说道："这也不是办法，不然我带你出去找个大夫看看吧。"

吴楚楚温顺地点点头，她这会儿正好一点，便跟着周翡往外走去。

小女孩提起这些事，总是不由自主地遮遮掩掩，她们俩跟做贼似的悄悄地离开客栈，不想被人逮住问，不料还是遭遇了讨厌的晨飞师兄。

张晨飞自然要问："你们干什么去？"

吴楚楚尴尬得快抬不起头来了，周翡木着脸胡扯道："出去逛逛。"

张晨飞皱眉道："你自己出去野就算了，怎么还拽着人家吴小姐？"

周翡："……"

吴楚楚忙道："我……我也想去。"

对她，张晨飞就不好开口教训什么了，只好叮嘱道："那行吧，只是不许走远，天黑之前一定得回来。"

两个女孩恨不能立刻从他眼皮底下消失，忙应了，飞快地往外走，走了没两步，张晨飞又叫住了她俩："等等，阿翡！"

周翡崩溃道："张妈。"

吴楚楚"扑哧"一声笑了出来。

张晨飞絮絮叨叨地唠叨道："你身上有钱吗？哎！我问你话呢，跑什么跑！"

周翡已经一手拽着吴楚楚，飞也似的蹿出了客栈，再也不想听见张晨飞的絮叨。

然而后来她总是忍不住想，当时她要是不那么匆忙就好了。

第十二章 ·

北斗禄存

他们不是奔着霍家堡去的吗？
为什么会到华容来？
冲谁来的？

　　谢允正在翻人家当铺的存货，当铺不大，没什么值钱的东西，大多是衣物、家用品，少量品相不太好的首饰珠宝，兵刃基本没几样，还都是中看不中用的，可能是哪个家道中落的富贵人攒的装饰品。他看了半天找不到满意的，便跟老板比画道："您这里有没有那种大约这么长，背很窄，刃很利的刀？"

　　"刀？"老板打量了谢允一番，说道，"这您得找匠人做，我们这里是没有的，要说佩剑嘛，还算常见……恕我冒昧，公子买刀做什么？"

　　谢允坦然道："送女孩子。"

老板："……"

他觉得这位公子这辈子可能也就只能打光棍了。

这时，一队官兵忽然飞也似的从门口冲了出去，这当铺开在闹市，两边好多铺面摊贩，还有几个小孩在路边玩。他们在闹市纵马，还大声喝骂，顿时一片混乱，大人叫骂声与小孩啼哭声混作了一团。老板顾不上招呼谢允，忙指挥小伙计出门查看有没有人受伤，口中絮絮地说道："作孽，这些人作孽啊。"

谢允缓缓皱紧了眉头，他心里忽然生出了不祥的预感，刀剑都不看了，转身往客栈跑去。

突然，空中传来一声尖唳，像是猛禽。谢允骤然抽了口气，倏地抬头，见几只猎鹰呼啸着盘旋而至。

北斗"禄存星"仇天玑，好熬鹰，出入必有猛禽随行。

他们不是奔着霍家堡去的吗？为什么会到华容来？冲谁来的？

不待谢允多想，北斗的黑衣人已经旋风似的现身，所到之处宛如乌鸦开会，黑压压的一大片，往一处会聚。

这时，有人带着哭腔嘶声哭叫道："失火啦！失火啦！"

谢允一转头，见一处升起浓烟，哭号喊声叫人不忍卒听，他愣怔了片刻，蓦地反应过来——那是他们客栈的方向！

谢允狂奔起来，满街都是四散奔逃的人，他艰难地逆着人流往前冲。

客栈已经烧起来了，里三层外三层地围着北斗黑衣人，每个黑衣人手中都握着一把小弩，上面装的不是寻常的箭矢，而是一根木管。

一匹马不管不顾地从客栈后院中跑出来，刹那间六七根木管对准了它，同时发出毒蛇似的黑水，那水溅在地上"刺啦"一声，将泥土地面烧出一大块斑，跑动中的马哀哀地一声嘶鸣，身上同时有多个地方皮开肉绽，三步之内跪在了地上，抽搐两下，竟不动了！

谢允被互相推搡的老百姓挤在中间，一脑门热汗。几只猎鹰盘旋而落，一个身穿漆黑大氅的男人落在街角，伸出胳膊，接住自己一只爱宠，轻轻地抚摸着那鹰的脑袋。那人长着鹰钩鼻子，一张脸叫人望而生畏，目光往人群中一扫，低低地开口道："闲杂人等，不要碍事。"

话音未落，他蓦地一甩袖子，一股大力仿佛排山倒海似的扑面而来，将挤成一团的人往后推去，好几个人当场站不住撞到墙上，立刻便头破血流，不知是死是活。

别人好歹还都是往外逃，只有谢允要往里走，他正好当胸撞上那人的掌风，身边都是人，躲闪已经来不及，谢允眼前当即一黑，什么都不知道了。

此时，周翡正陪着吴小姐在医馆，这医馆地处偏僻，好不容易才找到，里面只有一个老大夫，老眼昏花，说一个字要拖半炷香的光景，在那儿絮絮叨叨了半天"通则不痛"。开药方的时候可算要了他老人家的老命了，恨不能把脑袋埋进纸里。

周翡在旁边等得脚都麻了，见他可算写完了，立刻大大地松了口气："我去抓……"

"药"字未出口，她耳根一动，听见了尖厉的鹰唳。周翡往外扫了一眼，疑惑地问道："老先生，你们这儿平时还有大老鹰吗？"

老大夫颤巍巍道："不曾有。"

周翡将药方折起来揣进袖中，一把推开窗户，只听见不远处传来杂乱的人声，而后竟有股火油的味道，她当即道："我出去看看。"

吴楚楚早成了惊弓之鸟，不敢一个人待着，不由分说地也跟了上去。两人一前一后跑出了两条街，突然，周翡一把拽住吴楚楚的手腕，强行将她拉进了旁边一条小巷中。

吴楚楚："怎……"

周翡竖起一根手指，示意她噤声。周翡的脸色实在太难看了，吴楚楚后背的汗毛都竖起来了，一动不敢动地缩在周翡身边。片刻后，只见两个人缓缓往这边走来，一个两鬓斑白的中年男子，痨病鬼似的，面色蜡黄，一只手一直抚在胸口，不时停下来咳嗽几声。

正是北斗沈天枢！

沈天枢旁边还跟着个人，腰弯得比那痨病鬼更甚，满面堆笑，又讨好又畏惧地说着什么。周翡的目光几乎要将那人钉在地上——这瘦小的中年男子，竟然是她方才见过的四十八寨暗桩！

那人特意拜会了吴夫人一家，吴楚楚自然也认得，她手脚本就冰凉，这会儿更是整个人如堕冰窟，剧烈地哆嗦了起来。

周翡心中的惊骇比她只多不少，然而身边有个人要照顾，逼得她不得不镇定。

那小个子男人察觉到了什么似的，往四下东张西望了一下。周翡一把捂住吴楚楚的嘴，紧紧地按住她，将她往小巷深处拖了几步。

四十八寨发生过三寨主叛乱的事，那时候周翡还小，除了她二舅那刻骨铭心的一个后背，其他事都记得不清楚了。这会儿，她脑子里一时乱成了一锅粥，被这突如其来的一幕噎得咽不下也吐不出。

待那两人走远，吴楚楚无助地抓住周翡的手："周姑娘……"

她的手太凉了，像一块冰坨，顷刻将周翡沸腾的脑浆熄成了一把灰，她拼尽全力定了定神，低声道："没事，不用怕，跟着我，晨……晨飞师兄向来都……还有谢允……"

周翡几乎语无伦次起来，她闭了嘴，在自己舌尖上轻轻一咬，拉起吴楚楚，避开大路，一头钻进小巷里。

谢允不是说大难不死必有后福吗？不是说遭遇木小乔这样举世罕见的大魔头一次，回去能走三年的好运吗？

这连三天都没有呢！

她们俩从客栈走到医馆足足用了一刻的工夫，回去却简直如转瞬，周翡带着吴楚楚几乎是飞檐走壁。

眼见客栈浓烟滚滚，周翡的心从无限高处开始往下沉。

而及至她亲眼看见一片火海，周翡就是再自欺欺人，也说不出"没事"两个字了。

吴楚楚一声撕心裂肺的尖叫被周翡生生捂回去了，她情急之下没控制手劲，吴楚楚又太过激动，竟被她捂晕过去了。女孩苍白而冰冷的身体压在她的肩上，周翡突出的肩胛骨紧靠着身后青苔暗生的墙，从躲藏的缝隙中，她看见外面群鸦呼啸、猎鹰横行，视野所及之处，尽是一片红，热浪扑打在她脸上……

那火不知烧了多久，方才人来人往的街道早已经空空如也，只有焦灰与血迹狼藉满地。

端着猎鹰的男子一仰下巴，黑衣人训练有素地分成两批，一批依然拿着毒水戒备，另一批提着兵刃闯进已经是一片废墟的客栈中搜寻。然后一具一具尸体从里面抬了出来，整整齐齐地摆在空荡荡的街上，有些是完整的，有些身首分离——想必是客栈中人遭到突袭，先是拼死反抗，死伤了一些人，然后实在无处突围，只好退回客栈，将门封住……

吴楚楚不知什么时候醒了，眼泪打湿了周翡一条袖子。

穿大氅的男人将猎鹰放飞，负手而立，朗声道："诸位乡亲听好，近日不大太平，有些匪人冒充商队，混入城中，欲图不轨，幸有良民机警，看出不对，及时报官，现匪人已伏诛！为防有漏网之鱼，请诸位乡亲夜间闭户，不要随便收容陌生来客……"

周翡以为按照自己的脾气，她得冲出去，不管不顾地跟那些人拼命，就算要把小命拼掉，也先痛快了再说。

但是她居然没有。

她还觉得自己可能会大哭一场，毕竟，从小没人教过她要喜怒不形于色的道理，她从来都是想哭就哭，想笑就笑。

然而她居然也没有。

一瞬间，天上可能降了个什么神通，很多事，她竟突然就无师自通了。

这时，一个黑衣人点清了地上的尸首，上前一步，与那穿大氅的人说了句什么。

那男人冷笑一声："哦，真让我说中了，还真有漏网之鱼？"

周翡一把拽起吴楚楚，低声道："快走！"

吴楚楚哭得站不起来，周翡强行拽住她的腰带，将她从地上拎了起来。她凑近吴楚楚的耳朵，低声道："想给你娘和你弟弟报仇吗？"

吴楚楚捂着嘴，拼命抑制着自己不受控制的抽泣，脸色通红，快要断气了似的。

"那就不要哭了。"周翡冷冷地说道，"死人是没法报仇的。"

吴楚楚闭上眼，指甲掐进了自己的掌心里，整个人抖得像一片寒风中的叶子。仇恨就像一团火焰，能以人的五脏六腑为引，烧出一团异常的精气神。不过片刻，吴楚楚居然真的止住了哭，连呼吸都比方才平缓了不少。

周翡冷静地想：这么大的动静，城门应该已经关了，我们没有车马，即便成功出城，这时候也十分显眼，不知他们来了多少人，说不定已经在城外守株待兔了。

满城百姓个个如惊弓之鸟，全都闭户不出，随便躲进什么人家里看来也不容易，何况周翡刚被"蛇"咬完，虽然不至于十年怕井绳，一时也是不敢随便相信别人的。

周翡思索片刻，抓住吴楚楚的手腕："跟我来。"

随着那北斗一声令下，满城的黑衣人开始四处搜索，倘若是个老江湖，未必不能避开他们，但周翡自觉没那个能耐，要是没头苍蝇似的乱钻，迎头撞上对方的可能性比较大。她没有贸然乱走，闪身钻进了一条小巷子，掀开一处民居门口装东西的藤条筐。

主人家可能比较拮据，筐里东西不多，挤两个不怎么占地方的小姑娘没问题。周翡从里面钩住藤条筐的上盖，虚虚地掩住，两根手指扣在盖子上，闭上眼默默数了几遍自己的呼吸，将自己的想法从头捋了一遍，确定没有遗漏，这才悄声对吴楚楚道："过一会儿，无论发生什么，你都不要慌。"

吴楚楚用力点点头。

周翡深吸了一口气，想了想，又道："就算只剩我一个人，也能把你安全送到四十八寨，你相信我。"

她这话是说给吴楚楚听，也是说给自己听，仿佛这一口唾沫一颗钉的承诺出口，她便能给自己找到某种力量的源泉——还有人指望着她，还有人的命悬在她身上，她得尽全力去思考平时不曾想过的，做平时做不到的事，也就没有时间去应对额外的悲伤与愤怒。

吴楚楚正要说什么，周翡竖起一只手掌，冲她摇了摇。吴楚楚屏住呼吸，足足过了半晌，她才听见一阵非常轻微的脚步声，透过藤筐的细小缝隙，她看见一个黑衣人转眼搜到了这里，正朝小巷走来。

小巷子是一条死胡同，一眼能看到头，他本不必进来，但不知是不是她们俩流年不利，那黑衣人脚步略迟疑了一下，还是十分尽职地走了进来，谨慎地四下探查。藤条筐可不是天衣无缝的，扒着上面的窟窿一看，里面装的是萝卜还是白菜一清二楚，更别说躲着两个大活人了，只要对方走近了一低头，立刻就能发现不对。

眼看那黑衣人缓缓靠近，吴楚楚的心揪到了极致，她下意识地去看周翡，却发现周翡目光垂着，被她那少女式的、纤长的睫毛一挡，像是闭了眼似的，脸上的神色竟近乎是安宁的。

吴楚楚心道：这是要听天由命吗？

她不由得心急如焚，暗暗将数得上的神佛都拜了一遍，同时用力咬着自己的嘴唇，没多久，嘴里就尝到了血腥味。

可惜，临时抱佛脚似乎并不管用。那脚步声越来越慢，忽然停了。

吴楚楚心跳"咯噔"一下，也跟着停了。她听见那人低低地笑了一声，紧接着便朝她们藏身之处走了过来。

吴楚楚的后背紧绷到极致，绝望地闭上眼睛，心里狂叫道：他看见了，他看见了！

那黑衣人一把扣住藤条筐的薄盖，便要往上掀，一拉却没拉动，里面好像有什么东西卡着。

"还负隅顽抗？"黑衣人冷笑一声，手上用力，蓦地将筐盖一抽，不料方才卡着筐盖的那股力道竟突然消失了，里面的人反而伸手推了筐盖一把，两相作用，一下将那轻飘飘的藤条筐盖掀了起来，直砸向那黑衣人面门。

黑衣人猝不及防，视线被挡住，本能地伸手去推——

电光石火间，一只纤细的手鬼魅似的自下而上伸过来，狠狠地卡住了他的脖子，随后毫不犹豫地收紧，那黑衣人一声都没来得及哼出来，喉咙处"咯"一声脆响，顿时人事不知。周翡一伸脚，脚尖轻轻挑起将要落地的筐盖，随后利索地一拉一拧，那黑衣人的脑袋在她手中偏转了一个诡异的大角度，继而软绵绵地垂了下来，是绝无可能再活了。

吴楚楚吓得全身僵硬，脖颈生凉。

周翡面无表情地在自己身上擦了一下手，知道自己方才蒙对了——那客栈这么囫囵个地一烧，里面肯定有不少无辜受牵累的，客栈整日迎来送往，又不是只有他们这一拨人，就算因为奸人出卖，北斗知道他们的人数，也不可能通过点人数来确定跑了谁。

那么就只有两种可能了，要么他们找的不是人，是某样东西，那东西不在客栈中，被吴楚楚带出来了；要么是吴楚楚本人身上有什么秘密，他们找的是她这个人。

她方才推吴楚楚进藤条筐的时候，故意让她在稍微外面的地方。他们出门在外，身负寨中嘱托的任务，本该都是一身便于行动的短打，但是晨飞师兄疼她，不知从哪里弄来的新衣服，给她和吴家千金带的是一样的长裙……大概到时候上路了，也打算让她借着"陪伴夫人和吴小姐"的名义，和来时一样坐马车，少受些风尘。她们俩穿着差不多的衣服，一里一外，即使藏在一个四面是孔的藤条筐里，对方也不容易注意到她。

吴楚楚实在是个很容易让人掉以轻心的女孩子，无论那些黑衣人是找人还是找东西，看见她，大概都会只顾又惊又喜，才好叫周翡一击得手。

周翡问道："你身上有什么特别的东西吗？"

吴楚楚一脸茫然。

周翡暗叹了口气——感觉她们俩的情况可能差不多，晨飞师兄没有跟她细说过接走吴家人的真正目的是什么，吴夫人想必也没有告诉过娇嫩的小女儿一些秘密。

"算了。"周翡趁四下无人，三下五除二地将黑衣人身上严严实实的衣服剥下来自己换上，好在她虽然纤细，却并不像谢允戏言的那样"不足五尺"，穿着虽然大了一圈，但将该扎紧的地方都扎好后，倒也不十分违和。接着，她又从死人身上搜出了一把佩刀、一柄匕首与一块令牌并一些杂七杂八的物品，佩刀的重量正好，除了刀背稍微宽了一点，居然还算趁手，令牌正面是一个北斗七星图，背面刻着"禄存三"。

"禄存。"

周翡将这两个字掰开揉碎了刻进脑子里，然后把尸体塞进墙角，用一堆破筐烂石头盖住，转头对吴楚楚说道："你信不信我？"

吴楚楚不信也得信，连忙点头。

周翡便又道："那你在这里从一数到一百……还是二百吧，等我回来。"

吴楚楚立刻面露惊慌——不慌是不可能的，她确实手无缚鸡之力，一条野狗都能威胁她的性命，周围满是虎视眈眈的冷血杀手，她随时可能被人抓出来，而躲在这么个阴森森的窄巷里，身边只有一具尚带余温的尸体陪着。

周翡说完，自己想了想，也觉得有些强人所难，正要再补充句什么，却见吴楚楚带着这一脸显而易见的惊慌，竟认真地点了点头，声音又颤又坚定地说道："好，你去。"

周翡深深地看了她一眼，觉得这个大小姐有点了不起，平心而论，倘若易地而处，她自己若是没有十多年的功夫傍身，恐怕是不敢的。

周翡把匕首丢给她，又抓了些黄泥，在手中搓了搓，搓成细细的末，将自己露在衣服外面的手、脸、脖颈都抹了一遍，对吴楚楚道：

"你放心，我说了送你回去，肯定能送你回去，哪怕死在外面，魂魄也能飘回来。"

说完，她飞快地转身出了小巷。

吴楚楚蜷缩在宽敞了不少的藤条筐中，将那筐盖子捡了回来，也学着周翡的样子，用两根手指扣着虚掩的盖子，她将脸埋在自己蜷起的膝盖上，小腹又开始隐隐作痛，时而不由自主地打个寒噤。

这真是她一生中最漫长的两百下。

吴楚楚从一开始数起，数着数着，便想起父母兄弟都不在世上了，只剩下她自己无根无着、形单影只，忍不住悲从中来。可她不敢哭出声，只是默然无声地流眼泪，流完，继续数……竟然还能跟刚才接上。

"一百九十三，一百九十四……"

突然，一阵很轻的脚步声响起。

谁？

吴楚楚的五官六感没有习武之人那么灵敏，她听见的时候，那人已经到了近前。她一口气高高吊到了嗓子眼，钩着藤盖的手指吃劲到了极致，指尖已经麻木得没了知觉，另一只手紧紧握住了周翡留给她的匕首。

"是我。"来人小声道。

吴楚楚倏地放松了下来，脸上露出了一个短促的微笑，眼泪却又不由自主地夺眶而出。

周翡掀开藤筐，丢给她一套皱巴巴的黑衣："死人身上扒下来的，先凑合一下。穿好我们换地方。"

吴楚楚问道："去哪儿？"

周翡道："去他们窝里。"

"我……我装不像。"片刻后,吴楚楚局促地拉了拉身上的黑衣,不自然地含着胸。

美人首先在气韵,其次在骨骼,再次在皮相,最后在衣冠。吴楚楚是那种一眼看过去,就知道教养很好的女孩,温良贤淑四个字已经烙在了骨子里,就算让她在泥里滚上三圈,滚成个叫花子,她也是个美貌温婉的叫花子。

"爱像不像吧,没事。"周翡轻描淡写地将另一块令牌在手中掂了掂,吴楚楚注意到这块牌子上写的是"贪狼一",周翡又冲她说道,"你用黄土抹把脸,看起来不要太显眼就行。"

吴楚楚依言学着她的样子抹了手和脸,还是很没底,无论如何也看不出周翡要干什么,便忍不住问道:"咱们这样,近看肯定会露出破绽,要怎么混进他们中间?"

"咱们不混,"周翡从身后一托她的腰,吴楚楚猝不及防地被她凌空带了起来,好在这一路上已经被周翡带着飞檐走壁习惯了,她及时将一声惊呼咽进了肚子里,便听周翡声音几不可闻地说道,"咱们杀进去。"

此时天色已经暗下来了,她们俩换了黑衣,跟满城的黑衣人一样,远看并不打眼,但吴楚楚还是忍不住忐忑。她偏头一看周翡平静的表情,便觉得不可思议,认为周翡这个小姑娘肚子里的心肝肠胃恐怕都只有一点点,一颗胆就得占去半壁江山。

两人虽然悄无声息专门翻墙走小巷子,还是很快撞上了"同僚",吴楚楚不由自主地屏住了呼吸。

那黑衣人远远地看见两个"同伴",觉得这条巷子应该已经搜过了,便原地转了身。然而走出了两步,他突然间感觉到有什么不对劲,猛一扭头,一柄钢刀在这一刹那悄无声息地从他脖颈上扫过,自喉管割裂到耳下，血如泉涌喷了出来，黑衣人震惊得张了张嘴，却一声都没吭出来，转眼便抽搐着死了。

周翡避开溅出来的血迹，一把揪起黑衣人的头发，拽着他往小巷深处拖去。

吴楚楚刚开始在旁边手足无措地干看着，然后她忽然想起了什么，忙从旁边蹚来细细的土，尽量盖住地上的血迹。

她们俩，一个前不久与人动手，还不敢放开手脚伤人，另一个跟陌生男子说话都打结巴。现在却是一个无师自通地琢磨出如何没有响动地一刀致命，另一个灵机一动地知道了怎么掩盖血迹。

接着，周翡又如法炮制，专挑落单的黑衣人下手，杀到第六人的时候，天上忽然传来一声鹰唳。

此时，天光已暗，周围房舍屋檐在暗夜中开始模糊，幢幢如魑魅，周翡一时有些辨不清方向，便问吴楚楚道："看那几只鹰，在往什么地方飞？"

吴楚楚在心里估计了一下，说道："好像是我们最开始藏身的地方，是不是你藏在那儿的尸体被他们发现啦？不好，那人的衣服被我们扒走了，这样岂不是会引起他们的警觉？"

周翡紧绷了一整天的嘴角终于露出了一点笑模样："你说得对，我们离当地府衙还有多远？方向对吗？"

吴楚楚点点头："不远，过了这条街就是。"

周翡道："把外面这身脏皮脱下来。"

吴楚楚依言将身上这件死人身上剥下来的黑衣脱了下来，周翡飞快地将这两套黑衣划成了小块，四下张望了片刻，将碎片倒入了一户人家后院的化粪池里，然后按照吴楚楚指的方向，直奔府衙而去。

窄巷中，禄存星仇天玑面沉似水地低头打量着地上的尸体，用脚尖挑起他歪在一边的脖子，沉着脸道："竟然还有人护着……而且胆子不小。"

鹰伏在他的肩上，一人一鸟乍一看颇有共性，简直是一颗蛋孵出来的。

"想在我这儿浑水摸鱼没那么容易。"仇天玑冷冷地说道，"所有人听令，一刻之内，按六人伍，伍长清点令牌，有落单者格杀勿论。"

旁边有人低声道："大人，还有贪狼组的人，您看……"

仇天玑面无表情地看了他一眼，那多嘴的黑衣人忙低下了头，不敢再吭声，悄然退下了。

而此时，周翡和吴楚楚耐心地贴在墙角附近等了一会儿，见府衙附近的黑衣人似乎接到了什么指示，突然一改之前散落各地的阵势，一拨一拨地聚在了一起，好像一张铺天盖地无处不在的大网，突然条分缕析地排列整齐了。周翡要的就是这个效果，机不可失，她一把拉起吴楚楚，灵巧地避开训练有素地结成一队一队的黑衣人，翻进了府衙。

她没有在前面逗留，直奔后院……也就是本地父母官的后宅而去。

第十三章·

忠武

"唾面自干二十年，
到此有终。"

谢允大部分时间都吃得香睡得着，极少会做梦。

可是这天，他却在恍惚间觉得自己置身于一片火海中，拉着一个人的手，正焦急地寻找出口，上下不过三层的客栈，突然好像变成了一个怎么都转不出去的大迷宫，走来走去都是死胡同。

火越烧越大，烟也越来越浓，他能感觉到身后的气息越来越微弱，谢允心里急得火烧火燎，不知从哪儿来了一股力气，一掌向面前拦路的墙拍去。石墙应声而碎，大片的天光晃得人头晕眼花，谢允胸口一松，用力一拉身后的人："我就说我神功盖世……"

手中的重量却不像一个人，他猝然回头，见那人的影子一闪，顷刻被火舌吞了回去，自己手中只有一条断臂。谢允心里忽然好像被人重重地捏了一把，猛地惊醒过来，一身冷汗。

他发现自己在一间低矮的民房里，破窗纸糊得半遮半露，房梁屋舍都有些年头了，屋里的桌椅床褥却是崭新的。谢允试着动了一下，胸口处传来阵阵闷痛，可能是被禄存星仇天玑那一掌震伤了，他呛咳两声，吃力地坐起来，在床沿上歇了片刻，陡然想起了什么，立刻便要站起来往外走。

这时，木门先是被人轻敲了两下，随后"吱呀"一声，从外面被推开，走进来一个少年。来人与谢允目光对上，立刻面露喜色，说道："三哥，你可算是醒了！"

这少年不过十五六岁的年纪，长身玉立，俊眉秀目，一副好俊的相貌，言语间像是谢允的旧相识。谢允一看见他，倏地愣住："明琛？"

两人面面相觑了片刻，几乎异口同声道："你怎么会在这儿？"

谢允用力掐了掐眉心，往外走去："算了，你不用告诉我，我还有些事，回来再同你一叙……"

"三哥，"那少年回身轻轻合上门，低声道，"北斗贪狼与禄存现都在华容城中，城里戒备森严，现在无论如何不能出去，你且忍耐片刻。"

谢允摇摇头，说道："我非去不可。"

说来也奇怪，谢公子待谁都是嬉皮笑脸，哪怕是对着陌生女孩子也很能自来熟，然而对这口称"三哥"的明琛态度却十分严肃，几乎有些惜字如金了。

"是为了你客栈中的朋友吗？"明琛以手别住房门，对谢允说道，"你先听我说，我已经叫白师父前去探查了，一有消息，立刻回来告诉你。那客栈现在已经烧得不像样子了，你身上又有伤，倘若白师父都无功而返，你去有什么用？"

谢允想了想，承认这话说得有道理，他虽然嘴上时常吹牛不打草稿，心里却也不是全无自知之明的，知道明琛口中的"白师父"比自己高明不止一点半点，便也没有执意要求出门添乱。

明琛见状松了口气，放开挡在门上的手，走进屋里坐下，问道："你和谁搅在一起了？要不是青梅认出你，及时将你带回来，今天岂不是悬得很？可吓死我了。"

"说来话长，代我谢谢青梅姑娘。"谢允伸手一探小桌边的茶壶，里面竟是温的，可见服侍的人十分妥帖。他喟叹一声，倒了两杯茶，推了一杯给旁边的少年，几次欲言又止，之后还是将要说的话咽下去了，终于只是不咸不淡地问道，"小叔近来身体怎么样？"

"父亲很好，多谢。"明琛接过茶杯，顿了顿，又道，"只是你动辄音信全无，我们都很惦记，逢年过节，时常听父亲念叨三哥。"

"嗯，"谢允言语间竟带出几分拘谨来，"是我的不是，今年过年我回去看看他。"

明琛见状，便轻声道："三哥，回家去吧，外面这么乱，你身边连个照顾的人都没有……"

谢允眼皮一垂，不动声色道："我跟家师发过重誓，学艺不成不回去，你又不是不知道，怎么好食言而肥？"

明琛无奈道："那你倒是学啊，一年倒有十个月在外游历，好不容易回去一趟，我听说你不读书不习武，就学了个什么……铸剑打铁？"

谢允心不在焉地笑了一下，没搭腔，目光一直盯着门口。这时，外面突然有人敲门道："少主。"

　　谢允不等明琛反应过来，便一跃而起，拉开房门。只见门口站着个相貌堂堂的中年人，见了谢允，先恭恭敬敬地行礼道："三公子。"

　　"白先生快别客气，"谢允虚扶了那中年人一把，问道，"怎么样了？"

　　这白先生一低头，说道："三公子还请放宽心。"

　　谢允的心微微一沉。

　　白先生也不废话，详细地给他描述了前因后果，道："北斗贪狼与禄存本是冲着岳阳霍家堡去的，半路突然不知得到了什么消息，与大队人马分开，临时改道华容，直奔那家客栈，进去后不由分说便要抓人，客栈中当时有不少好手，然而终于还是寡不敌众。倘若当时就强行突围也就算了，可据说是随行之人中有弱质妇孺，为了保护他们，这些朋友不得已暂时撤入客栈中，本想派人出去寻求救援，不料仇天玑早有准备，见他们撤进客栈，立刻命手下将那里团团围住，架起上百条毒水杆，直接封死路，又放了火……客栈后面有个酒窖，当时火着得太快了，谁也没办法。"

　　谢允的脸色一瞬间难看到了极致，整个人似乎晃了一下。

　　明琛叫道："三哥，你……"

　　"不对，"下一刻，谢允却忽然一抬眼，飞快地说道，"北斗的人现在还在城中'巡逻'吗？贪狼不是这么有闲心的人，他们不走，必不是为了多蹭几顿饭，肯定是有人逃脱了，是不是？"

　　满城都是抓捕者与被抓捕者，泛着一股说不出的紧张焦躁，华容的百姓们人心惶惶，街巷间明显更萧条了，这种时候，也就只剩下府衙的后院尚有些许平静。

　　本地父母官清贵逼人的后宅中，有个特别的小院，孤零零地占着一角，颇有离群索居之意。院中种着一棵树，看不出是个什么品种，该是有些年头了，绿荫落到地头，又伸展到墙角，连着一大片泼墨似的幽幽青苔，因人迹罕至，青苔很是郁郁，倒是自顾自地圈地建了"国"。

院里挂满了彩绸与花布，都是旧料子裁的，约莫半尺宽，树上、房上，到处都是，要不是都已经旧得褪了色，倒颇有些隋炀帝"彩绸挂树"的大手笔。

一个小厮模样的少年将食盒重重地放在门口，大模大样地用力拍了拍门，十分无礼地嚷嚷道："送饭了送饭了！吃不吃了？"

食盒盖应声滑开，里面滚出了半个馒头，那玩意儿简直像个"前朝遗作"，宛然能够就地化石成精，顽强地从地上滚了出去，配菜更是死气沉沉地坨在盘子里，一点热气也没有。送饭的面露不耐烦，又用力拍了一下院门，嘴里不干不净道："叫你们自己去领饭，不去；背地里又跟大少爷说三道四，给你们送来还不接。天生的贱种，还真当自己是正经夫人啊？"

这时，从屋里跑出来一个五大三粗的仆妇，手中举着把扫帚，杀气腾腾地便要打将出来。那小厮见了，倒也不吃眼前亏，口中叫着"母夜叉"，拔腿便走。仆妇叉着腰，梗着脖子，宝塔似的立在门口，一口气骂出了祖宗八代，直骂得那送饭的小子不见了踪影，才低头看了一眼地上的旧食盒，重重地"呸"了一声，继而又无可奈何地提起来往里走。

她刚一转身就吓了一跳，只见一个身形消瘦的女人不知什么时候站在了她身后，一双黑如豆的眼睛直勾勾的。那仆妇拍了拍胸口，方才要咬人一般的凶悍之色退去，嘀咕道："吓死我了，夫人准是属猫的，走路一点声音也没有，走，进屋去，咱们吃饭。"

女人呆呆的没什么反应，但十分乖巧，老老实实地跟着那仆妇往屋里走。穿过院中低垂的长绸，她伸出枯瘦的手，温柔地抚过那些布条，痴痴呆呆的眼波好像灵动了一会儿，木然的脸上居然多了几分姿色，脚下仿佛是踏着某种轻盈的舞步，走两步还转了一圈，疯疯癫癫地哼着不知哪里的小调，然后倏地一停，摆了个半掩面的姿势，冲着一个方向抛了个媚眼。

这院中住的原来是个疯女人。

那仆妇见她又犯病，连忙老母鸡似的赶上来："哎哟，快走吧，留神再摔了您！快别看了，小库房有什么好看的？早就被那些杀千刀的狗崽子搬空了，里面除了一窝耗子什么都没有。"

疯女人也不知听懂没听懂，仍是呆呆地盯着那放杂物的屋子笑，被仆妇半拉半拽地扯进了屋里。等院子里重新安静下来，那"养耗子"的小库房里居然真的发出一声动静。周翡从窗户里钻了进来，手里拎着个纸包，递给站在门口的吴楚楚，见她正紧张地扒着门缝往外望，便问道："你看什么呢？"

吴楚楚不由自主地压低声音道："吓死我了，刚才还以为被主人发现了。"

周翡闻言立刻往外看了一眼，手掌按在腰间的刀上，警惕道："这院子的主人到底是谁？"

头天晚上她们俩混进来的时候，府衙内正好空虚，但周翡觉得，府衙重地，不可能老空虚，等那帮黑衣人反应过来，很快能把这地方围成个铁桶，因此周翡在吴楚楚这个正经官小姐的指点下，找到了地方官那帮妻妾住的地方——毕竟士大夫不是江湖草莽，贪狼和禄存不大可能放肆到大人后院来。

不料小小一个华容县的县官，家中竟然富贵逼人，内外宅院俨然，往来仆从甚众，周翡差点被晃瞎一双穷酸的狗眼。她从小听长辈说

"富贵不能淫，贫贱不能移"之类，向来是左耳听右耳冒，颇不以为然，如今才算知道，闹了半天她从没见识过什么叫"富贵"。这后院中人多规矩大，两人不敢打草惊蛇，小心翼翼地探查了一天，才找到了最偏的一处院落，在一处空房子里暂避。

"应该是我草木皆兵了。"吴楚楚说道，她打开油纸包，见里面是还冒着热气的几块肉丁烧饼，比这里的正牌主人的残羹冷炙好了不知多少倍，便叹了口气道，"我看这院的主人应当是个不受宠的姬妾，已经疯了，想必是生育过儿女，这才一直关在府里养着，也就是保她不死罢了。"

周翡不知从哪里拖出两个沾满了灰尘的小墩子，推给吴楚楚一个，两人一起坐了下来，风卷残云似的便吃完了一个纸包的肉馅烧饼。烧饼吃太快要掉渣，一不留神将小库房中的耗子一家招出来了，此地的耗子不知整天去哪儿偷吃，一个个油光水滑，也不怕人，窸窸窣窣地便到了近前，把吴楚楚吓得一哆嗦。

周翡伸出脚尖，轻轻挑起耗子的肚子，将领头的大耗子凌空踢了出去，大耗子"啪"一下拍在墙上晕过去了。其他小耗子见状，"好汉"不吃眼前亏，争先恐后地撤回了自己的老窝。

周翡好奇道："你不怕死人，怕耗子？"

吴楚楚有些不好意思地低头笑了一下，随即想起自己的境遇，无端鼻头一酸，眼圈红了。她觉得哭哭啼啼的叫人看了未免心里别扭，便拼命忍回去了，为了不让自己胡思乱想，只好试着找周翡搭话。

周翡其实不太主动，遇到活泼的人，她就会相对活泼一点，遇到沉默寡言的，她也会跟着沉默寡言。这会儿她心事重重，眉间几乎能看见一道浅浅的阴影，吴楚楚怀疑自己如果不主动跟她搭话，她能这么皱着眉面壁一整天。

"那个……阿翡。"

周翡回过神来，转向吴楚楚，见那女孩面露紧张，好像生怕自己叫得唐突她不应一样，便"嗯"了一声。

吴楚楚想了半天，想不出跟周翡能聊些什么，只好就事论事地问道："咱们下一步怎么办？"

"先躲几天，"周翡道，"北斗今天灭这个满门，明天灭那个满门，应该忙得很，不大可能总在这里待着，我们躲过这一阵子就行。等他们走了我们就奔南边，放心吧，越往南越安全。"

吴楚楚点点头，又问道："四十八寨到底是什么样的？"

周翡没听出她想引着自己多说几句话，只道她是没了母亲和弟弟，一个孤女心里没底，便道："四十八寨其实是四十八个门派，你要是怕生，可以先住我那儿，我不在的时候还可以跟我妹妹一起。"

吴楚楚好不容易抓到个话头，忙问道："你还有妹妹？肯定是很美很厉害的！"

李妍的形象在周翡心里一闪而过，她顺口说道："长得一般吧，也不厉害，是个二百五。"

吴楚楚："……"

真是没法好好聊下去了！

吴楚楚自己尴尬了好一会儿，结果一看周翡十分无辜的表情，尴尬之余，又觉得有点好笑。她这一笑，周翡才反应过来自己说的话让人没法接，就想往回找补，然而她也不知道要聊什么好，只好干巴巴地没话找话道："你脖子上挂的是长命锁吗？"

一般只有小孩才戴长命锁，据说是可以戴到成年，但是少年长到十一二岁，多半就自以为是个大人，开始嫌这玩意儿幼稚了，很少看见吴楚楚这个年纪的女孩子还戴这东西。吴楚楚闻言，低头摸了摸颈上的项圈，神色黯淡了下去："我爹给我戴上的，我小时候，他找人给我算过命，算命的说我命薄，须得有东西压一压，这个要出阁的时候才能取下。"

周翡道："我们大当家说你爹是个英雄。"

吴楚楚笑了一下："你不知道我爹吗？"

周翡摇摇头，说道："我头一次下山。"

"嗯，"吴楚楚非常理解地点点头，又道，"你要是早个三五年下山，就不觉得我爹是英雄了，那时候他们都叫他'叛党贰臣'。当年北朝皇帝篡位夺了权，十二臣送旧皇族南下，朝中没走的，也有气节使然，不愿侍奉二主的，那些人早年间被北帝杀头的杀头，流放的流放，剩下的不是逃亡到别处，就是被迫变了节，我爹就是当年'变节'之人，北朝皇帝封他做了'忠武将军'，'忠武'二字一度成了个笑话，任是谁提起，都要啐上一口。"

周翡听李瑾容提起"忠武将军"，却没想到这是大当家的老对头北朝皇帝封的，不由得呆住了。

"不怕你笑话，其实直到前年，我都以为他是这样的人。"吴楚楚说道，"谁知有一天，他突然匆匆回来，将我们母子三人送走，就是终南隐居的那个地方——那里穷乡僻壤，外面发生什么都不知道，我只记得娘整日里抹泪。很久以后，才听人说，当年送幼帝南下的时候，他们一起商量过，要留下一人，在朝中做内应，背这个千古骂名。他们那些年内外并肩，拼命给南朝留下回旋余地，这才建了南朝。可是几次三番，做得再天衣无缝，曹仲昆也要怀疑。三年前那次装病，是为了设局绞杀多方江湖势力，也是为了试探他。

"我爹知道自己这回就算勉强过关，帝王也已经起疑，忠心不贰的尚且难过猜忌关，何况他本就有二心，便写了封信给我娘，只说'唾

第十四章 ·

步步紧逼

这人命啊，比粟贱，比米贱，比布帛贱，比车马贱。唯独比情义贵一点，也算可喜可贺。

华容戒严后第三天。

白先生恭恭敬敬地往后退了一步，说道："好了。"

他竟然是个易容高手，三下五除二，便将谢允的脸涂抹得与明琛身边一位名叫"甲辰"的侍卫如出一辙，只要不将两张脸贴在一起仔细比对，几乎看不出破绽来。

明琛和颜悦色地对那护卫道："辛苦了，甲辰，你先去忙吧，今天不要出门。"

甲辰沉默地施礼一拜，脚下无声地离开了。

谢允暗叹了口气，他知道这些护卫除了个个身怀绝技，保护主人随后，一个黑衣人端着个大托盘走了出来，三百两金子的分量可不轻，但那黑衣人根本没用手掌，只几根指头轻飘飘地撑着托盘，好像托的不是一堆沉甸甸的金子，而是一张纸。老百姓们家里凑些散碎银两尚且不易，何曾见过一个个整齐排列的小金元宝？一时直眼的直眼，炸锅的炸锅。

仇天玑目光从众人脸上扫过，歪嘴一笑，冲身后的人伸手道："请上来吧！"

他没有喊，甚至没有刻意大声说话，然而即便在最外围也能将他的话听得一清二楚，那声音传出老远，入耳时，耳朵里好似被长针扎了一下，说不出地难受。谢允耳畔"嗡"一声轻响，周围不少人也同他一样，纷纷下意识地捂住了耳朵，有那身体弱的，甚至原地晃了晃。

谢允看清了他身后的瘦小男人，不由得轻轻闭了一下眼——那人他也认出来了，几天前，此人甚至跟自己打过招呼，招待过他们一顿好舒心的饭菜，正是四十八寨暗桩的接头人！

谢允心里无法控制地冒出一个念头：周翡知道吗？

仇天玑负手而立，用他那特殊的声音开了腔："想必诸位乡亲都还记得，几日前，一伙反贼途经此地，现已伏诛……"

禄存星的声音笼在整个华荣城上，小商小贩都围拢过来，附近的民居中，也有不少人推开窗户往外张望。县令大人府上，仆从们三五成群地聚在一起窃窃私语……而那偏远的小院里，周翡扣紧了手中的长刀。

"这伙人自蜀中流窜过来，在本地作乱已久，过往路人一概不放过，向来是有财劫财，无财劫马，草菅人命，无恶不作！我等沿途而来，见荒村个个未能逃脱毒手，几乎被劫掠一空，村民们白日闭户，风声鹤唳，夙夜提心吊胆，唯恐贼人又至！着实可憎可恶！这种奸贼留在自从送饭的小厮被这院的女仆打出去一次之后，便不敢再来挑衅了，每天都是把残羹冷炙扔在门口就走。周翡觉得自己不请自来，躲在人家院里，多少应该有点表示，便在每次去厨房做梁上君子的时候，顺手多带上一些好拿的点心馒头之类，悄悄放在她们的食盒里。

几日来，女疯子不是在屋里闷着，就是在院里痴痴地坐着，周翡除了偷偷给吃的，一直也没怎么留心过她。此时，周翡透过门上小缝，盯着那又唱又跳的疯女人，心里惊疑不定：普通人一嗓子能盖过那北斗的声音吗？她是真疯假疯？有什么来历？

禄存仇天玑的话虽然说得周翡火冒三丈，她却也想从那禄存星口中听到些要紧消息——比如他们什么时候走，再比如四十八寨暗桩叛变，那叛徒会不会打着晨飞师兄的名义假传信息，诱骗正在找他们的王老夫人，或是干脆对四十八寨不利？

可那疯子唱起来没完，周翡真恨不能冲出去拿破布堵了她的嘴。正在她心里火烧火燎的时候，院里的仆妇端着个木盆跑出来，将那木盆往门口一放，跺脚道："我的祖宗，你怎么又出来了！"

疯女人拈着兰花指："零落成泥……"

"成泥成泥。"仆妇在自己身上抹了一把手上的水珠，跑过来拉走了女主人，絮絮叨叨道，"知道有泥还不穿鞋，唉！"

"零落成泥碾作尘，是没有遗香的。"等那两人离开，吴楚楚忽然低声道。

周翡一愣，低头看着她。

吴楚楚道："我娘以前跟我说过，生民都在泥水里，每日受苦楚不得解脱，最爱听的，不过就是'清者不清，烈女偷情，圣人藏污，贤良纳垢'，诸如此类，百听不厌，反复咀嚼也津津有味，哪里容得下'高洁'二字？"

　　周翡连日来的悲愤无从宣泄，听了这话，心头忽然涌上一股戾气："谁敢说三道四，一起杀了就是。"

　　吴楚楚生性娇怯，别人说什么她都答应好，其实真正心里想的，却很少宣之于口，这几日她跟着周翡虽然没少受罪，心里却不由得拿她当起了自己的亲人，言语间也就少了几分顾忌，低眉顺目地柔声道："不是的，阿翡，我娘说，旁人无缘无故地作践你，心里便是抱定了你也同他们一样有卑劣的念头。你若真的见一个杀一个，久而久之，性情必然偏激易怒，容不得别人一点忤逆，那岂不是如了他们的意？"

　　周翡嗤之以鼻，心道：什么狗屁歪理，怎么就偏了，偏激易怒又怎么样，总比做一只被人无缘无故烧死的蝼蚁强。

　　然而她感觉这句话要是说出口，吴楚楚准得哭，便用力咽回去了。周翡的手指勒着长刀的刀鞘，反复摩挲，将手指勒出了一条深深的印子。她满心想着提刀冲出去，把那胆敢胡说八道的人的舌头割下来，可是同时，她也无比清楚，以自己的本领，充其量只够在这又黑又小的屋子里跟吴楚楚放一放狠话，哪怕再来一个周翡，也未必能碰着北斗那些人一根汗毛。

　　不必仇天玑在外面煽风点火，光是这真实无比的事实，已经足以让小小的少女五内俱焚。

　　没有疯女人的歌声打扰，仇天玑的声音便继续远远飘了进来，他细细地说了朝廷如何英明神武，如何定下剿匪大计，如何分化这些"鱼肉百姓"的"反贼"，打入他们的暗桩，利用反贼们"分赃不均"，晓之以理、动之以情地策反迷途知返之徒云云……

　　"诸位乡亲！这些贼人手里沾了多少血泪人命？如今一死了之，倒是便宜他们了！"

这时，人群中忽然有人大喊道："鞭尸！"

谢允倏地一震，扭头望去，却没看见喊这话的人是谁。

仇天玑听了，鸟样的五官舒展开，似是十分满意地笑了笑，摆手道："杀人不过头点地，过了，过了。"

然而周遭被他一番指鹿为马的嫁祸鼓动得群情激奋的百姓却已经被勾起了一腔暴虐，越是听人说"过"，便越是闹得沸反盈天。

仇天玑大笑道："好，顺应民意！将这些喊人鞭尸干市！"

谢允蓦地便要上前，却被白先生一把拽住。

谢允用力一挣。

白先生附在他耳边道："三公子少安毋躁，以我一人之力，难以招架贪狼和禄存两大高手，逝者已矣，待我们荡平伪朝，沉冤终有昭雪一日，何必急于这一时！"

谢允面颊紧绷，隔着薄薄的人皮面具，几乎能看出他额角的青筋来。良久，他忽然几不可闻地问道："白先生，霍家堡本为江湖门派，就算将四下杂门小派收归一统，本也不过是些逞凶斗勇之徒，为何会突然屯兵养马，大肆敛财？霍连涛自以为搭上了谁的船？"

白先生一愣。

谢允面无表情地转过头来，一双如电的目光似乎要看进他的皮肉里。

白先生忙道："三公子，我家公子到此地时日尚短，虽然确实跟霍家堡主有联系，那也不过是出于同仇敌忾对付曹贼之心。再者霍家堡鱼龙混杂，其麾下有什么人，有什么作为，我家公子也并不知晓，这……"

谢允轻轻地哂笑一声，打断他道："您不必对我解释，谁还没几个'不体面'的江湖朋友呢？您只要自己心里清楚，此时台上被鞭尸之人担的是谁的罪过就是了。”

白先生不知该如何往下接，只好讷讷无言。

仇天玑命麾下黑衣人将客栈中横死的几十具焦黑的尸体抬了出来，并排摆在长街上。旁边的沈天枢却倏地站了起来，一言不发地拂袖而去，贪狼组的黑衣人眼看情况不对，忙紧随其后，两侧侍立的北斗黑衣人登时“呼啦啦”少了一半。

仇天玑目光阴沉地看着他的背影，继而恶狠狠地一抬手。

他手下的黑衣人齐刷刷地分开两边，腾出了好大一片空场，刚开始没人敢动，直到一个流民模样的老汉颤巍巍地走上前来，先是在一具尸体上踢了一脚，随后他面露仇恨与狰狞神色，疯了似的用力踩、踩……

仇天玑高举双手，一只猎鹰呼啸着落在他小臂上，振起的翅膀凛凛带着锋锐的杀机。他大声道：“反贼同党尚未肃清，有再立功者，依然赏金三百！”

有一个开头的，很快有效仿的，夹道的百姓中，有亲友或自己被木小乔他们那一拨人迫害过的，有单纯为别人义愤填膺的，有跟着凑热闹的，还有惦记着方才那黑衣人托在手中的三百两黄金的……诸多种种汇聚到一起，好生大快人心。

白先生伸手一拉僵立原地的谢允：“三公子，走。”

谢允一动不动。

白先生：“三……”

“等等，”谢允艰难地说道，“我……我一个朋友现在或许也在城中，我怕她做出什么冲动事来。”

他眼睁睁地从头到尾看完了这场闹剧，随着日照偏西，长街上疯狂的人群终于宣泄够了，渐渐散去，地上只留下了一摊令人作呕的残渣，而天色却已经晦暗了下来。两侧的黑衣人紧张戒备了一天，这会儿依然不敢散去，还在等仇天玑的命令。

仇天玑缓缓地抚摩着老鹰的脖子，没钓到自己想要的"鱼"，面色阴晴不定，一个禄存组的黑衣人走过来，低声请示道："大人？"

仇天玑其实跟沈天枢和童开阳不是一路，他是特地追着吴家人来的，刚开始听说吴家人暗中联系上了四十八寨，仇天玑还有点如临大敌——四十八寨群山林立，里面更是高手如云，这些年来，就像一只叫人无处下嘴的刺猬，人一旦遁入其中，再要挖出来可就难了。可谁知费了九牛二虎之力布置下去，好不容易在客栈困住了"大鱼"，刚一动起手来，仇天玑就发现其中并无顶尖高手。为首的那青年怕是尚未满而立之年，不过就是个年长点的晚辈带着一群乳臭未干的小崽子。

此时华容城内外戒备森严，一只苍蝇也飞不出去，仇天玑料定了他要找的人仍隐蔽在此，这才想出这些阴损主意逼他们出来——但凡少年人，大多忍不了仇、忍不了污名、忍不了辱，谁知他在这儿将闹剧轰轰烈烈地演了一天，那隐蔽的人却连影子都没有，全然是"媚眼抛给了瞎子看"，好不尴尬。

"我还道李瑾容不知道有'那东西'，方才派了几个小崽子出来，不料倒是小看她了，叫她在我眼皮底下玩了个金蝉脱壳。"仇天玑沉吟片刻，认定了那暗中隐匿的人必是个"心机深沉、手段老辣"的高手，便冷笑了一声，缓缓说道，"我说不过是孤儿寡母几个，怎么请得动四十八寨当靠山，李瑾容那婆娘也真是无利不起早……不妨，只要这个人还在城中，咱们就有机会，先撤。"

他一声令下，巡街与站岗的人留下，大部分禄存组的黑衣人则跟着仇天玑撤走了，藏在人堆里的白先生总算松了口气——他方才就在想，万一谢允那不知从哪里结识的傻朋友从天而降，非得往人家刀口上撞，他肯定不能袖手旁观。

可是自家三公子"一身是腿"的本领他是知道的，能跟他混在一起的，想必也不大可能是什么绝顶高手。白先生身在北斗重围中，自己杀出去已经难能可贵，再要兼顾这些人是不可能的，十有八九得将老命交待在这儿。

幸亏谢三公子说的那位朋友还没傻到家。

谢允的心却缓缓地沉了下去。

白先生微微拉扯了他一下，用眼神请示。

谢允沉默片刻，轻轻一点头，两人便同来时一样，一前一后地走了。

不可能是周翡。谢允先是冷静地暗忖道，周翡那个脾气，她不可能忍得下来。

然后他又若有所思地往前走了几步，脚步蓦地停下了。

是了，北斗满城追捕的人既然不是周翡，那么她……方才应该就是在自己面前了。

像那些烧焦的、蜷缩成一团的尸体一样，被无数人践踏过后，落成一堆残肢。

那一瞬间，好像有那么一根长针，在黄昏中险恶地露出头来，一下穿进了他的胸肺中，谢允呛咳几声，一时居然有些喘不上气来。那个笑容不多，但一笑起来，修长的眼尾就会弯弯地翘起来，显得有几分促狭的小姑娘……

那个一本正经地对他说"交代重要"，在昏暗的石牢内将一堆乱七八糟的瓶瓶罐罐一股脑地塞过来的小姑娘，怎么可能变成一团手脚不分的烂肉呢？她怎么能被那些仵作怠慢地用草席一裹，随手拉到郊外的乱葬岗一扔呢?

谢允好像一个反应迟钝的人,他方才脑子里一直在琢磨北斗的诸多所作所为有什么深意,直到这会儿,他才似乎回过味来——那些跟他共患过难、在野外幕天席地地聊天闲侃的兄弟,一个都没了。还有那个纤细的小姑娘,懒洋洋地坐在他旁边,一张脸脏得花猫一样也不知道洗,还信誓旦旦地要给偷偷听歌伎唱曲的师兄告黑状……

白先生见他突然停下,不明所以,转头略带询问地看着他,便只见谢三公子顶着甲辰那张木讷的脸,直直地看着脚下三尺之处的地面,不知是入了神还是跑了魂,然后突然魔怔了似的,转身就走。

白先生吓了一跳,一把扣住他的肩膀:"三……你干什么去?"

他是当世高手,一把扣住谢允的肩头,谢允自然就寸步难行。谢允被他一声断喝叫回了三魂七魄,瞳孔微微一缩。

对了,他要干什么去?收尸吗?

不管是不是圈套,乱葬岗附近肯定有仇天玑的眼线,就等着他们自投罗网。他喉头微微动了两下,终于不得不承认,自己做什么都于事无补。

谢允沉默了半晌,终于还是转过头来,对白先生道:"没什么,走吧。"

白先生低声说道:"等这档子事过了,这些祸害都走了,咱们派几个人,去郊外将那些朋友收殓了便是。"

谢允头也不回,淡淡地说道:"早被野兽叼完了,不必了,多谢。"

白先生多年来见惯生死离合,义气尽到了,最多事后唏嘘几句,三五天一过,倘若无人提起,也就不放在心上了。

众生都有一死,或是今天,或是明天,今天在别人的坟头上痛哭流涕，指不定明天自己连个坟头都没有，这都是寻常事……然而听了谢允这句话，他不知为什么，突然回头张望了一眼人群渐散之处，见官兵与仵作开始动手收拾残局，便无端品出了一股说不出的凄凉。

这人命啊，比粟贱，比米贱，比布帛贱，比车马贱。唯独比情义贵一点，也算可喜可贺。

第
十
五
章
·

捕风

去者不可留，往事不可追。

　　周翡还不知道在敌我双方眼里，她已经成了个老奸巨猾的人物。

　　她能在一夜间被逼着长出个心眼，却不可能睡一宿觉就七窍皆通。当听明白仇天玑要干什么的时候，她脑子里一根弦当即就断了，顿时什么想法都没有，就想把仇天玑拖过来，一口一口干嚼了，她将一切都置之度外，立刻就要出门行凶。

　　吴楚楚端个大点的饭碗手都哆嗦，哪里拉得住她？只能眼睁睁地看着周翡纵身一跃，跳到窗外。

　　吴楚楚惶急地追了过去，双手撑在窗棂上，玩命试了两次，别说翻出去，她愣是没能把自己撑起来，又不敢在这地方大喊大叫，只能绝望地小声叫道："阿翡！阿翡！"

周翡根本不听她的，提步便走，不料就在这时，一团姹紫嫣红突然从天而降。

吴楚楚吓得"啊"一下失声叫出来，定睛一看，这院里的疯女人居然从房上"飘"了下来，落地不惊尘地挡在了周翡面前，眼珠一动不动地盯着她。周翡眼底泛红，朝那女人略一拱手，说道："多谢前辈这几日收留，多有打扰，来日有命再报。"

说完，她不管不顾地上前一步，要从疯女人身边绕过去。

谁知那疯女人就像玩游戏一样，周翡往左，她就往左，周翡往右，她也往右，挂满了彩绸的双手像一只扑棱棱的大蛾子，阴魂不散地挡在周翡面前。玩着玩着，她还玩出了趣味，"扑哧"一声笑了出来。

周翡额角青筋暴起，不想跟她废话，口中道声"得罪"，长刀不出鞘，直削向疯女人肩头，想逼她躲开。谁知随即，她手腕便是一震，长刀竟被人家一把抓在了手里。

疯女人："嘿嘿嘿……"

周翡一把将长刀从刀鞘中拽了出来，翻手倒换到刀背一侧，用刀背横扫对方胸腹。疯女人"哎呀"一声，整个人往后一缩，周翡逼得她躲开，便趁机蹿上房梁，仍是往外冲，谁知还不等她动，脚腕便被一只爪子抓住了。

习武之人，第一基本功是下盘要稳，这是从小就开始练的。

周翡被那骨瘦如柴的爪子一拽一拉，却觉一股大力袭来，她心里一沉，当即使出"千斤坠"，却竟然一点用都没有，整个人被这疯女人倒提着从房梁上给"拎"了下来！

吴楚楚尖叫道："阿翡！"

院里的彪悍仆妇终于被她这一嗓子惊动了，扛着大扫帚便跑了出来："什么人！"

周翡手中的刀摔在了两尺之外，她一只脚被女主人攥在手里，人被拖在地上，后背火辣辣地疼，差点被摔晕了。

老仆妇三步并作两步赶来，低头一看，惊呆了，瞪大眼睛问道："啊哟，你们是什么人？"

周翡眼前发黑，实在说不出话来。

疯女人不笑了，面无表情地将周翡一拎，拖在地上拖回了院里。老仆妇四下看了看，机灵地将摔在一边的长刀捡起来，也跟回了院里，还谨慎地将门闩上。

疯女人将周翡拖到院里便松了手，周翡立刻下意识地将脚一缩，咬牙切齿地"咔吧"一声，接上了脱臼的脚腕，吴楚楚忙从藏身的小库房里跑了出来，小心翼翼地挡在周翡面前，吓得要死还没忘了礼数，矮身一福道："这位夫人，我们不请自来，实在抱歉，我们没有恶意的，也没偷……偷东西，那……那个……"

疯女人不言不语的时候，看着就跟正常人一样，只有那对漆黑的眼珠有些瘆人。她伸手捻了捻鬓角，看也不看吴楚楚，只盯着周翡问道："小丫头，破雪刀谁教你的？"

周翡狼狈地坐在地上，闻声一怔，飘走的理智渐渐回笼，谨慎地回道："家传。"

疯女人"哦"了一声，又问道："那么李徵是你什么人？"

李徵就是李瑾容之父，四十八寨的老寨主。

周翡道："是我外祖父。"

扛着扫帚的仆妇"呀"了一声，上下打量着周翡。周翡奇怪地打量着面前这看起来一点也不疯的女人，语气略微好了点，问道："请问前辈是……"

207

疯女人微笑道："我是你姥姥。"

周翡："……"

她愣了片刻，登时大怒。她外祖母是生她娘和二舅的时候难产而殁，眼前这疯女人比李瑾容大不了几岁，分明是胡说八道，占她便宜也就算了，还一占要占两辈人的便宜，且对先人不敬！

周翡忍着脚腕疼一跃而起，冷冷地说道："前辈，你要是再口出妄言，就算我打不过你，少不得也要领教一二了！"

疯女人闻言，受惊吓似的往后退了一步，竟如同小女孩一般拍了拍自己的胸口，嘟起嘴道："好凶，后姥姥也是姥姥。怎么，你看我生得不如你前头那个亲姥姥美吗？"

周翡忍无可忍，一掌拍过去，打断了这一串颠三倒四的"姥姥"。

那疯女人嘻嘻哈哈地笑着满院跑，好像跟她闹着玩似的。周翡手中没有刀，掌法却与她的刀一脉相承，又烈又快，然而对着这个疯女人，她却仿佛正拍打着一块浮在水里的冰，滑不溜手，没有一掌能拍实。

周翡怒极，在空中一捞，一把扯住疯女人身上一根缎带，狠狠地一带，一掌斜落而下，竟是以掌为刀，掌落处"呜"一声响。

那疯女人笑道："好刀！"

她游鱼似的侧身滑了一步，周翡一掌正落在她胸前另一条缎带上，那缎带竟好似活的一样，柔弱无骨地一沉一裹，将她整只手裹在其中，而后眼前一花，那疯女人脚下不知走了个什么诡异的步子，三下五除二就把周翡包成了一只五颜六色的大蚕茧。

周翡："……"

吴楚楚已经吓呆了。

疯女人十分怜爱似的在她脸上摸了一把："可怜见的小宝贝。"

周翡挣了两下，连条缝也挣不开，她本就被仇天玑激得满腔愤懑，又叫这莫名其妙的疯女人三言两语逗得火冒三丈，心里悲愤交加，想道：我不能出去杀了北斗给师兄报仇就算了，现在却连个疯子都奈何不了，任凭她口无遮拦，连先人都不得安宁……

她太阳穴上好像有一根筋剧烈地跳着，跳得她半边脑袋针扎似的疼，周翡心里突然涌上一个念头：倘若当时机缘巧合之下逃出来的是晨飞师兄，不，哪怕是随便哪个师兄，怎么会这样没用？

她越想心口越堵，一时走火入魔似的愣怔在原地。随即喉头一甜，竟生生把自己逼出了一口血来，在吴楚楚的惊呼中眼前一黑，失去了意识。

不知过了多久，周翡恍惚间觉得自己眼前似乎亮起一小丝光，接着，仿佛有热源靠近她的脸。一个声音说道："这丫头功夫很凑合，模样更凑合，我瞧她既不像李徵大哥，也不像我……莫非，是像她那个亲姥姥？"

周翡心道：呸！

可惜，她虽然有啐那人一脸的心，却没这个力。

周翡十岁出头的时候，李瑾容嫌她腿脚不稳，变着法地摔了她三个多月，摔完以后，寨中长辈等闲绊不倒她，却被那疯女人一只"鸡爪子"从房梁上拽下来直接抡在地上，可想那得是多大的力道。她当时就觉得五脏六腑移了个位，半天没能说出话来，便已经是受了内伤，后来又被对方出言相激，怒极攻心，吐出口血来，可谓伤上加伤。

不过也幸亏周翡没力气回答。

吴楚楚见那疯女人举着个十分简陋的小油灯，在光线昏暗的室内在周翡眼前晃来晃去，说到"像她那个亲姥姥"的时候，她竟陡然目露凶光，看起来几乎就要将那带油的火按到周翡脸上，让她回炉重造一番。这位前辈疯得十分随便，根本无迹可寻，吴楚楚生怕她说话说到一半凶性大发，忙道："女儿肖父，女孩自然是长得像她爹爹的。"

疯女人听了，神色果然就柔和了下来，将手中的"凶器"也放在了一边，像煞有介事地点头道："倒是没见过姑爷，改天应该带来我瞧瞧。"

吴楚楚战战兢兢的不敢答话，后背都被冷汗浸湿了，比之前跟周翡在小巷子里躲黑衣人时还要怕——毕竟那时候有周翡，现在却要她一个人应付这个厉害得要命的疯子。她不着痕迹地咽了几口口水，鼓足勇气问道："夫人怎么称呼？"

疯女人十分端庄地坐在一边，伸手一下一下地拢着自己的鬓角，态度还算温和地说道："我叫段九娘，你又是谁？你爹娘呢？"

"我父母都……"吴楚楚以为自己惊惧交加之下，能顺顺利利地将"我父母都没了"这句话说出口，谁知压抑了多日的情绪却一点也不顾念主人的境遇，她把"都"字连说了两遍，被一片草席盖住的记忆却汹涌地将那许多生离死别一股脑地冲上来，吴楚楚磕巴片刻，才后知后觉地发现脸颊一片冰凉，不知什么时候，她已经泪如雨下。

"都死啦？"段九娘往前探了探身，手肘撑在膝盖上，少女似的托着腮，然而她托的是一张皮肤松弛、嘴唇猩红的脸，便不让人觉得娇俏，只觉得有点可怖了。吴楚楚泪流满面地盯着她的"血盆大口"，下意识地后退了一步。

段九娘眉目不惊地说道："爹娘都死了有什么好哭的，天底下有几个爹娘都活着的？我爹娘都投胎两回了，兄弟姊妹一个都没有，好不容易有个情人，哎呀，也下了那黄泉去也——"

"哎呀"后面的一句话，她是捏着嗓子唱出来的，不是时下流行的词曲，听着像是某处乡间的小调。吴楚楚不防她好好说着话，居然又唱上了，一时目瞪口呆。只见那段九娘扭着水蛇腰站了起来，伸出尖尖的指甲，在昏迷不醒的周翡额头上轻轻一点，似嗔还笑道："小冤家。"

说完，她哼哼唧唧地发出一阵让人头皮发麻的笑声，念叨着冤家长冤家短的，自到院里把式去了。

吴楚楚："……"

这人疯得真是毫无预兆。

周翡是在一阵女鬼似的笑声里醒过来的，她周身绷紧，猛地坐了起来，一睁眼就要杀人似的目光又把吴楚楚吓了一跳，随后她又惊又喜道："你醒了！"

周翡低头瞥见放在自己身边的长刀，冲她摆了一下手，目光瞪向门口。

下一刻，窸窸窣窣的声音传来，院里的老仆妇端着两个碗走进屋来，径直放在周翡面前。她将一双粗粝的手在身上抹了抹，有些拘谨地笑道："这米粥我用小炉子热过，热的，可以入口，吃吧。"

周翡戒备地盯着她，一动不动。

这五大三粗的老仆妇大概跟疯子在一起待久了，倒很有几分耐性，她拉过一个小板凳，在周翡对面坐下，说道："我说这几日那些断子绝孙的狗腿子怎么好心送了不少人吃的食物呢？敢情是托了李姑娘的福……"

周翡冷冷地打断她道："我不姓李。"

仆妇一愣，继而又笑道："对对，瞧我这脑子——呃……我家夫人啊，疯了可有十多年啦，说话做事颠三倒四、没轻没重，姑娘不要跟她计较才好。"

周翡道："恕我眼拙，没看出她哪儿疯来。"

老仆妇叹道："她也不是完全没有神志，只是好一阵歹一阵的，有时候看着好好的，不定过一会儿想起什么来，就又魔怔了。"

吴楚楚在一旁轻声问道："九娘她是生来如此吗？"

周翡听了，眉头稍稍一扬："什么九娘？"

吴楚楚便说道："她说她叫段九娘。"

周翡觉得这名字十分耳熟，心里将"段九娘"三个字反复念了几遍，几乎呼之欲出——以她的孤陋寡闻，这种情况实在难得，可见这段九娘必定大大地有名。

周翡仔细回忆了半晌，脑子里忽然灵光一闪，蓦地坐正了，脱口道："她就是段九娘？她怎么会是段九娘？"

"段九娘"这个名字，还是很早以前，李瑾容偶尔跟她提起过的。李瑾容难得说起外面的江湖事，断然不会浪费口舌说些无名小卒，就连"北斗"，因为是北朝走狗，所以都没有被她提一提名姓的资格。而这些叫李大当家觉得"是个人物"的人里，排出来便是"双刀分南北，一剑定山川，关西枯荣手，蓬莱有散仙"。

其中，"刀"是两个人，一南一北，"南刀"说的就是李家的破雪刀，是老寨主李徵闯出来的名号。李瑾容说，以她的本领，虽然学了破雪刀，却远远没资格领这个"南刀"的名号，现如今外面的人提起，也不过是看在四十八寨的面子上抬举她而已。

而与"双刀、一剑、散仙"并称的"枯荣手"，其实是一对师兄妹，一"枯"一"荣"，那个"枯"就是段九娘，她师兄退隐后，她便也销声匿迹，到如今叫出名来，很多小辈人已经不知道了。

段九娘是十几年前失踪的，有人说她死了，也有人说她杀了什么要紧的人物，为了避祸退隐江湖了，甚至有谣言说她躲在四十八寨……当然周翡知道寨中没这个人。

可打死她也想不到，传说中的段九娘竟然在一个县官的后院里当小妾！

还是个备受冷落的疯小妾！

"不可能。"周翡的脸色重新冷了下来，"她是枯荣手？你怎么不说她是皇太后呢？"

老仆妇尚未来得及答话，便见那方才还在院子里的段九娘人影一闪，就到了门口，以周翡那洞察"牵机"的眼力，居然没看清她的身法。周翡下意识地一摸，却没摸到她身边的长刀，原来就是这么眨眼的光景，段九娘已经站在了她面前，笑嘻嘻地举起她的刀，在掌中转了两圈，说道："吃了饭再玩耍，乖。"

周翡起了一身鸡皮疙瘩，一半是被恶心的，一半却是骇然。她长到这么大，从未见过这样的身法、这样快的手，一时间真有几分惊疑不定地想：难道真的是她？

如果真是段九娘，周翡知道自己肯定是没有还手之力的，这样的高手踩死她不比踩死一只蚂蚁费事到哪儿去，不会闲得没事在饮食里做手脚，她顿了顿，默不作声地便端起粥碗，三下五除二地囫囵灌了下去。一碗温热的米粥下肚，周翡身上顿时暖和了起来，她喝完把碗一放，正要道个谢，那段九娘却用刀把极快地在她身上点了几下。

周翡立刻全身僵直，一动不能动了。

段九娘疯疯癫癫地凑在她耳边说道："不要乱跑啊，你瞧瞧，天都黑啦，小心外面有大灰狼叼了你去，啊呜！"

周翡："……"

她真真切切地体会了一把什么叫"七窍生烟"。

213

段九娘又去看吴楚楚，吴楚楚比较明白"好汉不吃眼前亏"的道理，双手捧着粥碗，一边小口小口地喝，一边十分乖巧地冲她笑，好歹没被一起定住。疯婆子这才满意，张牙舞爪地围着她俩"啊呜""啊呜"地叫了几声，冲双眼冒火的周翡做了个大鬼脸，跑到小角落里揽镜自照去了。

吴楚楚看了周翡一眼，小心翼翼地问道："段夫人，怎么才能不怕大灰狼呢？"

"那个简单，能从我手下走十招就行。"段九娘头也不回地说道，"只是你们不行的，我的功夫专克破雪刀……李大哥，你敢不敢同我比试比试？"

最后那一句，她微微抬起头，声音压得又轻又娇嫩，好像虚空中真有个"李大哥"一样，吴楚楚不由自主地打了个寒噤，惊疑不定地跟周翡对视了一眼。

那老仆妇见了，便在一旁叹了口气，说道："段夫人和李大侠是有渊源的，二位姑娘且听我细说。"

"那时候南朝尚未建成，旧皇族仓皇逃窜，故都里北斗横行，人心惶惶，我本是一户清贵人家的丫头，我家老爷原先是翰林院学士，因不肯给伪朝做事，便辞官闭门在家。谁知大少爷少不更事，跟一帮太学生闹事，被人五花大绑地押了去，朝廷拿他的性命逼着老爷出来受封。我家老爷为救独子，假意受封，暗中联系了一些朋友，想举家出逃。不料错信奸人，被人出卖，全家都丧了命，只有我机缘巧合之下，抱着尚在襁褓中的小少爷逃了出来，沿途遭人截杀，段夫人正巧路过，一掌毙了那领头的，救下了我们主仆二人。"

老仆妇看了段九娘一眼，那疯婆子哼着歌梳头发，好似全然没听见。

"不料她打死的那人正是北斗'文曲'的亲弟弟。段夫人天赋异禀，少年成名，多少有些恃才傲物，打死也就打死了，一点遮掩都不屑做，这便引来了祸端。北斗忌惮'枯荣手'的名号，以为她故意挑衅新政，自然要除去她，我们在平阳遭到了北斗'廉贞''文曲''武曲''巨门'四人围攻，一路惊心动魄。段夫人身受重伤，我本也以为自己怕是要交待在那儿，只恨尚未来得及将小少爷托付出去。谁知就在这时，李大侠赶到了——原来是段夫人的师兄听闻师妹惹了事，自己又有要紧事脱不开身，便辗转托了李大侠救助。李大侠真是义气，听了朋友一句话，便从蜀中不舍昼夜地赶了来，正好救下了我们。"

周翡虽然被段九娘制住穴道，不能说话，听到此处，却不由得睁大了眼睛。

"北斗"中的任何一个人对她来说，都像是无法逾越的大敌，而她那未曾有幸一见的外祖父当年居然能以一敌四，还能带着一帮老弱病残成功脱逃。"南刀"究竟有多厉害？她连想都想象不到，周身的血都跟着微微热了起来。

"我将小少爷交给了老爷的一位故交抱养之后，便决心追随段夫人，做些端茶倒水的小事侍奉左右，以报大恩。李大侠一路护送我们南下，据段夫人说，李大侠成名多年，便是她，也该叫一声'前辈'的。可他待人一点看不出武林名宿的傲气，细心得要命，也很会照顾人。他自嘲说是原配早逝，自己拉扯一双儿女的缘故，婆婆妈妈的毛病改不了。"

老仆妇叹了口气："这样的男子，纵使年纪大一些……谁能不爱呢？"

段九娘头发也不梳了，痴痴地坐在墙角，不知想起了哪件虚空的陈年旧事。

吴楚楚忍不住问道："那后来段夫人是怎么留在华容了呢？"

老仆妇尚未来得及说话，旁边的段九娘便自顾自地开了腔，轻飘飘地说道："因为我姐姐……我当年独自在兵荒马乱的时候上北边去，不是没事找事……我有个双生的姐姐，我们自小长得一模一样，只有爹娘能分得清，五六岁的时候，我家乡遭灾，父母活不下去，便将我们姐妹两个卖了。路上，我趁人牙子不备，挣开了绑在身上的草绳，从那拉牲口的车里跳了下去。想去拉姐姐的时候，她却不让我拉，踩我的手指让我滚，说她一辈子不见我……她还说，爹娘卖了我们，都是因为我不讨人喜欢，连累了她，她恨死我了。

"我从小脾气刁钻古怪，常被大人训斥不如姐姐伶俐讨喜，那时候年纪小不懂事，听了这话，便信了她，恨得不行，当场哭着跑了。后来长大了才想明白，她当时是怕人牙子回来，我也跑不了，让我快走。可是茫茫人海，去哪儿再寻一个小小的女孩子呢？我一直也不知道她这些年是死是活。

"直到有一次与人喝酒，偶然听一个远道的朋友提起，说他在北边见过一个女子，恍惚间以为是我，上前招呼，才知道认错了。据说那人眉目间与我很像，只是神色气象又大不相同了。"

段九娘方才疯得厉害，吴楚楚和周翡已经放弃和她交流了，谁知她这会儿又好了，提起同胞姐妹的时候，口齿清晰，话也说得有条有理，神色甚至有些严肃。周翡觉得自己身上的血脉通畅了一些，便知道段九娘方才制住她的穴道也没用多大的力道，一边留心听她说话，一边暗暗运起功来。

"我听了，便知道他可能是遇上了我那二十年音书断绝的姐姐，忙问清了他何时何地见的那人。因为过了很久，他也只能说个大概，我只好一路北上，四处打听，谁知道遇到姓曹的纵犬伤人，他自己心里有鬼，见了谁都疑心是来跟他作对的，我又不知天高地厚，那一路被恶犬追得好生狼狈……

"没想到却遇上了他。"

段九娘说到这里，方才还十分正常的神色又恍惚起来。

吴楚楚本能地又把碗端了起来，好像拿了个盾牌在面前似的，周翡一只手才刚有知觉，一动不敢动地垂在一边。昏暗的小屋静谧了半晌，老仆妇在烧着一壶热水，两个女孩屏息凝神地盯着那不知什么时候会犯病的疯子。

段九娘年轻的时候也该是好看的，年轻的女孩子，只要有精神，看起来都是干净美好的。这会儿她盯着油灯的火光，仿佛一点也不怕灼眼，眼角细细的皱纹都融化在光晕下，还能看出一点褪了些许的颜色来。

她大概全然忘了世上还有别人，一心一意地沉浸在旧日光景里。

突然，段九娘毫无征兆地大哭了起来。

这一嗓子把屋里其他人都吓得跟着抖了抖。

疯子不知节制，一张嘴真可谓鬼哭狼嚎，而她单是哭还不算，还发狠似的抓向梳妆台上的铜镜。那铜镜在她掌中简直像根煮烂的面条，扭成了麻花，"叽叽"叫着寿终正寝。段九娘还没发泄完，一掌又拍向了墙壁，整个屋子震了震，房顶的沙石哗啦啦地往下落，再挨上几下，闹不好要散架。

吴楚楚跟周翡目瞪口呆，没想到她竟然招呼都不打，又擅自换了另一种疯法！

眼看她要把房子揍进地基里，经验丰富的仆妇忙大叫一声："夫人，少爷还在屋里呢！"

这句话里头不知有个什么咒，反正一念出来，那双目血红的段九娘立刻跟中了定身法似的，僵立在那儿。过了一会儿，她一声咆哮，闪身到了院子里。

漆黑的院子里传来一连串闷响，不知是石头还是木头遭了她的毒手。

吴楚楚手里的空碗差点没端稳，好悬才没摔在地上，脸上红一阵白一阵地说道："对……对不住。"

仆妇搞定了大魔头，淡定地收拾起碗筷，摆摆手道："放心，她听了那句话，不闹腾完不会进来的。"

吴楚楚问道："您说的少爷是……"

老仆妇道："是段夫人大姐之子，也就是这府上的大少爷。"

吴楚楚问道："那是怎么一回事呢？段夫人后来是找到她姐姐了吗？又怎会流落到此地呢？"

老仆妇叹了口气，不慌不忙地从头说道："段夫人一路上对李大侠上了心，她的脾气又一向是直来直去，对谁有情谊就憋不住要说，说给李大侠听了，他却只是笑道'我一个年逾不惑的老菜帮子，闺女都快与你一般年纪了，要不是和你师兄同辈论交，托个大，让你叫声叔都不妨，快别胡闹了'，段夫人一再剖白，说哪怕他七老八十了也不在意，李大侠便又诚心回绝，只道自己忘不了原配，拿她当个晚辈，并没有非分之想。我家夫人性子烈，哪里受得了这样一再推拒，一怒之下便同他分道扬镳了。我们两人也没别的地方好去，只好继续寻访她大姐的踪迹，按理说那岂不是大海捞针吗，哪里能找到？可谁知三个多月以后，真那么巧，跟沿街一个老乞丐问路的时候，那老乞丐指点完了路，突然说了一句'华容县城有个卖酒的娘子，同姑娘长得一模一样，我乍一看，还当是她呢'。段夫人听了先是大喜，随后又犯了疑心病，拿了他再三逼问，那老乞丐才说自己是丐帮弟子，受人之托帮着留心的。我们这才知道，原来不是巧，是李大侠不放心，暗中又跟了我们很久，知道她要找人，便托了不少消息灵通的朋友帮着留心。"

周翡头一次这样详细地听说老寨主的事，只觉得外祖父跟她想象的一点也不一样，分明是个手握极烈之刀的人，性情却居然这样温和。她想着李瑾容教她的破雪刀诀，心道：温和的人也能无坚不摧吗？

"就这么着，段夫人找着了她分别了多年的亲姐姐，那失散亲人见面的滋味便不提了。很快，段夫人发现她姐姐竟是在给一个富家公子做外室，段夫人做事全凭自己好恶，颇为离经叛道，知道了就知道了，也没觉得怎样，并不以为耻，反倒见他们两个郎情妾意，又勾起她对李大侠的感怀，一时恼一时惦记。她既然找着了姐姐，多年的心愿了却，便一门心思地琢磨起李大侠的刀法，想要自创一套功夫，专门克他，好把人强抢回来。"

周翡不知道别人有没有荣幸听见大姑娘要强抢自己姥爷的故事，反正她得此奇遇，真是尴尬得坐立不安。

老仆妇仿佛瞧出了她的尴尬，便一笑，说道："她隔上三五个月便要去蜀中挑衅一番，去一次败一次，败一次去一次，看来是打算耗一辈子了。"

周翡："……"

段九娘这讨人嫌的性子看来跟疯不疯没关系。

"后来有一次，段夫人照常去找李大侠，路上无意中与一伙人发生冲突，听那伙人自报家门，说是'北斗'廉贞手下的人，她一时想起自己在北斗手下吃过的大亏，气不过，冲动之下便寻衅动了手。谁知这个廉贞与其他人又有不同，是个卑鄙无耻的小人，打不过便下毒。段夫人就这么着了他的道儿，眼看要阴沟里翻船，又是李大侠赶来了——原来是她三天两头跑去四十八寨，人家山下暗桩的人早认识了，见她跟人争斗，便立刻传了消息回去。

"李大侠替她把毒逼了出来，头一次训斥了她。段夫人见他相救，本来满心欢喜，还来不及表露，便被迎面浇了一盆凉水，于是怒气冲冲地跑了。人受了委屈，总是要找亲人的，不料等她回来，她姐姐正好生产，段夫人还没来得及道喜，产妇便见了红。"

吴楚楚"呀"了一声。

"祝家那帮王八羔子——哦，就是与段夫人大姐相好的那个败家子，现如今当了这狗屁县官——早移情别恋到不知什么狂蜂浪蝶身上了，从亲儿子出生，到孩子他娘断气，竟没来看一眼。段夫人气急，要杀那祝家全家，她大姐却不让，临死还逼她发毒誓，第一条要护着孩子长大成人；第二条，要她不能找祝公子的麻烦，更不许伤他，否则自己九泉之下必遭千刀万剐之刑，永世不得超生。"

周翡脱口道："她也疯了吗？怎么这疯还是祖传的？"

说完，她才发现自己喉咙上的哑穴已经冲开了，忙重重地咳嗽了两声。

仆妇看了她一眼，说道："唉，你这女娃娃，一丁点大，哪里懂他们这些男男女女的事？"

吴楚楚问道："可是发这种誓也太憋屈了，段夫人答应了吗？"

"那怎能不答应？"仆妇道，"过了得有十多天吧，等我们都已经将人下葬了，祝家才来人，说自家血脉不能流落在外，要接回去。母凭子贵，看在孩子的分儿上，愿意使一顶小轿将孩子娘也抬进府里，言语间，竟是连孩子生母已死之事都不晓得。段夫人怒极，反而心生一计，她们姊妹乍一看像是一个模子刻出来的，她便隐瞒了姐姐已死的事，替姐姐'嫁'入了祝家。以她的功夫，大可以横着走，没人占得了她的便宜，既然不能伤害那姓祝的小子，她便打定主意要将祝家搅得鸡犬不宁。"

周翡闻听了这样"绝妙"的馊主意，除了"有病"，也真是发不出第二句感慨了。

老仆妇摇头道："她这馊主意一半是自己古灵精怪，另一半却也是有要激李大侠的意思。她将姐姐多年前便开始缝的嫁衣拿了出来，捎信给李大侠，也不提前因后果，只说自己要嫁人，嫁衣上少了颗珠子，求他帮着找。

"蜀中那边一直没有什么音信传来。李大侠是个很知礼的人，断然做不出得知朋友婚讯却置之不理的事，肯定是生气吃醋了。段夫人便十分得意，打算等着结束了祝家的事，就去蜀中找他澄清，谁知又过了一阵子——就在祝家来人接她的前一宿，家里忽然来了个年轻的姑娘，自称是李大侠之女。"

周翡问道："那个是我娘？"

"想必是的，"老仆妇道，"那姑娘送了一袋珠子来，说是她爹临终时嘱咐她要送的贺礼。"

周翡不由自主地坐正了，说道："家里长辈们未曾对我提起过这一段，请婆婆告知详情。"

"据李姑娘说，李大侠先是遭人暗算，中了一种叫什么'缠丝'的毒，随后又被贪狼、巨门、破军等人率众围攻，他一路勉力应战，往南遛了那些走狗数十里，杀了不知多少人，那些北狗硬是没能围住他，可是这一路也加剧了毒发，他强撑着回到寨中，到底还是毒发不治。"老仆妇叹了口气，半晌，才又道，"我当时就瞧段夫人神色不对，等李姑娘走了，她便魔怔了一样，口口声声说是自己害死李大侠的。"

周翡脸上一点表情也没有，看不出在想什么。

吴楚楚问道："那为什么？"

仆妇道："我也是后来才从她颠三倒四的话里想明白，原来她最后一次见李大侠的时候，所中的毒就是'缠丝'，当时北斗分明带了大批人马，却见她跟廉贞冲突而藏着不出来，显然是蓄谋已久，用她诱出李大侠。那'缠丝'肯定不是普通的毒，能在李大侠替她逼毒的时候传到他身上。李大侠肯定当时就想明白了，这才一反常态地骂了她一顿，将她赶走，又生生把敌人往南引去。"

吴楚楚"啊"了一声，眼窝一热。

周翡却将"廉贞"这始作俑者的名字在心里念了两遍，想起谢允跟她说过，甘棠先生"在终南山围困伪帝座下大将，斩北斗'廉贞'，头挂在城楼上三天"，突然觉得周以棠所作所为并非巧合。

吴楚楚悄悄抹了一把眼睛，问道："那后来段夫人怎么样了？"

"段夫人听说李姑娘要上北都报仇，便将少爷交托给我，也跟着去了。李家人都很感激她，因为李大侠从未跟别人提起过他中毒的真相，他们都只道她是古道热肠，仗义相助。但伪帝要是那么好杀，早就被人碎尸万段了。他们这一去，终于还是无功而返。我瞧段夫人自北都回来以后就恍恍惚惚的，祝家什么的，也一概顾不上了，好在那姓祝的也没想过理会她这'添头'似的孩子娘，后院里一直清清静静。有一阵子，她发狠练起了功，不料将自己逼得太过，竟渐渐走火入魔，一开始还只是偶尔魔怔，后来一日不如一日，到最后，连祝家人都知道这院里有个疯婆子，就成了现在这番光景。"

油灯跳了跳，周翡听完了这么漫长且跌宕起伏的一段故事，心里将几十年的前因后果隐约串了起来，一时五味杂陈，满腔的暴躁和仇恨不知什么时候略略平息下来了。

她想起自己前些天还信誓旦旦地说要将吴楚楚送回去，结果一时怒气冲顶就不管不顾，连吴楚楚是哪根葱都抛在了一边，何止是"食言而肥""考虑不周"，简直是说话不如放屁。听了老寨主这故事，她发现自己非但本事不行，连为人上都丢先人的颜面。

老仆妇说完，见夜色已深，就嘱咐她们两人早点休息，自己去厢房睡了。那疯子段九娘不知什么时候安静了下来，将自己倒挂在院里的大树枝上，一动不动，跟蝙蝠一个姿势。

周翡周身大穴悉数冲开，行动自如了。吴楚楚唯恐她又跑出去跟那女疯子较劲，但是说也不敢说，劝也不敢劝，只好眼巴巴地看着她。

周翡却颇为过意不去地搓了搓自己的下巴，对她说道："你休息吧，我……那么……不惹事了。"

吴楚楚表面上点头，心里还不敢信，躺下不敢睡死，装作睡着了，过一会儿就偷偷睁眼瞄着她，生怕她半夜三更不告而别。周翡自然听得出她在装睡，心里平静下来了，便越发觉得愧疚，她想起自己连日来心浮气躁、胡思乱想些不自量力的事，便觉得很不应该，干脆也不睡，在旁边打坐起来，专心致志地用鱼老教她的方法，默默练起她的破雪刀来。

这一回，周翡就好像入了定，将一切喧嚣都放在了一边，她心无旁骛，将破雪九式在心中收势走完一遍，才睁开眼，天边居然已经泛白了。

周翡缓缓吐出一口气，莫名觉得胸口一松，多了几分领悟，正要站起来走动走动，却蓦地发现段九娘悄无声息地站在一边的阴影里，跟个鬼影似的窥视着她。

周翡一愣，打招呼道："前辈……"

段九娘突然蹿到她面前，压低声音，神神道道地问道："你方才在练刀吗？"

周翡诧异地想：她怎么知道？

还不等她答话，段九娘又温声问道："谁教你练功的？"

周翡老老实实地答道："家母。"

"唉，跟着亲娘练功能有什么出息？她怎么舍得好好锤炼你？"段九娘神神道道地一笑道，"你要不要跟着姥姥练？"

周翡努力地忽视了"姥姥"两个字，便要推辞道："我……"

还不等她说话，段九娘突然出手如电，又封住她周身大穴。

周翡愕然道："前辈，你这是做什么？"

段九娘天真无邪地眨眨眼："我教你啊！"

没听说学功夫还得被定成木头人，周翡顿时有种不祥的预感，饶是她懒得跟疯子计较，也不想睁眼看着疯子把她玩死，忙岔开话题道："前辈不是说有专门克破雪刀的本事吗？叫我长长见识好不好？"

段九娘像煞有介事地说道："那都是招式，我枯荣手内功为基，锻体为辅，招式为次，刚入门的时候都得从基础打起。"

周翡一听，真是头皮都麻起来了——有道是东西吃下去就不好吐，经脉岔了气就不好顺，倘若任由这疯子在她身上胡指乱点，以后闹不好在院里耍把式的还得再多一人。她眼下真是宁可段疯婆子继续她的"拆房大业"，也不想领教她的一本正经。

周翡情急之下，无端多了几分胡说八道的急智，飞快地拍了个马屁道："那个不急，我原来一直以为我家的破雪刀是世上最厉害的刀法，从来没听说过还有什么能跟它相克，差点就坐井观天了……呃……前辈还是快让我见识一下吧。"

段九娘的心智时大时小、时老时少，这会儿她有点像小孩，听说周翡要见识自己的得意之作，三言两语就被哄得眉开眼笑。她一甩袖子，解开周翡的穴道："那好吧，你跟我来。"

段九娘十分没轻没重，周翡好不容易将一声呛咳忍了回去，气都没来得及顺过来，那疯婆子又嫌她磨蹭，一把攥住她的手腕，将她连拉带拽地拎了出去，然后把长刀塞进她手里，又不知从哪里捡来一根树枝，笑嘻嘻地对周翡说道："来，来。"

周翡将长刀在自己手中掂了两下，虽然不怎么仇恨段九娘了，但眼下受制于她，到底还有些不甘心，便说道："前辈，九式的破雪刀，我有一大半都使得画虎类犬，倘若丢人现眼，是怪我自己学艺不精，可不是刀法不好的缘故。"

段九娘不耐烦道："你这小女孩，一点年纪，也和李徵一样啰唆！"

周翡长到这么大，被人嫌弃过脾气臭、嘴毒手黑，还从来没人说过她啰唆，实在令人啼笑皆非。想不到她外公在世时惹的这朵烂桃花，好好地烂了这么多年都与世相安，倒是她机缘巧合，非得送上门来给人糊一脸……可能也是命。

"前辈请了。"周翡将手中长刀一抖，摒除了心头杂念，长刀在她手中卷起了一道旋风。

破雪刀前三式大开大合，乃"劈山""分海"与"不周风"。

周翡直接将"山海"两部分略过，使出了她在木小乔山谷里方才领悟的"不周风"一式，这是九式破雪刀中最快、最纷繁无常的一式，那刀光所到之处，能断鸣音、裂飞影。同时，她又不由自主地回想起山谷一战中，冲霄子提点她的"蜉蝣阵"，灵机一动，便在走转腾挪中带了出来。

周翡这一点天赋仿佛是与生俱来的，凡事不讲究路数，特别会抓大放小，看见别人功夫中有什么让人眼前一亮之处，有时候不知起了什么古怪的灵感，便能张冠李戴地用在别处。"蜉蝣阵"相传能以一当万，"不周风"又最适合对抗群殴，两相结合，便如虎添翼，周翡活生生地把"不周风"变成了"东南西北风"。

段九娘一时间只觉得自己周围好像围了七八个人，她不由得有些诧异，轻轻"咦"了一声，没料到周翡这么一个看起来中规中矩的人，居然有十分不规矩的一面。像枯荣手这样的内家高手，对上小辈是不必拿真刀真枪的，一根破败的树枝到了她手中，也能如神兵利器，两人电光石火间走了七八招，段九娘基本没有还手。

直到她看明白了周翡这别出心裁的路数，方才轻笑了一声道："你瞧我的。"

她话音未落，周翡便觉得掌中刀好像被什么粘住了一样，对方似乎只是拿着那根小树枝在长刀身上随意点几下，周翡那原本来势汹汹的刀风顿时中断，再也找不到方才行云流水似的畅快感觉。

周翡急忙要撤手，然而她那刀锋一被迫减速，骤然被段九娘捉到形迹，一把抓在了手里。她只伸出了三根手指，便牢牢地夹住了周翡的刀面，虎口悬空，与森冷的铁刃之间有约莫一指宽，却是游刃有余，连油皮都没有破一层。

周翡倏地一惊，对上了段九娘的目光。

段九娘看着她，恶作剧似的悄悄笑，小声说道："这个啊，就叫作'捕风'。"

周翡天生比旁人要迟钝一些，并不能时常感觉到人与人之间幽微的爱恨，相较而言，领会刀剑的话比领会人话来得更清晰直白——先前听老仆妇唾沫横飞地讲那些个故事，周翡基本都没什么触动，她站着听故事里的人来回作妖，一点也不腰疼。

直到她亲眼见了这一招，亲耳听了"捕风"二字。

周翡突然没来由地一阵难受，一瞬间就设身处地地明白了何为

"去者不可留，往事不可追"。

她愣了片刻，眼圈毫无预兆地红了。

段九娘吃了一惊，手足无措地收敛了得意的笑容，想了想，又欲盖弥彰地将手中的小树枝背在身后，说道："哎……你怎么这样，输了就哭啊？"

周翡深吸一口气，将眼泪硬憋了回去，皱着眉一低头道："谁哭了？"

段九娘颇为孩子气地一弯腰，从下往上觑着周翡的神色，小心翼翼地说道："我有一次被四条恶犬追了好几十里地，被他们打得满地打滚，都还没哭呢。"

周翡哭笑不得，揉了揉眼，将长刀插回刀鞘内，反身走到屋前。隔着窗户看了吴楚楚一眼，见她连日颠沛，头一次挨着枕头，睡得死死的，一点也没被惊动，便给她带上门，自己坐在了门口，段九娘也凑过去，坐在她旁边。

段九娘道："我看你根骨一般，练破雪刀太吃力了。"

周翡心说：那也比李晟强，李晟都没捞着让大当家传刀呢。

她便丝毫不当回事地说道："吃力没关系，慢点练呗。"

段九娘正经八百地点点头，严肃地说道："是这个道理，往后要好好用功才行。"

周翡自觉已经十分用功，便将自己在四十八寨洗墨江中练刀的事讲给她听。

段九娘一听见"四十八寨"几个字，就十分专注，恨不能将周翡每个唾沫星子都拓印下来，暗自珍藏。然而听完了这一段，她却又笑道："你这叫什么用功？你爹那人婆婆妈妈，肯定最会纵着你们啦。"

她的记忆颠三倒四，这会儿好像又记串了辈分，拿周翡当了李徽

227

的女儿，周翡只好给她纠正过来。

段九娘"哦"了一声，也不知听没听进去，又说道："我小时候刚开始练内功的时候，有师兄弟好几十人，头一年就死了一半，第二年又死了剩下的一多半，及至入门三年，连我在内，就剩下五个人啦，你知道为什么吗？"

周翡从来没听说过这么能死人的门派，震惊地摇摇头。

段九娘平平淡淡地说道："因为我师父每个月过来传一次功，将一道真气打入我们体内，那个滋味你肯定不晓得，浑身的皮肉跟骨头要炸开一样，这种时候，你可万万不能晕过去，晕过去就会爆体而亡。得忍着刮骨之痛，一点一点将那股乱窜的真气强行收服。倘若不能收服，就得走火入魔、七窍流血而亡。等三年基础打完，后面就是锻体，锻体就更容易死啦。我师父常说，没断过的骨头都不结实，又过了两年，就只剩下我和师兄两人了！"

周翡毛骨悚然，感觉这门派不像教徒弟，像养蛊。

段九娘便怒其不争地看着她叹道："你爹……"

"外公。"周翡又纠正了一遍。

段九娘吃力地琢磨了半晌，根本弄不清自己是在哪一段年月，愕然道："什么？李瑾容那个小丫头何时有你这么大的闺女了？"

周翡听她这样糊涂，也就不怎么信她方才那一堆鬼话了，颇有耐心地重新将自己的家谱讲给她听……不过讲也没用，过了一会儿，她又变成李徵的"重孙女"了。

两人说的话，时而对得上，时而根本是鸡同鸭讲，然而说来也怪，白日里，周翡还恨不能将这疯婆子千刀万剐，这会儿她大半夜不睡觉，跟段九娘坐在一起，听她乱七八糟地讲陈年旧事，却觉得又新鲜又亲切，一点也不嫌她脑子里是一锅熬了十多年的烟粥，同那疯婆子一聊便聊到了天亮。

周翡望着亮起来的天光，对段九娘说道："前辈，你不要在这鬼地方受他们的气了，跟我们回四十八寨吧。"

她的前半句话，段九娘有点没听懂，大概她的神魂颠倒在过去，也并没有觉出自己现在受了什么气。后半句却明白了，段九娘面上先一喜，随即又一呆，这一呆就大有天长地久的意思。周翡等了半晌，不知自己哪个字说错了，便伸手拍了拍她的膝盖："前辈？"

段九娘就跟诈尸似的，"腾"一下站了起来，冷冷地说道："去四十八寨做什么？守寡？"

这一瞬间，她好似终于掰扯清了自己在哪一时哪一刻，分清了活人与死人。

疯婆子枯瘦的手一把抓住周翡的肩头，周翡只觉得周身一麻，随即一股难以形容的古怪真气自上而下地流入她奇经八脉之间。寻常内息都如水流，有的宁静些，有的暴虐些，可是这股内息仿佛一柄剔骨钢刀，不由分说地从骨缝中穿入，横冲直撞，所到之处，便像把人剥皮抽筋似的。

周翡眼前一黑，一声惨叫憋在喉咙中叫不出来。

段九娘好似鬼上身，一扫方才的"天真活泼"，双手抱在胸前，居高临下地看着周翡疼得吭不出声来，面无表情道："'枯荣真气'共有两路，我师父那老鬼防着我们，不肯皆传。我这一支，是其中之'枯'，外如烈风扫枯叶，在你内息中却有怒江入海之盛，撑不住就爆了，看你的经脉有没有这个命。"

周翡耳畔嗡嗡作响，根本听不清她叨叨了些什么。老仆妇听见动静，连忙从厢房中跑出来，见周翡脸上已经没了人色，目瞪口呆道："夫人，您做什么？"

　　周翡的穴道只被段九娘封住了一瞬间，很快便被打进来的枯荣真气冲开了，她再也坐不住，从门槛上滚了下来，手脚轻轻地抽动着，不知是微弱的挣扎，还是无法抑制的哆嗦。

　　好不容易睡了一宿好觉的吴楚楚方才从美梦里醒来，未承想又生变故，简直要崩溃，一个平素笑不露齿的大小姐衣冠不整地跑到了院里，忙要伸手将周翡扶起来。可是周翡身上的骨肉仿佛变质成了石头，又硬又冷又沉，她徒劳地伸了两次手，竟不知该落在哪里，急得团团转。

　　段九娘神色冷漠，兀自在一边的树下盘膝坐下。她一会儿像老妖怪，一会儿像小女孩，可是这一坐，又隐约有了些许宗师一般的渊岳之气……只是约莫不是十分温和正派的"宗师"。

　　段九娘正色道："自古以来，宗门林立，有些门派纵能因几个风流人物显赫一时，也终有一衰，后代传承便如那黄鼠狼下耗子，一窝不如一窝，你们可知为什么？"

　　在场三人，一个倒在地上不知是死是活，一个只会绣花吟诗，还有一个毕生专注于扫帚与锅铲大业，并不关心其他俗事——没有一个能领会"段宗师"这番看遍今古英雄的高论。

　　苦无知己的段九娘等了一会儿，见无人回应，只好寂寞地自说自话，道："你因何习武？学的什么刀枪剑戟？走的什么天地乾坤道？你们那些个迂腐的名门正派，只会教弟子'习武是强身健体'，说什么'将来要锄强扶弱'的废话，教出的弟子也多半是给人'锄'的废物！武学一道，就是挣你的小命，就是要置之死地而后生，就是'你要我死我偏不死'！没有这一层精气神，你和耍把式卖艺的有什么区别？你翻的跟头还不见得有猴翻得爽利呢。"

　　周翡的指甲本来修得很短，这一阵子天天逃命，却是顾不上了，长出了一小截，狠狠地抠进院中青石的地面上，很快血肉模糊。吴楚楚哭着恳求道："夫人，她既然是李大侠的外孙女，不就也是您的晚辈？倘若她有什么三长两短，她的父母兄弟岂不是要伤心死了？夫人，您心里就不难过吗？李大侠要是泉下有知，又怎么忍心？"

段九娘被她这几句话说得愣了半晌。

吴楚楚见她神色松动，忙机灵地再接再厉道："求您快救救阿翡呀！"

段九娘听了，摇头道："那我救不了，枯荣真气已入她体内，拔是拔不出的，只能看她自己的造化。"

吴楚楚差点给她跪下，这不是管杀不管埋吗？

段九娘说着说着，又不近人情了起来："她要真是李家血脉，就不该连这一点苦头都吃不了。倘若真是这么废物，死在我手里，也比出门在外死在别人手里强！"

吴楚楚无计可施，只好默默地等在一边，不料这一等，她就从天黑等到了破晓，又从天亮等到了天黑，祝府的下人来送了两次饭，每次在院外重重敲门，她都要好一阵心惊肉跳。每过一刻，吴楚楚都忍不住伸手探一探周翡的鼻息，生怕她无声无息地死了。

枯荣真气好似一伙不速之客，横冲直撞地卷过周翡全身，所到之处，皮囊虽然完整，里面的血肉却好像都搅成了一团，走一路炸一路，继而那股真气气势汹汹地逼入她气海中，与她原有的内息分庭抗礼，两厢来回冲撞，全然没有一点想要携手合作的意思。

段九娘真是坑死人不偿命的一把好手，这么复杂的一个过程，她只用了"收服"两个字就给周翡概括了，别说功法，连句口诀都没有——就算有，周翡也不敢听信，她着实不敢相信段九娘那"七上八下"的脑子里还能装下一段一字不差的口诀。

渐渐地，周翡失去了对外界的感知，外面是冷是暖，是白日还是黑夜，她全然不知道了，微弱的意识几次险些断绝，然而终有一线摇摇欲坠地悬在那里。

她不肯承认自己怕死，只是不能在仇天玑还气急败坏地四处搜捕她的时候，这样无声无息地死在一个小院子里。周翡想，她还要送吴楚楚回蜀中，要找到王老夫人，亲口告知噩耗，还要回来找北斗报仇……她甚至好不容易下了山，都还没来得及去见她爹一面。

周翡将这些无论如何也死不得的缘由反复在心里念叨，念念如沙，然而沙砾沿着同一个轨迹滚上成百上千遍，便也几乎成了一股能吊命的执念。

傍晚将至，老仆妇烧了一壶水，用长签子穿着硬如鹅卵石的冷馒头，在火上烤热了递给吴楚楚："姑娘，吃点东西吧。"

吴楚楚对着一个不知死活的周翡，还有一个端坐在旁边如老尼姑入定的段九娘枯守了一天，没事好做，只能胡思乱想，想自己颠沛流离的过去与渺茫艰难的未来，心头正一片惨淡，没当场找根长绳吊死已经是心宽了，哪里还有心情啃干馒头？她便苦笑了一下，摆手推拒了，犹豫再三，终于忍不住跟难得安静了一天的段九娘说了话。

吴楚楚问道："夫人，她什么时候能好？"

段九娘睁开眼，先是迷茫地看了她一眼，又看了看周翡，吴楚楚的心吊到了嗓子眼，唯恐段九娘脱口一句"你们是谁，这怎么了"。

好在不一会儿，段九娘就艰难地想起来了，她端详了一遍周翡的脸色，又似有不解地皱了皱眉，按住周翡的手腕，凝神片刻，喃喃道："奇怪。"

段九娘说着，站了起来，围着周翡转了好几圈，颠三倒四又喋喋不休地将枯荣手的来龙去脉给吴楚楚念叨了一遍。

然而除了"此功法非常妖孽，一个闹不好就要死人"外，吴楚楚这门外汉什么都没听懂。

段九娘抬起头问她："多久了？"

吴楚楚道："一整天了。"

段九娘皱起眉，喃喃道："奇怪……太奇怪了，按理说，头一次接触枯荣真气的人，最多能撑三个时辰，撑不住的也就死了，能撑过去的，自然能一点一点将枯荣真气化为己用，她怎么一整天了还是这样？"

吴楚楚差点泪流满面，说道："我怎么会知道？"

段九娘自从疯后，凡事便不去深思量了，此时乍一动用尘封的脑子，好似个瘫了八年的人练习用腿行走——基本使唤不动，只好驴拉磨一般地原地团团转。

吴楚楚被她转得眼晕，用力回忆了一遍方才段九娘那一堆云里雾里的话，心里忽然觉得有什么地方不对劲，便急急地说道："夫人，你方才说，你师父不肯将枯荣手全部传给你们？"

段九娘皱着眉道："那老鬼不安好心，不是存心想教我们，根本是打算拿我们给他练功用，自然不肯全心全意地教。"

吴楚楚没太懂什么叫作"给他练功用"，便忽略过去不去细想，只说道："那么他将'枯'传给了前辈你，又将'荣'传给了令师兄，为何不怕你们互相传功？"

段九娘理所当然地回道："那自然是不行的，枯荣手乃世上最强横霸道的内功心法，素来唯我独尊，不与别家功夫相容，除非刚开始就修习了枯荣二气，否则三年之后内功小成，再引入一股截然相反的枯荣真气，岂不是找死？"

吴楚楚不祥的预感成了真，顿时脸色煞白。

段九娘不耐烦地问道："又怎么了？"

吴楚楚缓缓道："夫人，阿翡练你说的'别家功夫'已经十多年了。"

段九娘："……"

其实这道理，换个稍懂些武功的人，一听就懂了，偏偏这里只有个想起一出是一出的疯子和两个外行，周翡倒是明白，却根本没机会说话。

段九娘愣了一会儿，继而又满不在乎地说道："那是我疏忽了，可这也没什么，我瞧她以前的内功练得也是稀松，一点用场也没有，倘若相冲，废了以前的功法就是，旧的不去新的不来嘛。"

吴楚楚一听，心头立刻更惨淡了——按这话说，死了重新投胎可也是"旧的不去新的不来"。

周翡醒来的时候，发现自己不知被谁挪到了床上。她好像一辈子没合过眼似的，忍不住想陷到床上躺个地老天荒，然而很快，她就感觉到了不对劲——身上是软的，手脚都沉重得不像原来长的那副！

周翡愣了片刻，脑子里"轰隆"一下炸了，瞬间，百八十条瞌睡虫都跑光了，她用力抓了一把床褥，想将自己撑起来，不料那些磨破的指尖和断裂的指甲好不容易止了血，被这一抓又重新崩开。

十指连心，周翡"嘶"一声，又摔了回去。

吴楚楚正坐在旁边的椅子上，困得东倒西歪的，被她这动静惊动，急忙扑过来："阿翡，你还好吗？"

周翡嘴唇微微颤动了几下，没说出话来。她没理会吴楚楚，冰冷的目光落到了门口——段九娘那大祸害正倚着门框站着。

周翡没吭声，硬是撑着自己坐了起来，缓缓地抓住了床头的长刀——见人提刀，便和端茶送客差不多，都有固定的意义。段九娘察觉到她的敌意，脚步一顿，停在她三尺之外，负手说道："我以化功之法暂时封住你身上两股内力……你感觉怎么样？"

周翡从牙缝里挤出两个字："暂时？"

段九娘点点头："不错，只是暂时，待你休养两天，我便可以出手废去你身上内力，放心，不会损及你的经脉，然后你便能顺利投入我门下了。"

周翡听了这番强买强卖的话，心口一阵翻涌，急喘几口气，感觉那种扒皮刮骨一般的疼痛又要卷土重来。她生平未曾畏惧过什么，这一刻，却情不自禁地瑟缩了一下，唯恐那刻骨铭心一般的疼痛再犯。

不过这一次没发作起来，很快被什么截断了似的，只剩下绵延不断的闷痛。

周翡头天夜里还觉得这疯婆子可怜中带点可爱，这会儿却真是恨不能将段九娘这根搅屎棍千刀万剐。可惜，她此时约莫也就只剩下削个苹果的力气，便只好冷冷地说道："我几时说要投入你门下了？"

这和段九娘想的不太一样，那疯婆子有些困惑道："我枯荣手独步天下，投入我门下有什么不好？再说你现如今这样，倘若不破旧立新，可就活不了啦。"

然而周翡坚而不韧，又正是脾气冲的年纪，哪里是什么能屈能伸的人？四十八寨将门派之别看得不重，要是别人好声好气地跟她说，她倒也未必会将"转投他派，学别家的功夫"这事看得有多严重，可那段九娘都疯到了这步田地，竟还是狂得没边，丝毫不觉得自己有错，满口死死活活地威胁她。

周翡立刻毫不犹豫地说道："枯荣手算什么东西？给我提鞋都不配，我就算死也不学！"

"枯荣手"乃段九娘平生最得意的名号，何其自矜自傲，她当即大怒，一把抓住周翡肩头："你再说一遍！"

周翡寸步不让，脱口道："我再说十遍又怎么样？段九娘，你这一辈子，可曾做过对的事吗？"

那疯婆子听了这话，倏地怔住，脸上的表情就仿佛被人捅了一刀似的。

吴楚楚低声道："阿翡……"

段九娘呆立片刻，忽然放开周翡，喃喃道："不错，我这一辈子，果然是一件对的事也没做过。"

当她头脑清楚，可来去于天下任何一处时，偏偏任性妄为、一错再错。

如今她知道自己当年错了，却已经老了、傻了、记不清事情了，成了个只会闯祸的废物。

段九娘痴痴傻傻地转身就走，吴楚楚忙叫道："夫人，等……"

"不要管她！"周翡咬牙坐了起来，刚想走两步，便觉得双腿软得跟布条一样，忙用长刀撑住地面。

吴楚楚问道："那你怎么办？"

周翡感觉自从下山以来，她就好似流年不利一般，没遇到过一件好事，这会儿心里也是一团乱麻。可是此时旁边已经有了一个六神无主的，她也不好再跟着凑热闹，只好强装出一副"天塌当被盖"的无所谓的样子，对吴楚楚道："你不用管，没什么大不了的。"

她蹩脚地安抚了吴楚楚，勉强在屋里走了几圈，不过区区几步，就有些心慌气短。周翡表面上不动声色，心里却不由自主地恐慌了起来，惴惴不安地想道：这回我可变成个没壳的王八了。

周翡很有自知之明，明白她的底气多半来自手中刀，可是倘若连提刀的力气也没有了呢？那她真是不知道该怎么办了。

说句光棍的话，废了大不了重新练，可内力真的还能恢复吗？

能恢复几成？

又得花上多少年？

周翡心里全然没底，一时间竟有些不知何去何从起来。她一身的伤，分明疲惫得不行，明知道自己应该躺下养精蓄锐，可是桩桩件件的事都沉甸甸地压在心里，无从排解，也不敢跟吴楚楚说。

周翡翻来覆去半晌，无意中从怀中摸到一样东西，借着房中晦暗的灯光摸出来一看，是那本薄薄的《道德经》小册子，这东西又薄又轻，当时被她顺手揣进怀里带了出来，竟然"幸免一死"。

周翡盯着它，想到自己身无长物，到头来居然和它做了伴，便自嘲一笑，随手翻阅，想借着这书"一睡解千愁"。

第十六章·

练刀

"他们李家人，看着对什么都不上心，其实都是武痴，自己还不知道自己哪里痴，哈哈。"

"大人！"一个北斗黑衣人纵马而来，堪堪在沈天枢面前停了下来，他翻身下马，单膝跪地，口中说道，"童大人将那山谷搜遍，未能找到木小乔踪迹，遣我来问大人一声，下一步待要如何？"

沈天枢掀起眼皮说道："即刻起程，与武曲组在岳阳会合！"

旁边有一位贪狼组的黑衣人听了，忙小心翼翼地提道："那仇大人那边……"

沈天枢瞥了他一眼，那黑衣人后背一凉，顿时不敢吭声了。

"大人？"沈天枢冷笑了一声，"沈某人与这等货色并称，也难怪是天下闻名地猪狗不如。"

　　他一句话贬斥禄存，却连自己也没放过，旁边属下们听了，感觉此时若说"大人英明"好像有哪里不对，一时不知怎么接，只好呆若木鸡地面面相觑。

　　沈天枢一眼扫过这些人唯唯诺诺、畏畏缩缩的模样，只觉得同僚都是王八蛋，属下一帮废物点心，自己不知为什么还要混在其中挨万人唾骂，一时真是好生憋屈，当下一边抚胸咳嗽，一边大步流星地走了。

　　华容城民巷中一处不起眼的小屋里，灯花不停地乱跳，也没人管它。明琛正在灯下翻看一本书，只是他一双眼睛虽然是盯着书，却已经半晌没翻过一页了，不是往外张望，就是偏头去看谢允，有些心浮气躁。

　　谢允一只手撑着额头，坐在旁边，却在不动如山地打着瞌睡。

　　忽然，木门"吱呀"一声从外面被推开，一阵凉如水的夜风乘虚而入——进来的这人正是明琛身边的侍卫甲辰。

　　明琛"腾"一下站了起来："怎么样？"

　　甲辰压低声音回道："沈天枢带人出城了。"

　　明琛的嘴角略微绷了一下，片刻后叹道："三哥所料果然不错。"

　　"谈不上，瞎猜而已。"谢允不知什么时候睁了眼，声音有些低哑，他方才不知做了个什么梦，想来是不大愉快的，眉心多了一道褶皱，这让他俊秀得有些轻浮的脸上无端添了三分沉甸甸的正色。谢允想了想，又问道，"出城的几条要道可是都留了人？"

　　甲辰一板一眼地回道："属下无能，不敢离他们太近，但确实见那沈天枢点了一拨人留下来了。"

　　谢允点点头，他站起来推开窗，似乎想舒展一下筋骨，刚露出一些本来的怠懒相，随即又想起身边还有明琛在，只好硬是将伸了一半的懒腰又缩了回去，不情不愿地端起一副人模狗样，问道："明琛，你的信几时能到霍家堡？"

"这会儿就差不多快到岳阳了，乙巳脚程快，"明琛道，"幸亏三哥早早让我传信，否则以现在这个阵仗，我的人恐怕也出不了城了……三哥怎么知道沈天枢要走？走了还会留人？"

"沈天枢和童开阳深夜突袭木小乔，本以为能打掉霍家堡的一条大腿，然后断其后援，直取岳阳，杀霍连涛。"谢允手指捻着窗棂，缓缓地说道，"不料木小乔那唱小曲的竟不肯乖乖束手就擒，当晚，他老人家魔头风范尽显，眼看打不过，便当机立断烧山炸谷，动静大得连三十里以外的狐狸、兔子都纷纷举家搬迁，何况'千里眼顺风耳'的霍连涛。霍家堡屹立数代，不说固若金汤吧，一旦霍连涛有所防备，沈天枢怕是也不容易下手。"

"霍连涛背后有人这件事，不只是我想得到。"谢允看了明琛一眼，带出几分不动声色的严厉，明琛下意识地低了一下头，便听谢允接着又说道，"木小乔未必就死了，我猜那晚之后，沈天枢和童开阳兵分两路，童开阳在搜捕活人死人山的余孽，沈天枢亲自带着贪狼的人，则是冲着你来的。"

明琛悚然一惊。

谢允看着他那张稚气未脱的脸，觉得自己面对着这些不知轻重的少年简直能愁得一夜白头……可惜，另一个让他叹气的小姑娘已经不在了。

明琛皱眉道："我身边的人少而精，就算是一条河沟都藏得住，在此地不少日子了，也没见……"

谢允叹了口气，打断他道："你也不出门去看看，就没发现华容城中逃难的流民比别处尤其多吗？老百姓们都知道趋利避害，之所以都往这边拥，是因为这一带比别处都太平不少，因为什么？难不成是因为那酒囊饭袋的父母官吗？因为你在这儿，霍连涛肯定特意嘱咐过手下人不要到华容城惹事，你立了这么大一块靶子，还当自己藏得天衣无缝。"

明琛听他训斥，立刻像个闯祸的孩子，低着头不敢吭声。

"好在仇天玑误打误撞救了你一回，"谢允缓了缓，又说道，"禄存追着吴家人到此，闹得满城风雨，打乱了沈天枢满盘的计划，要不然贪狼星站在你跟前，你都不见得认得他——到那时候，你看看再来两个白先生护不护得住你！"

明琛嘀咕道："这不是也没有……"

谢允笑了一声："也没抓到你？不错，但是他把你困在这儿了，现在进出城门两层把守，就算有办法突围，白先生他们也万万不会让你冒这个险——是不是？"

明琛负手在屋里走了几步，舔了舔嘴唇，又振振有词道："把我困在这儿有什么用？霍连涛跟我才没有那么过命的交情，别说是困住我，就算活捉了我，霍连涛也不见得有什么触动。三哥方才也说了，霍家堡这会儿肯定是戒备森严，霍家堡这几年将南北洞庭的大小门派、武功好手都给网罗了个遍，连活人死人山都为他们助拳，他们要是事先有了准备，沈天枢带着他的狗腿子亲自出马又有什么用？我看那北斗也是白忙，没什么好怕的——还有，你让我写给霍连涛的那封信也太过危言耸听，霍家不会理会的。"

"他会的。"谢允缓缓说道，"北斗困住你，然后只要放出小道消息，说你在他手里，霍连涛不见得有触动……但周先生自终南撤军后，便将闻煜留下，如今那位飞卿将军就驻扎在南北交界附近，往来此处，快马加鞭不过七八天。他是你最近的救兵，听到这个消息，闻煜就算明知沈天枢使诈，顾忌你爹，也必会有所表现。如今南北虽然短暂休战，但可谓一触即发，闻飞卿有一点风吹草动，沈天枢立刻就有理由借兵，以'通敌叛国'之罪踏平霍家堡，一举肃清洞庭一带蠢蠢欲动要建什么第二个四十八寨的江湖人。霍连涛不怕三五高手，你说他怕不怕大兵压境？"

明琛半晌说不出话来："三哥，不至于这样吧……"

谢允顿了顿，忽地一笑道："不错，也或许不至于，这都是我猜的，不一定准。然而有备无患，要真那样，咱们也做好了最坏的打算。"

他话音刚落，门口忽然走进来一个人，面黄肌瘦、含胸低头，竟是"沈天枢"！

明琛当即吓了一跳，甲辰想也不想便抽剑挡在他和谢允面前。

这时，"沈天枢"开了口，发出来的却是白先生的声音："公子，三公子，瞧我这扮相怎么样？"

谢允笑道："足以以假乱真。"

明琛愕然道："白师父？"

便见那"沈天枢"身上"嘎巴嘎巴"地响了几声，整个人的骨架立刻大了一圈，转眼就从痨病鬼变成了一个修长挺拔的汉子，他伸手将脸上的人皮面具抹去，露出白先生那张眉目周正的面孔来。

白先生问道："三公子，什么时候动手？"

谢允慢悠悠地拢了拢袖子："今夜就可以出去遛一圈，可是得千万小心。"

白先生朗声一笑，说了声"得令"就出去了，甲辰忙深施一礼，也跟了上去。

谢允说话说得口干舌燥，将一边茶盏里的凉水端起来，一口喝净了，才对明琛道："早点休息，不用太过担心，我也在这儿呢，没事的。"

他边说边要往外走去，明琛却突然在背后叫住他道："三哥！"

谢允站在门口一回头。

明琛问道："三哥苦心布置，是为了帮我……还是为了救那位眼下不知藏在哪里的江湖朋友？"

谢允面不改色道："吴费将军的家人乃忠烈之士，又与我同行一场，自然是要想方设法搭救。你是我的亲人，哪怕捅了天大的娄子，我也得出来替你收拾。既然有两全之策，为什么不用？你又不是漂亮姑娘，下次不要再问我这么没意思的话。"

明琛被他不客气的话说得脸色有点难看，十分沮丧道："对不住，给三哥惹事了。"

谢允端详了他片刻，叹道："明琛，你小时候我还抱过你，这些年不敢说十分了解你，也大概知道一点皮毛……所以不要跟我表演'示弱撒娇'了，我不会跟你回去的。"

明琛先是一愣，随即自嘲地笑了笑，再抬起头，他那闯了祸的熊孩子神色便一扫而空了，说道："三哥，在江湖中整日吃没好吃、喝没好喝地胡混，有什么好处？'家里'这些年实在一言难尽，其他兄弟跟我不是一条心，父亲也越发……只有你能帮我，只要你肯，将来就算让我拱手相让……"

谢允一抬手打断他："明琛公子，慎言。"

明琛不甘心地追问道："三哥，你看着半壁江山沦陷，难道就没有想法吗？这本该是自家河山，现如今我们兄弟二人在此地出门都要乔装，说话都要小心，你就甘心吗？"

谢允似乎本想说句什么，后来又咽回去了，别有深意地看了明琛一眼，转身走了。

随着沈天枢离开，华容城中气氛非但没有松快些，反而越来越紧张。宵禁后开始有大批的官兵和黑衣人四下巡逻，时有时无的月光扫过这些执锐者身上森冷的铁器，乍一看，就像《山海经》《淮南子》中讲的怪物，普通百姓正常进出城门都被禁止，几日下来，物资渐渐吃紧，四下人心惶惶。只是乱世中人，大多顺从，但凡一息尚存，哪怕半死不活也比暴尸荒野强，因此并没有人闹事，反而显出一种训练有素似的太平来。

而此时，周翡只能憋在疯婆子的小院里。

段九娘那日被周翡一句话刺激得不轻，仿佛更神神道道了。她这小破院虽然不大，但架不住活口只有三个半，大部分时间都空荡荡的——周翡连伤，再被她雪上加霜一回，大部分时间都在躺着，正拼命养精蓄锐，因此只能算半个。

空荡荡的院里，段九娘便神出鬼没了起来，白天黑夜的也不知躲到了哪个老鼠洞里，院中挂在树上的彩绸被几场大风一吹，就跟一地残花败柳似的"横尸"满院，也没人管，这小院越发像鬼宅。

周翡撑着面子，其实里子里半个主意都没有，唯恐吴楚楚三言两语问出她的底细，每天只好捧着老道士给她的《道德经》翻来覆去地看，做出一副"行到水穷处，坐看云起时"的闲散笃定的样子。

可惜，老道士恐怕是看错她了，对一些死不开窍的榆木脑袋来说，"书读百遍"，依然能"雁过无痕"。书上的字从她眼皮底下掠过，就好比那过眼云烟，周翡将每个字都"看"了"看"，百无聊赖地品头论足一番，得出了一个"这字写的什么玩意儿，还不如我写得好看"的结论。

至于每个字连在一起说了些什么玩意儿，那就全然不知了。

《道德经》几千字，要仔细研究，可以研究数年，以"不求甚解"的读法走马观花，半个时辰看得完……至于用"周氏不求解"的读法，三两下就能翻完了。

周翡假装看书的时候，心里在七上八下地胡思乱想，心道：没武功就算了，我连钱也没有，想雇个镖局把我们俩押送回去都不成。

最关键的是她还不认识路。

周翡用正结痂的手指卷着书页，漫无边际地异想天开，忽然问吴楚楚道："听说古字画都很值钱是吗？"

吴楚楚跟老仆妇借了针线，正在缝一块撕开的裙角，闻言回道："有些是千金难求的。"

周翡便将自己撑起来，举起自己手里那本没用的破书，问道："你看这纸，黄得跟贪狼那痨病鬼的板牙似的，想必也有些年头了，能值几个钱……嗯，狗爬体的字有人买吗？"

这本手抄的《道德经》字也并不是很丑，只是非常不整齐，写得里出外进，行不成行列不成列，前几页所有的"点"和"短竖"都扭曲得非同寻常，恨不能飘逸到别的字上，龇牙露齿地东零西落。

吴楚楚"扑哧"一声笑了出来，想起年幼时也曾见过不少珍奇古董、名家字画，念及现如今的窘境，又笑不出了。

周翡本来就是苦闷中强行找乐子，翻开那破书的第一页，忽略了小册子上的其他部分，只单单看那顿点和短竖两种飘来飘去的笔画，发现它们居然能连成一条线，构成了一个鬼画符。

吴楚楚见她将书翻过来调过去，一会儿正拿一会儿反拿，实在不明白这是在"参悟"什么，便说道："道家经典，我小时候也读过一些，只是浅尝辄止，很多都不明白，你看了这么多天，有什么心得给我讲讲吗？"

周翡眯着眼，十分认真地盯着书页道："像只大山羊……"

吴楚楚："……"

这见解有点高深！

周翡便有些吃力地爬起来，用手将乱七八糟的笔画一点一点遮住，只顺着短竖和顿点往下画，对吴楚楚道："你看这里，这一圈画下来，像不像一只噘嘴的山羊？"

吴楚楚被她的不学无术惊呆了。

周翡方才看出了她面带忧虑，有心逗她，便又翻到第二页，比画道："这页像一片叶子，这页好像是一个人皱巴巴的脸，这页……"

她话音忽然一顿，隐约觉得第四页的图形有种诡异的亲切感。

吴楚楚捂着嘴问道："这页是什么？"

周翡："一只单腿站着的鸡。"

吴楚楚终于笑了起来。

周翡达到目的，也跟着弯了弯嘴角，但她心里觉得很古怪——她又不是黄鼠狼，断然没有看见一个缥缈的鸡影就激动的毛病，为什么方才会有一闪而过的亲切感？她来不及细想，突然，院里传来一声脆响，老仆妇手里端的一个铜盆不小心掉了，她"啊"了一声。

吴楚楚吃了一惊，立刻闭嘴，忙偷偷从窗户上张望，见院门口一个影子一闪而过！

祝宝山作为祝老爷的长子，是一盏同他爹长得一模一样的"大眼灯"。不过性情却与其父天差地别，非但没有继承那一身拈花惹草的本领，还很有些猫嫌狗不待见的落魄——因为他是外面来的妾生的，而且该妾非但不受宠，还是个享不了福的疯婆子。

祝宝山平生最大的憾事，就是不能爬回娘胎再生一次。倘若真有那么个机会，他砸锅卖铁也要认准肚子，哪怕变成一条狗，也要托在祝夫人肚子里。

祝大少爷从小到大兢兢业业地给祝夫人做儿子，恨不能忘了世上还有亲娘这一号人，然而祝夫人吃斋念佛，是远近闻名的女菩萨，女菩萨自然不肯让庶子做出抛弃亲娘的混账事，隔三岔五就要提醒他去给他亲娘请安。所以祝宝山每月初一，都得忍辱负重前去探望他的疯子亲娘，否则就是忘恩负义，就是不孝。他无可奈何，只好日夜盼着那疯娘赶紧死了。

这月又到初一，提前三天，祝夫人就派了人来，提醒他要去给亲娘请安。祝宝山有时候不知道夫人是怎么想的，既然一心惦记着那疯子，为什么每天下人给那院送一堆凉掉的剩饭，她从来都视而不见？

也许女菩萨是怕疯子不知饥饱，吃多了积食？

祝宝山捏着鼻子，一脸晦气地来到小偏院，忽然觉得有些奇怪——以往初一，因为知道他要来，那老仆妇都会早早将院门打开迎着他，他则一般不进去，只在门口例行公事似的喊一嗓子"给娘请安"就行了。

可是这一日，院门是关着的。

祝宝山在门口踟蹰了片刻，心道：奇怪，莫不是佛祖显灵，那疯婆子终于蹬腿翘辫子了？

此地年久失修，屋子都时常漏雨，门也早让虫子啃得乱七八糟，闩不严实。那祝宝山便满怀期盼，轻轻一推，将木门推开了一条小缝，往里窥视。他没看见那疯婆子，只见院中乱七八糟的布条都收拾干净了，一间房门半开着，里头隐约传来了几道年轻女孩的笑声。

这院常年冷冷清清，连耗子都稀少，哪里来的陌生女孩？

总不能是树上结的吧？

　　祝宝山心里惊疑不定，正要看个仔细，不料偏巧赶上那笨手笨脚的老仆妇端着个铜盆出来，一见了他，她手中铜盆失手落地，"咣当"一声巨响，屋里本就很轻的笑声戛然而止。祝宝山当时不知怎么来了一股急智，撒腿就跑，跑出老远，他后背被冷汗湿了一层，还没来得及喘口气，眼前突然一黑，什么都不知道了。

　　祝宝山这个节外生出的枝闹得段九娘小院里人心惶惶。

　　"是大少爷。"老仆妇焦虑地在院里转圈，"唉，怪我老糊涂了，忘了今天初一，大少爷是要来请安的，这可怎么好？"

　　吴楚楚六神无主，没有主意，忙去看周翡，却见周翡微微蹙着眉头，仿佛痴了似的盯着那本"奇趣动物话本"的旧书，全然不理会外面天塌地陷。

　　这时，两道人影突然出现在院中，好几天神龙见首不见尾的段九娘落在树下，手中还拎着个晕过去的祝大少爷。

　　老仆妇"啊哟"一声，急忙上前。

　　段九娘松了手，把人放在地上，歪头端详了他片刻，忽然对老仆妇说道："这个是宝山吗？"

　　老仆妇一听，差点哭了。这位夫人不知怎么回事，以前还好一阵歹一阵的，近来却不知出了什么变故，神志每况愈下，亲外甥都不认识了，忙道："可不是，夫人怎么连他也不认得了？"

　　段九娘愣了一会儿，满脸茫然地问道："宝山这是十几了？"

　　老仆妇道："虚岁都十九了，快娶媳妇了，想必祝老爷正给张罗着呢。"

　　段九娘"哦"了一声，好一会儿，她抬手摸了摸自己的脸。这些年，她过得浑浑噩噩，饥一顿饱一顿，又疏于保养，脸颊早就饱经风霜，摸起来和老树皮差不多。她好像直到这会儿才后知后觉地发现，原来近二十年的光阴已经悄然而过，青春年华就好似雪地里的一杯热水，热气散了，青春也烟消云散了。她如同一场大梦初醒，人还是蒙的，也不管晕过去的那位，失魂落魄地绕着大树来回转圈。

老仆妇见她无端"拉起磨"来，别无他法，只好自己吃力地将这大小伙子拖起来，放进周翡她们一开始藏身的小库房里，又扛来一张小榻，将他舒舒服服地绑在上面，还给垫了个枕头，最后锁死了门窗，出来对吴楚楚道："姑娘，此地恐怕是不宜久留了。"

吴楚楚人不傻眼不瞎，自然知道，但是眼下周翡行动不便，她怎么走？

周翡不知被什么玩意儿开了窍，突然对那本旧书产生了极大的兴趣，外面这么大动静，她居然头也没抬一次，吴楚楚正要进去跟她说话，面前突然横过来一只手，将她拦了下来。吴楚楚抬头一见是段九娘，立刻小心地戒备了起来，唯恐她又出什么新的幺蛾子。

"嘘——"段九娘将门拉上，把吴楚楚关在门外，对她说道，"不要吵她。"

吴楚楚："啊？"

段九娘自顾自地轻声说道："当年李大哥也是这样，随便在哪个荒郊野外就能闭目入定，我问他在做什么，他说内功有心法，刀功其实也有'心法'，'刀不离手'，一日不锤炼就要变钝，所以他在练刀。我不信，吵着要试，可是每次坐在那儿，不是不由自主地练起自己的内功，就是开始胡思乱想，有一次还干脆睡着了。"

吴楚楚踮起脚，往窗户内张望了一眼，见周翡几日没有仔细打理的长发随意地绑成一束，从她消瘦的肩上垂下来，伤痕累累的手指搭在古旧的书页间，半天一动不动，无论是苍白的侧脸，还是略微有些无力的坐姿，都显不出哪里高深来。

段九娘恍恍惚惚的脸上似乎露出了一点稀薄的笑意，悄悄说道："他们李家人，看着对什么都不上心，其实都是武痴，自己还不知道自己哪里痴，哈哈。"

吴楚楚不想"哈哈"，也不想跟她探讨痴不痴的问题，她有些焦躁地看了旁边门窗紧闭的小库房一眼，说道："前辈，我们非得走不可了，既然人人都知道祝公子到夫人这里来了，等会儿找不着人，他们必然要起疑心，总扣着祝公子也不是办法，我们在这儿已经给前辈添了不少麻烦了……"

段九娘冷冷地说道："什么麻烦？"

吴楚楚还道她又忘了事，只好叹了口气，从头解释道："北斗的人还在外面搜捕我们……"

段九娘哂道："北斗那七条狗到齐了？"

吴楚楚道："那倒不至于。"

"那你就在这儿待着吧，"段九娘一甩袖子，说道，"我不怕麻烦，我就是麻烦，谁要来找？我段九娘随时恭候大驾。"

吴楚楚："……"

段九娘说完就走了，坐在树下，一边哼歌，一边以五指为拢子，梳起头来。吴楚楚在门口愣了一会儿，别无他法，只好忧愁地坐在又脏又旧的门槛上。她心想：这些江湖人，正也好，邪也好，真是一个比一个任性，一个比一个能捅娄子，闭眼喝酒，睁眼杀人，一个个无法无天的，"以武犯禁"说得一点也不错，真是一帮好不麻烦的家伙。

可她此时恨不能自己是个贫苦出身的流浪女，被哪个门派捡了去，在深山中十年磨一剑，然后携霜刃与无双绝技入世。倘若世道安乐，她便千里独行，看遍天涯海角；倘若世道不好，便杀出一条血路，留下一句"我且恭候君自来"，飘然遁世而去……那该有多么潇洒快意？

周翡在老仆妇铜盆落地的一瞬间，蓦地想起那旧书上熟悉的第四页是什么东西——那正是当日在山谷中，老道士冲霄子提点她的蜉蝣阵步法！

书上的顿点与短竖分别代表向前和向后，笔画有的锋利如出鞘之剑，有的圆润如回旋之雪，包含了千万般变化。那一战周翡印象极深，她是怎么被围住，怎么冲出包围圈，怎么绕石而走、以一敌多，顷刻历历在目地在脑子里闪了一遍。

周翡顾不上去追究老仆妇砸了个什么锅碗瓢盆，也顾不上抬头看谁来谁走，迫不及待地往后翻，因为有了亲自演练过的基础，后面的阵法极容易看懂，她一路翻了半本过去，不由得深陷其中，自动比照着那日山谷的对手，在脑子里演练起来。

蜉蝣阵一共八页，正对应太极八卦，而第八页之后的字迹简直不能看了，除了顿点和短竖，连长短横也跟着上蹿下跳。

蜉蝣阵只有八段，后面半本显然不是了。那么这是刀法，剑法，还是拳掌？

蜉蝣阵只是一套阵法，虽然万变有宗，但使破雪刀的人和使枯荣手的人，即便用同一套"蜉蝣阵"，无论效果还是方法肯定都不一样，里头千种变化，不必都写在纸面，靠修习者自己领悟，一点一竖提纲挈领地画一画足够了。但阵法可以写意，招式可就很难用几条横道来说清楚了。

那么……

周翡心道：难不成是某种内功？

如果是内功，长短横竖很可能代表经脉走向，那么顿点很可能代表穴位。奇经八脉周身大穴等，都是入门的时候就要背熟的，周翡念头一闪，便已经认出头一张图上画的像"风府"经"灵台"入"命关"一线，后面怎样，待她要看时，发现缺了一块，不知是不是被虫啮了。

周翡微微一愣，登时从方才近乎入定的状态里脱离出来，随后出了一身冷汗——她一直陷在酣畅淋漓的蜉蝣阵里，太过全神贯注，刚才下意识地照着那图谱调动了本不该妄动的真气。可不知是不是段九娘加在她身上的禁制松了，周翡居然感觉到了一点微弱的内息，但很奇怪的是，这一点真气没头没尾地流过去，并不疼，反而对她一身的内伤有一点舒缓作用似的。

倘若此地有一个靠谱的长辈，周翡肯定会就此停下，先请教明白再说……可惜这里最靠谱的就是她本人。她缓缓吐出一口气，左思右想了半晌，想不明白这里面有什么道理，便暗暗提醒自己：谨慎一点，弄错了不是玩的，千万不能冲动，千万不能……我就小小地试一试能怎么样？反正照这么下去，不是被困死在华容，就是为了活命被那疯婆子废了武功，不可能再严重了。

周翡只用了三言两语，对自己的规劝就宣告失败。她在牵机线中长大，骨子里就有股"明知山有虎，偏向虎山行"的闯祸精潜质，只是大部分情况下，勉强还能用理智权衡一下大局，以免祸及他人。眼下，大局小局都成了死局，她便干脆破罐破摔。

手上这本神秘的旧书越发成了吊着毛驴的胡萝卜，周翡胆大起来能包天，一旦下了决心，便放下顾忌，全心全意地翻阅起后半部分藏在《道德经》里的图谱。

奇怪的是，每一页行至最后，不是被虫蛀去一块，就是写书的人写错字，用一团墨迹勾去，而真气在经脉中运行流动，本是个循环，中断或走岔都是十分危险的，可按照这书上的古怪功法，中断后，那一点微弱的真气好似小溪流水，温润无声地散入四肢百骸，一遍一遍地冲刷着她身上的明伤暗伤。

书页间的中断竟也是整套心法的一部分！

周翡心中念头一闪而过，随即不小心沉浸了进去，被段九娘封住的气海"抽丝"似的不断将微弱的真气往外抽去，潜移默化地将她身上原本掐成一团的两股真气都化成了温水，敌我不辨地一并蚕食鲸吞。这过程漫长得很，吴楚楚险些将窗棂扒掉了，周翡却仍然保持着先前的姿势一动不动，她周身的关节好像锈住了，眼看一天一宿过去，平素无人问津的小院来了两次人，问大少爷走了没有，都被老仆妇打发了。

第十七章·

九娘

宝山十九了，她当年千金一诺，
至此已经尘埃落定。

　　好在这会儿外面乱得不行，丢了个祝宝山，一时也没有引起太大
的波澜——原来沈天枢走了以后，那仇天玑便打起主意，打算要挨家挨
户搜查，将所有流民统一关押，三个月内接触过外人的百姓全部要登记
在册，凡是有隐瞒的，左邻右舍一概连坐获罪——逼迫他们互相举报。
　　仇天玑自以为这样一来能瓮中捉鳖，谁知轰轰烈烈的"掘地三
尺"还没开始，便有属下在夜间巡城的时候神秘失踪，尸身也找不到。
　　仇天玑可不相信四十八寨的"老狐狸"敢在这么个风口浪尖上冒
头，晚间亲自出来巡城，那神秘人物再次出现，他一声长哨，指挥着猎
鹰冲上去，不料来人竟是个意料之外的高手，竟从他眼皮底下逃脱了，

可是禄存星何等眼力？

只一眼他就发现，那人正是本该"公干"离开的沈天枢。

仇天玑大惊，立刻派人出城查看，果然发现了贪狼的人留下的眼线和暗桩。他气得掀翻了一张桌子，跳脚大骂道："姓沈的痨病鬼，我就知道他阴魂不散！先前就放着霍家堡不管，跑来跟我争功，你来助拳，好，我没拦着，你是老大，见面分一半就分一半，我吃了这亏也认了！可这老王八来说了两句风凉话，眼看对方扎手，居然见烟就卷，想让我在前面冲锋陷阵，他在后面坐收渔利！"

禄存星那几只老鹰都吓得飞到院里，一个个把脑袋藏在翅膀底下假装自己是鹌鹑，手下的黑衣人全在装死，听着仇天玑将沈天枢祖宗八代拉出来鞭了一回尸，等他骂够了，一个禄存的黑衣人才上前问道："大人，怎么办？"

仇天玑神色闪烁了片刻，低声道："四十八寨的那个老耗子出手狠辣，而且至今深藏不露，恐怕是个强敌，咱们不能外有强敌，后院起火，你过来……"

第二日清晨，侍卫甲辰幽魂似的飘进院子，跟正在"卸妆"的白先生打了个照面，在谢允房门口说道："三公子起了吗？禄存派人出城了。"

明琛一把将窗户推开，飞快地说道："瞧仔细了？他果真派人去城外清理贪狼的眼线了？看来仇天玑和沈天枢不睦的传言竟是真的！"

谢允闻声，从屋里走了出来，他穿戴整齐，一点也不像刚睡醒的样子，点了点头，说道："还好，我最担心的事没发生。"

他最担心的事，莫过于那位隐藏的"朋友"见仇天玑搜城，会沉不住气，不料对方比他想象的还要笃定。

谢允都有点纳闷起来，心道：那位到底是谁？

一开始，谢允怀疑躲在暗处的人是张晨飞，现在看来又不像，他将所有认识的人在心里过了一遍，觉得谁都不太可能——当初张晨飞他们中间要是有这么一个该果断时果断、该隐忍时隐忍的人物在，恐怕也不会落到跟他做了好几个月"邻居"的境地。

那么……也许当时在客栈中的人确乎是死光了，此时藏在暗处的，只是某个路见不平的神秘高手？

谢允第一次确定那人不是周翡的时候，心就往下沉了一寸，此时冒出这么个念头，心便又往下沉了一寸。只是他七情不上脸，心就算已经沉到了肠子里，依然面不改色。

明琛在一旁笑道："这下好，这里总共这么浅的一个坑，他们自己掐起来了——对了，我听说沈天枢这回拿霍家堡开刀，是为了霍家腿法，北斗终于打算要'收天下之兵'了吗？怎么曹仲昆也不管管手下的几条狗？"

白先生说道："在朝廷眼里，江湖势力算什么东西？凑在一起也不过就是乌合之众，翻不起大风浪，剿了他们，那些个村夫愚妇还得拍着手叫好，说往后就是'太平天下'了呢。霍家堡和齐门这种，在曹仲昆眼里也就只是馊骨头和鲜肉汤的区别，馊骨头可不正适合喂狗吗？"

谢允本来不爱听他们说话，打算自去找铜壶沏茶，谁知听到这里，他动作突然一顿，问道："齐门？又有齐门什么事？"

白先生对他的态度又比前几日还恭敬了几分，见他问，忙回道："这事说来话长了，不知三公子还记不记得，我有个不成器的兄弟，文不成武不就，成日里就会'三只耗子四只眼'地瞎打听小道消息。"

谢允道："记得，玄先生。"

白先生脸上的笑容便真挚了几分，接着说道："齐门擅八卦五行阵、精研奇门遁法，这意味着什么，三公子心里想必也明镜似的。"

谢允缓缓地点点头——拳头再硬、武功再高的人，也只是个人，那些江湖高手个个桀骜不驯，独来独往的多，哪怕有通天彻地的本领，也不成气候，可阵法不一样。

阵法是可以用在两军阵前的。

"齐门本就是个清静道门，知道自己怀璧其罪，这些年便干脆销声匿迹，不知道藏在哪个犄角旮旯出不来了。据我所知，咱们的人、曹仲昆的人，都在找他们。"白先生说道，"舍弟两年前得到了一条线索，说是烛阴谷附近似乎突然有不少道士活动，您想，这四大道门都数得过来，别家都好好地在自己的观里，这深山老林里突然冒出来的，十有八九就是他们。这消息传出之后，很快就有各路人马前去探看，咱们的'玄字部'自然也不能落后，据说真被他们找到了齐门旧址。只是当时已经人去楼空，至于他们藏得好好的，因为什么突然四散而出，门派又因为什么分崩离析，至今人都去了什么地方，到现在也是众说纷纭，没个准主意——怎么，三公子突然对齐门感兴趣了？"

谢允皱皱眉，不想提自己见过冲霄子的事，又加上憋了好些日子的胡说八道病犯了，顺口道："打听打听在哪儿出家环境好。"

明琛和白先生听了，齐齐变色，明琛失声道："你要干什么？"

白先生也忙劝道："您请万万三思！"

谢允："……"

他感觉自己实在无话好说，便只是"高深莫测"地笑了一下，转身进屋了。这些人满脑子大事，个个胸中都有杆经天纬地的大秤，称完了言语，还要称一称言外之意，一句玩笑话扔上去，也能砸飞一打鸡飞狗跳的砝码，实在无趣。谢允认为自己跟他们尿不到一个壶里，还不如跟着丐帮去要饭来得逍遥。

此时华容城中人心惶惶，街上几乎绝了人迹。

沈天枢却终于与童开阳会合了，同行的还有用最短的时间调来的一支八千人驻军，他们几乎未曾停留，即刻打出"剿匪"的大旗，旋风似的刮往岳阳。

当年四十八寨也被一面"剿匪"大旗和数万人马压过境，然而剿匪旗倒了，一面游离于南北之外的匪旗却挂了二十多年。如今，霍连涛一直以为自己是李徵第二，也想轰轰烈烈一回，谁知他们没等"轰"，就先"烈"了，并且比沈天枢想象的还要没骨气。

沈天枢本以为，霍家这些年来好歹也是跺一跺脚，地面震三震的一方势力，至少要负隅顽抗个两三日。他都想好了，到时候用重兵将霍家堡团团围住，各处放几个功夫过得去的手下护阵，不让他们突围，耗些时日而已，收拾他们也算容易。谁知剿匪军离岳阳尚有二十里的时候，本该严阵以待的霍连涛却一把大火烧了霍家堡，"四十八寨第二"顷刻间树倒猢狲散了！

那些依附于霍家的大小门派，活像被大水灌了窝的耗子，仓皇间往哪里逃的都有，到处都是。

大手抓不住散沙，竹篮打不出井水，他们这一跑，便将沈天枢这八千驻军不尴不尬地撂在了原地。沈天枢怒极，命人救了火，把一堆没来得及跑远的霍家家仆绑成一串，又将霍家堡搜了个底朝天，愣是没翻出一点有用的东西。

霍连涛行动果断迅捷，显然是早有准备，他将值钱的不值钱的东西全都带走了，除了一堆破砖烂瓦，就剩下这一群下人。可见这些人的性命对霍家而言，远不如金银细软有用处，因此审起来也不费事，连刑都不用上，这些被丢下的家仆就争先恐后地招了。

"他们早就准备走了，前些日子，打华容来了个信使，不知送了个什么信，堡主跟着就动身去华容了。"

"可不是，我们不知道啊，还当他是要出去办什么事。谁知霍堡主他们一去不返，过了几日，又将堡中的东西清点的清点，收拢的收拢，有那机灵的人就说，这回要坏，可是后来霍堡主又让他那狗腿子大总管辟谣，说这些东西是他要送给朋友的。他亲自护送一趟，转天就回来，叫我们该干什么干什么。"

"就是他那狗腿子大总管放的火！差点烧死我们！"

"大人，您想想，谁能信堡主能连蒙带骗地把我们留下呢？再说霍老堡主也还没走啊！对了，老堡主人呢？"

一群人面面相觑了一会儿，突然有人号叫道："老堡主被烧死啦！我正好在他院里浇花，见外面着火，要去拉他，他傻啦，不肯走，甩开我的手，把自己关进屋子里，还上了锁……你说他傻成那样，一张嘴就流哈喇子，怎么没忘了怎么上锁呢？"

此言一出，便有那早年跟着霍家的老仆人坐地呜呜大哭，给老堡主号起丧来。

沈天枢被他们七嘴八舌灌了一耳朵，没想到霍连涛为了让霍家堡看起来一切正常，居然颇有"壮士断腕"的魄力，不但将服侍自己多年的家仆甚至弟子一起丢下，连亲哥都能留下"压宅"。贪狼星自诩是一个叫人闻风丧胆的大魔头，跟这些"豪杰"一比，厚颜无耻上却总是棋差一着，怎能不七窍生烟？

"大人，"一个黑衣人上前说道，"怕是咱们刚离开，霍连涛就得了信。"

沈天枢恨声道："赵明琛明知我是奔着他去的，竟敢这样有恃无恐地在我眼皮底下搞小动作，还有仇天玑这个……姓霍的他们真的取道华容？"

“大人别急，”那黑衣人说道，“您当时不是特意防着这手，早在华容布了暗桩眼线吗？那边一旦有风吹草动，兄弟们肯定第一时间来报。眼下没音信，就说明……”

他话音没落，外面便响起一道尖锐的马嘶声，一个黑衣人一路小跑着进来，对沈天枢低声说了句什么。沈天枢脸色顿时黑如锅底，大步流星地前去查看，只见一群人围成了一圈，马半跪在地上直吐白沫，马背上的人滚在地上人事不知，一条袖管中空空荡荡的，不知怎么少了一条胳膊。

“大人您看，”一个黑衣人递上一块贪狼的令牌，那铁令牌居然好似烤过的热蜡，煳了一角，“是禄存的毒水！”

沈天枢上前将地上人的脸掰过来，见那人一路快马疾奔而来，居然连一句话都没来得及说，已经断了气，断臂上的刀口自内而外，显然是他自己砍断的——被禄存的毒水沾上，想活命的唯一办法，就是手碰了砍手，脚碰了砍脚，脑袋碰了干脆抹脖子，还能痛快点。

他留下当眼线盯着赵明琛动向的人，居然被仇天玑当成争功的清理了。

沈天枢真是恨不能把姓仇的打成肉丸子喂狗吃，哪个要跟他争那掳掠妇孺的浑蛋功勋？

天狼星眼角“突突”乱跳，童开阳忙上前道：“大哥别急，那霍连涛不见得真敢往华容去，就算去了，他也不会说出来给这些家仆听，说不定是故意声东击西的障眼法。”

沈天枢阴恻恻地说道：“这用得着你废话吗？”

童开阳好心被当了驴肝肺，从善如流地闭嘴不吭声了。

“兵分几路追捕霍家堡的流匪，”沈天枢转身就走，“我回华容看看。”

"看看"两个字，他说得真是咬牙切齿，童开阳怀疑他不是去"看看"，而是去挖仇天玑的眼珠。

华容城中，白先生早已经暗暗准备好了最好的车马。

谢允的话却越来越少，几乎到了非必要时不吭声的地步，没事就在一边将他那把折扇开开合合，不知在想什么。赵明琛察觉到他情绪不高，便乖巧地凑上去说话，问道："三哥，你说霍连涛会往这边来吗？"

谢允头也不抬道："不会。"

明琛问道："为什么？"

谢允道："怕死。"

明琛忙又问道："那沈天枢为什么一定会来？"

谢允可能是被他问烦了，"啪"一下将扇子一合，冷冷地道："因为他多疑又睚眦必报——你要是没事做，就先去休息，还有一场恶战。"

赵明琛觑着他的神色，很想问"三哥，你是不是很讨厌我"，然而知道这也是一句"没意思"的话，只好又咽回去了。

与他们相距不远的地方，周翡没有一点要苏醒的意思，吴楚楚几乎怀疑她已经变成了一块石头，被锁在小库房中的祝宝山却已经苏醒过来，一醒来就开始哀哀哭叫。毕竟是从小看着长大的孩子，老仆妇不忍他吃苦，将最软和的饭食精心热好了，又泡在热水里，端进去喂给他吃。

祝宝山真是快要吓疯了，见了她，话没来得及说，先鼻涕一把眼泪一把地哭了起来："宋婆婆，我头疼，脖子也疼，我是不是快死了？"

段儿娘那疯婆子正疯到兴头上的时候，一句"少爷在屋里"都能让她自己老老实实地出去撒火去，哪里会对他下狠手，其实也就是在他后颈上轻轻捏了一下，连个印都没留下。老仆妇心知肚明，想道：人家那么个纤纤细细的小姑娘，指甲扒裂了，全身上下疼得冷汗从衣服里透出来，也没掉一滴眼泪……唉，这个尿玩意儿，不知随了谁。

可是当面不好和少爷这样说话，她便只好劝道："少爷且忍耐一会儿吧，要么我给你揉揉。"

祝宝山抻着脖子让她给揉，眼珠一转，一边哼唧一边问道："我为什么要忍耐？婆婆，咱们院里是不是来了外人？"

老仆妇神色闪动，没吭声。

祝宝山便说道："我知道了！我爹说外面来了一批坏人，先是被禄存大人杀了一批，还有漏网之鱼，不知躲在哪里，就在咱们府上是不是？你和娘都被他们劫持了是不是？"

老仆妇心说：分明是你"娘"劫持了"坏人"。

祝宝山见她不吭声，忙自作聪明地压低了声音："宋婆婆，你放开我，我去找人来救你们。"

老仆妇不言语，轻轻地将他的脑袋在枕头上放好，仍然只是让他忍耐，敷衍几句，便端起饭碗出去了。

祝宝山心里怒极，想道：吃里爬外的老虔婆，你别落到我手里！

他竖着耳朵，拼命听着外面的动静，此间房舍老旧，不怎么隔音，外面说什么都能听个只言片语。可一整天过去，祝宝山没听见"匪徒"出过一声，倒是有一个非常年轻的女孩和老仆妇说话。

那女孩声音很低，说话客气中还带着几分娇怯，分明是个轻声细语的大家闺秀。

祝宝山心里疑惑道：怎么是个小丫头？难道这就是禄存大人他们要找的人？

他一转念，又觉得有道理——倘若真是个高来高去的凶徒，要跑早跑了，肯定是跑不出去才偷偷躲起来的。

祝宝山神色阴晴不定，寻思道：好啊，我还道是这院子被匪人占了，闹了半天没有匪人，只有一个娇滴滴的小丫头，她能劫持谁？这疯婆子和老东西真是胆大包天，竟敢在我家窝藏逃犯，怕我泄露形迹，还打晕了我，将我绑回来——姓宋的老虔婆凶得很，指不定就是她！

他心里滴溜溜地转着坏主意，突然，听见远处"咻"的一声，好像有什么东西炸开了，连小库房的窗户纸都被映得红了半边。祝宝山吓了一跳，过了片刻，外面不知怎的的喧嚣了起来，老偏的院子里都能听见。

原来是沈天枢杀气腾腾地亲自带人疾驰而至，要找仇天玑兴师问罪。

仇天玑一看，果然，贪狼的狗尾巴藏不住，知道自己杀了他的眼线，他要坐不住了。

双方都觉得自己做得对，对方是为了一己私利拖后腿的混账，一言不合，干脆在城外动起手来，满城的官兵与黑衣人到处乱窜，谢允让人趁机沿街大叫："来了一大帮反贼，城外打起来了，大家快跑！"

一个人叫唤，很快变成满城都在嚷嚷"快跑"。老百姓们不在乎让不让上街，也不在乎没吃没喝，就怕"打起来"这三个字。

祝宝山不知道出了什么事，心里又怕又急，忍不住放声大哭，叫道："娘！娘！"

段九娘也听见动静，出去查看了，此时不在院中。吴楚楚焦急地守在雷打不动的周翡身边，只有老仆妇听见了祝少爷的哀号，忙推门进来查看，见他哭得眼泪鼻涕糊成一团，也不由得心疼："唉，大少爷，你这……"

祝宝山哀求道："宋婆婆，你给我松松绑，我不乱跑，求求你了，从小你最疼我了，我……我……"

他羞愤欲绝地往自己下半身看去，老仆妇闻声一瞧——好，这出息少爷尿了裤子了！

祝宝山大哭大闹道："我不想活了，我不想活了！"

外面乱哄哄的，老仆妇也是六神无主，见他这样可怜，心疼得不行，忙上前松了他身上的绳子，哄道："不哭不哭，在这儿老实等着，婆婆给你找一条新裤子去，你等着。"

说完，还给他揉了揉手腕，转身往外走。她一转身，祝宝山立刻面露狰狞，可怜相一扫而空，从旁边捡起一条木凳，趁着老仆妇毫无防备，在她背后重重地砸了下去！

祝宝山自己都不知道自己使了多大的劲，反正那老仆妇一声没吭直接倒下了。他喘了几口粗气，又战战兢兢地弯腰去探老仆妇的鼻息，四肢不住地哆嗦，没探出个所以然来。他茫然失措地在原地站了一会儿，一咬牙跑了出去，绕到小库房后面，去翻那不到一人高的矮墙。

小孩都能爬过去，祝宝山却因为连惊带怕，狗熊上树一般头晃尾巴摇地蠕动了半晌，才横着从另一边摔了下去，手掌蹭破了一大片皮，他兜着湿裤子，一瘸一拐地开始狂奔——跑得竟然也不慢！

祝宝山逃走没多久，段九娘便回来了，一眼就看见倒在小库房门口的老仆妇。她面沉似水地抬头扫了一眼松开的绳子和空无一人的库房，扶起老仆妇，伸手按了一下她的脖颈，见人只是晕过去了，便暂且将她放在一边，抬手一掌，隔着数丈有余，拍开了吴楚楚她们那屋的房门。

　　吴楚楚狠狠地激灵了一下，来不及反应，眼前一花，段九娘已经进了屋。

　　吴楚楚："您……"

　　段九娘不由分说地将周翡拎了起来。周翡不占地方，即使是女人的一边臂膀，也够她靠了，搬运起来不比一床被子麻烦到哪儿去。她的脸很小，又被段九娘身上一堆鸡零狗碎的破布遮住了一半，十分苍白，几乎有些脆弱。

　　段九娘看着她，心里忽然柔软地恍惚了一下，想道：这是我的孩子吗？

　　然而只是一眨眼的工夫，她又回过神来——哦，是了，她没孩子，她的心上人不肯娶她。

　　段九娘收敛心神，长袖卷起了吴楚楚，只说了声"走"，吴楚楚便觉得脚下一空，差点被她卷吐了，七荤八素地飞到了空中。枯荣手不愧是昔日纵横江湖的几大绝顶高手之一，所到之处片叶不惊，那段九娘似乎连气都不换，即便顶着这一身山鸡似的疯婆子打扮，也让人无端生出由衷的敬畏来。

　　此时，华容城里，赵明琛身边几个侍卫猝不及防地冲上城门，混乱中，守城的几个官兵毫无防备，三下五除二便被拿下了。白先生朗声道："大家伙一起将城门打开，咱们出城去！"

　　惶惶的老百姓也没看出是谁在说话，一个人响应，一帮人都跟着去了，愣是人挨人人挤人地将城门撞开，一拥而出。赵明琛出了城门翻身上马，见身边的人几乎都被冲散了，忙回头去找谢允："三哥！"

　　谢允却仍不紧不慢地回头张望着什么，赵明琛大叫道："三哥，别看了，快走！"

　　这回谢允听见了，他跟白先生与几个侍卫聚集到赵明琛身边。谢允说道："此地不宜久留，乱不了多长时间，北斗们就会回过神来，快走！"

说完，他抬起马鞭重重地抽在明琛的马上，赵明琛的马长嘶一声，已经不由分说地冲了出去。

谢允喝道："还不跟紧了！"

侍卫们和白先生万万不敢跟丢自家主人，根本来不及说什么，只好也跟着纵马狂奔，谢允自己却一拨马头，转身逆着人流往回走去。不知为什么，他心里有种感觉，催促着他非得回来看一眼才放心——把明琛送走，他已经先放下了一半的心，至于自己……反正他的小命也不怎么金贵。

正如谢允所料，华容城中一乱，外面打得昏天黑地的沈天枢立刻便回过神来了，他一掌将仇天玑逼退，仇天玑胸前被他撕下了一块，当即成了个袒胸露乳的形象，不住地喘着粗气，显然比北斗之首略逊一筹。

沈天枢大骂道："你这蠢材！人都放跑了！"

他说的"人"是指赵明琛，仇天玑结结实实地激灵一下，心道：坏了，吴家人！

两人脑子里惦记着南辕北辙的事，目标却是一样的，顿时顾不上内讧，各自催逼手下人前去围追堵截。方才没头苍蝇一样的黑衣人很快将命令传了下去，立刻又有了方向，满城官兵忙跟着跑，很快便汇聚成流，一路绕到外城围堵，一路直穿入城中，强行镇压乱成一锅粥的老百姓。

谢允握紧了缰绳，心道：那位前辈到底出来没有？

这时，他身后不远处有人喊道："三公子，公子命我保护你，快走！"

　　谢允回头一看，居然是白先生又回来了。白先生乃赵明琛手下第一高手，此时被派到了自己身边，这兵荒马乱的，明琛那边人手也不知够不够。谢允眉头一皱，毕竟不放心他那胆大妄为的堂弟，也不想领明琛的人情，他琢磨了一下，认为那位藏在城中的前辈大概自有想法，便拨转马头："去追你家公子。"

　　他话音未落，突然，城中传来几声惊呼，那些黑衣人纷纷打起了如临大敌的呼哨。谢允倏地回头，看见一只五彩斑斓的大"山鸡"，悍然从那些黑衣人头顶掠过，所到之处无不人仰马翻，不过两三息的工夫，已经到了近前。差点擦身而过的时候，忽然听到一个声音叫道："是谢大侠！"

　　谢允一开始没反应过来这声"大侠"是在叫他，只觉得这声音有几分耳熟，还不等他分辨，一队黑衣人已经冲上了城楼，在上面架起弓弩来。

　　谢允脸色倏地变了——那弓弩上不是箭矢，是禄存的毒水。

　　不等他叫"小心"，"山鸡"倏地一抖袖子，将一样东西冲谢允扔过来。

　　原来那"山鸡"正是段九娘，听吴楚楚叫了一声，便知道她碰上了熟人，为了腾出一只手对敌，便将吴楚楚当空扔了过去。

　　吴楚楚虽然是个身不过百斤的小姑娘，可被段九娘以推暗器的手法抛出来，所携的力道可就不止几百斤了，哪儿是柔弱的谢三公子接得住的？

　　谢允还没来得及分辨出对方是敌是友就遭此"横祸"，眼看要被活活从马上砸下去，心里不由得苦笑，觉得"大侠"二字着实是受之有愧、无妄之灾。好在白先生终于突破重围赶到他身边，情急之下拽着谢允的后脖颈用力将他往下一拉，一扯一带，伴着一声惊叫，将那"人形暗器"吴楚楚接在手里。

与此同时，"大山鸡"段九娘长啸一声，手掌横空拍出，雨点似的毒水竟没有一滴能落在她身上，反倒震碎了好几把弓弩，城墙上毒水翻飞，惨叫声一片。

白先生大吃一惊，见她一出手，便自知不及远矣，心道：三公子这位朋友是何方神圣？

谢允抹了一把冷汗，对一张脸惨白的吴楚楚抱了个拳，苦笑道："见吴小姐别来无恙，真是万幸，只是下次劳驾千万别再叫在下'大侠'了，险些折杀我也。"

吴楚楚先前还不大敢跟他说话，这会儿情急之下却也顾不上害羞，抻长脖子望向段九娘，叫道："阿翡！"

谢允一惊："什么！"

段九娘料理了城墙上一帮阴毒小人，转瞬便到了谢允他们面前。谢允这才看见她手中的周翡，只见她的头软软地垂着，一动不动，忙要伸手去接："多谢这位前辈，阿翡……她这是……"

段九娘往旁边侧了一下，避开了他的手。

谢允："……"

白先生忙道："三公子，闲言少叙，先快走。"

谢允立刻便要将马让给段九娘，反正他跑得快，谁知还不等他下马来，那段九娘看了他一眼，竟已经飞身在前。谢允与白先生只好连忙带着吴楚楚打马追上前去。这时，一帮黑衣人包抄了过来，为首一人虽面如金纸，瘦骨嶙峋，往那儿一站，却让人不敢上前，连段九娘都停下了脚步——竟是沈天枢先一步赶到。

沈天枢盯着段九娘，开口道："沈某人上了年纪，这对招子越发不顶用了，不知尊驾是何方神圣，还请报上名来。"

段九娘没搭理他，低头看了看周翡，见那女孩一头长发几乎都散了下来，便将缠在自己手腕上的一条枫叶红的小绸子解了下来，轻柔地把周翡的头发拢成一束，在她肩头用那小绸子打了个漂亮的结，然后摸了摸她的头，轻轻地把她放在了谢允的马上。

谢允忙将人接过去，轻轻摇晃了两下，叫道："阿翡？"

周翡不应，谢允又忙去探她的手腕，只觉得她身上极冷，脉门处却热得几乎烫手，脉搏快得像是要炸了，也不知这是怎么个情况。他这一番先是希望，而后希望破灭，料想周翡早成了乱葬岗中的一具小小焦尸，不料此时猝不及防地重新见到她，还没来得及高兴，又被这人诡异的昏迷不醒闹得提心吊胆，心路历程实在是一波三折。

谢允惊疑不定地抬头去看段九娘，谁知那"大山鸡"幽幽地叹道："不是我的孩子。"

什么乱七八糟的！

沈天枢乃北斗之首，说出来要叫小儿夜啼的人物，见那女的疯疯癫癫，居然视他如无物，登时怒道："那我贪狼就来领教一二！"

说着，他便一掌打来，段九娘想也不想便纵身迎上，两大高手转眼战在一起，一招一式都让人心惊胆战。

周翡此时其实是有意识的，尤其耳畔喊杀声震天，她又被人来回换手，隐约还听见了谢允的声音，有惊有喜，但最多的是急，可是她急也没用——她身上古怪的内息流转根本停不下来，刚开始，那本《道德经》后半段每一页所记录的内功心法都是中断的，然而等她都翻过了一遍后，却发现体内真气莫名其妙地流转起来，并且绣花一样一点一点地将她被封住的真气从气海往外抽，全然不受她控制，无论外面是天塌还是地陷，始终是不紧不慢、不温不火，跟那帮老道士日常言行一脉相承！

白先生见段九娘与沈天枢一时间竟不分伯仲，越发心惊胆战，又想起后面还有个仇天玑，倘若不能速战速决，恐怕危险，当即便要上前帮忙，他将吴楚楚放在马上坐好，自己飞身而下，口中道："这位夫人，我来助你！"

谁知他人未至，那段九娘竟能从与沈天枢难舍难分的打斗中分神拍出一掌，喝道："滚！"

白先生只觉掌风扑面，竟不敢当其锐，忙错步闪开。

只听段九娘厉声道："贪狼是什么狗东西，老娘揍他还用得着你支手？在我这儿拿什么耗子！"

白先生虽然被那疯婆子"狗咬吕洞宾"，但是他八面玲珑惯了，没什么脾气，想了想，虽然自己"拿耗子"，但贪狼星也一起成了"狗东西"，贪狼星彼狗东西非此狗东西，因为他不但是"狗"，还得挨揍，还不如自己呢，这么一琢磨，他心里也就自我解嘲地舒坦了。

没等他舒坦一时半刻，禄存的大批黑衣人随即赶到。白先生飞身上马，对吴楚楚道了声"唐突"，对谢允道："这位夫人武功之高乃我平生仅见，不会有事，我护着您先走。"

谢允带着个昏迷不醒的，旁边还有一个手无缚鸡之力的，实在也不便逞英雄，点头一夹马腹，便冲了出去。白先生快他一步，将马上挂着的一把长戟摘了下来，嘱咐吴楚楚道："小姐闭眼。"

说完，他一横长戟，当场拍飞了两个黑衣人。

他们身后城门大开，无数百姓的哭号声乍起，只见一大帮持着毒水弓弩的黑衣人狂奔而出，开始追着他们放箭，这样一来，前后受阻，白先生武功再高也是左支右绌，一不留神，两匹马竟被黑衣人冲开了。

白先生急道："三……"

才喊了一个字，他便惊觉不对，唯恐在北斗面前暴露谢允身份，硬是将"公子"两个字咽了回去，可是沈天枢何等耳力，目光如电一般射向谢允，只恨被段九娘缠得分身乏术，当即大声道："拦下那小子，赏金千两！"

黑衣人得令一拥而上，谢允身手本来就不行，人在马上，还不能发挥他的"逃之夭夭"大法，当机立断要弃马，还不等他有所行动，一个"重赏之下黄金上头"的黑衣人迎面扑过来，蹿起老高，一刀劈头盖脸地便砍了下来。谢允来不及格挡，情急之下一拽缰绳，拼命转过身去，用大半个后背护住周翡。

白先生大骇，瞠目欲裂。

就在这时，谢允突然感觉胸腹间一股大力袭来，将他整个人仰面推开，那人掌心按在他胸口上，随后他腰间"当啷"一声，摆设一样的长剑被人抽了出来，自下而上架住那黑衣人的长刀，而后剑如长虹，一挑一砍，那黑衣人脖子上顿时多了个血洞，同时持刀的胳膊自肘部断了个干干净净。

周翡回手将长剑插回谢允的剑鞘里，接住断臂，敲碎手指扔了下去，把对方的刀夺了过来，这才伸手抹去嘴角方才强冲开气海震出来的血。她脸颊极白，眼睛却极亮，揪住谢允的领口将他提起来，笑道："你又不会使，带把剑做什么，吓唬人用吗？"

她分明说的是玩笑话，可是自从上次在客栈与谢允一别，虽不过短短数日，却几经生死，此时劫后重逢，侥幸命都在，她不及思量，眼眶已经先湿了。

谢允方才从震惊中回过神来，一见她那委屈的表情，便忍不住想像段九娘一样抬手摸摸她的头发，可是她不梳那个小丫鬟的头，垂下来的长发扫在他胸口，样子便像个大姑娘了。两人同骑一匹马，本来就坐得极近，谢允忽然有些不自在，抬起的手愣是没敢落下去。

周翡却不知道此人在重重包围下仍有这么曲折的心路，她从《道德经》中意外得到的功法竟不知怎么将那股暴虐的枯荣真气安抚了下来。这会儿，她能感觉到两股真气并未合二为一，却能古怪地相安无事，方才她强行冲破气海禁制，竟没有大碍，只是一口淤血吐出来了事，反而觉得内息前所未有地丰沛——她以剑为刀，杀人刹手的一招，本是破雪刀中的"破"一式，周翡一直难以领悟"破"字锋锐无匹之势，直到这会儿才知道，敢情之前都是气力不足，手腕太软的缘故。

周翡憋屈了数日，哪里会善罢甘休？她纵身从马背上跳了下去，谢允吃了一惊，一把抓空，见她已经身如散影似的卷入那些黑衣人中间。

八式的蜉蝣阵连同手上的破雪刀就仿佛那镰刀收麦子一样，一开始，步伐与刀还有几分生疏，随着周遭敌人越来越多，她那刀光却越发凌厉，脚下步伐也越发熟练，把这些黑衣人当了她的磨刀石。

白先生一口气方才沉下去，险些被周翡的刀晃了眼，不由得叹道："长江后浪推前浪啊……啊！"

他还没感叹完，便见周翡硬是劈开了一条路，招呼都不打一声，直接冲着沈天枢的后背削了下去！

沈天枢却如同背后长眼，整个人往前移动了半尺，回手一掌拍上了周翡的刀背。谁知周翡那一刀根本就是虚晃，刀背顺势从他手中溜走，她人已经不在原位，沈天枢眉头倏地一皱："怎么是你？"

他本就略逊段九娘一筹，又被周翡搅扰得一恍神，话音未落，段九娘那枯瘦的手掌已经探到身前。沈天枢忙大喝一声，横起义肢挡在胸前，被段九娘一把扣住，"咔吧"一声硬折了下来。

沈天枢错开三步以外，额角见了汗，那段九娘虽然折的是一根义肢，力道却已经传到了他身上，他一条膀子都在发麻，他盯着段九娘，从牙缝里挤出三个字："枯荣手？"

段九娘听了一笑，将身上乱七八糟的布条与缎带一条一条地解了下来，她好像忽然回到了很多年前，那时她既不疯又不傻，未曾全心全意地心系一人，正张狂得不可一世，认为"天地山泽风雷水火"八位大神都姓段，她排老九。

沈天枢神色微微闪动，咳嗽了两声，低低地说道："我以为'双刀一剑枯荣手'都已经绝迹江湖了，不料今日在这穷乡僻壤，竟有缘得见段九娘，幸甚。"

段九娘负手而立："死在我手上倒是幸运？"

沈天枢阴恻恻地笑道："有生之年，得见高山，哪怕撞入云天柱而亡，有何不幸？"

段九娘听了，深以为然地点点头："不错，倘若你不是北斗，倒是颇对我的脾气。"

沈天枢见她神色缓和，便抬起一条仅存的胳膊，单手按了按自己的前胸，微施一礼，继而正色道："既然如此，我们分别让闲杂人等退开，叫我好好领教领教枯荣手，一较高下，生死不论，如何？"

周翡知道段九娘心智不全，见她恐怕要被沈天枢三言两语绕进去，便插嘴道："领教什么，段九娘，你再废话，想被两条北狗包饺子吗？"

沈天枢眯起眼睛："你这小辈好不知礼数。"

周翡立刻冷冷地说道："我是谁的小辈？你们俩谁配？"

段九娘脸上却没什么愠色，只说道："丫头，你先行一步，到前头等我，到时候我传你枯荣手。"

周翡听了这"先行一步"，心里便开始发急。倘若段九娘是个正常人，周翡绝不会在这儿裹这把乱，早找机会跑了。可这人三言两语就能魔怔，武功再厉害又能怎么样？她早已经见识到了，杀人又不见得非得用刀。

周翡当下想也不想地将她撅了回去："枯荣手是什么东西，我学驴叫也不学你的破功夫！"

一边的白先生听这小姑娘一张嘴便将两大高手一并骂了，眼睛瞪得简直要脱眶，对谢允道："三公子这位小朋友不同凡响。"

刀法好，找死的功力却尤为精深，堪称举世无双。

谢允摇摇头，悄声道："白先生，劳烦你送吴小姐先行一步。"

白先生心说那不是扯淡吗？他正要开口反对，却见谢允低头冲他一拜道："求白先生帮我一回忙，务必将吴小姐先一步送到安全的地方，来日我结草衔环……"

白先生倘若不是在马上，当场能给他跪下，哀求道："别……别，三公子，折杀我……"

谢允见他惶恐，干脆变本加厉地耍起流氓，把腰弯得更低了些。白先生感觉自己被他活活折去了二十年的寿命，别无办法，一咬牙，只好跟他对着耍流氓："三公子有命，在下不敢违抗，我这就走，只是求三公子记得，老白上有八十老母，下有十岁幼女，倘若三公子有一点闪失，我们这一家子……可就只好陪葬了。"

谢允瞬间背了一身沉甸甸的人命，一口气差点没喘上来。白先生意味深长地看了他一眼，猛一打马，长戟横在胸前，趁着黑衣人被沈天枢下令退开，飞快地冲出重围，他骑术何等好，转眼就不见了踪影。

沈天枢对段九娘道："请。"

段九娘立刻依言上前一步。

周翡目光往周遭一扫，见一大帮官兵正拥过来，她看出沈天枢有意拖着段九娘，虽然不知道姓沈的在等什么，但肯定不是什么好事。情急之下，周翡也不要脸了，飞快地对段九娘说道："慢着，你可想好了，是要跟这人比武，还是跟我回家见李老寨主？"

段九娘一愣。

周翡闭了闭眼，硬是将自己一身暴脾气压了下去，捏着鼻子哄她道："我家不让人随便进，错过了我，往后可就没人领你去……"

沈天枢一见周翡掺和其中，虽还摸不准她是什么身份，却已经断定她那天在山谷中是满口瞎话，想起自己还嘱咐手下遇见了要留她一命，顿时觉得自己被欺骗了一个馒头的感情，此时见她一而再再而三地捣乱，馒头之恩也跟着水涨船高——至少还得再加两个油酥！

他当即大怒道："臭丫头！"

说着，沈天枢迈开脚下"棋步"，转瞬已掠至周翡面前，两袖高高鼓起。周翡早防着他发难，并不硬接，踩着方才练熟的蜉蝣阵，手中使出了四十八寨鸣风一派的刺客刀，且扛且退，一时间如在悬崖走钢丝，从步伐到招数无不险恶，眨眼间接了沈天枢七八招。

沈天枢没料到一别不过几天，这小丫头就跟脱胎换骨一样，竟颇为棘手。他当即大喝一声，使了十成的力道一掌打过去。段九娘却飞身而至，利索地截住沈天枢，两人一掌相接，沈天枢连退了五六步，段九娘只是略略往后一仰，她顺势抬手抓住周翡的胳膊，将她往战圈外一推。

这两大高手短兵相接，殃及池鱼，周翡方才从死人手里拔出来的长刀难当余威之力，竟然又崩成了两截。周翡习以为常地丢在一边，怀疑自己前世可能是个吃铁打铁的炉子。

段九娘目光转动，竟也不痴了，也不傻了，一对眼珠乌溜溜的黑豆似的，掠过一层流光。她长袖转身一扫，黑衣人就跟大风扫过的叶子一样，当即躺倒了一片。

段九娘硬是开出一条路来，周翡大大地松了口气，发现自己找到了对付这疯婆子的不二法门——摆事实讲道理一概不管用，非得搬出她姥爷这尊大佛，才能镇住这女鬼作祟。

然而她这口气没松到底，一声鹰唳却乍然而起。

仇天玑也不知被什么耽搁了，晚来了一步。周翡余光瞥去，见那鹰钩鼻子不是自己来的，身后还跟着个官老爷打扮的中年男子，旁边两个黑衣人架着个鼻青脸肿的"东西"，老远瞧不清是男是女，那"东西"见了段九娘，突然大喊道："娘！"

段九娘周身一震，随即回手一捞，将周翡扔到了谢允的马上，然后又拍了一掌，那马吃痛狂奔，几个转瞬就从黑衣人的包围圈里冲了出去。周翡预感不好，本想拽她的衣服，料想拽衣服不痛不痒，可能没用，便直接粗暴地上手拽住了段九娘的一头长发，喝道："上来！"

传说中民间有三大绝学——揪头发、挠脸、扒衣服。

谢允有幸近距离目睹了其中之一，顿时一哆嗦，连自己的头皮都跟着抽痛了一下。段九娘却轻轻松松地缀在狂奔的马身后，屈指在周翡手腕上弹了一下，周翡当时便觉得半身一麻，要不是谢允眼明手快地托了她一把，她险些直接掉下马去。

段九娘冲周翡笑了一下，说道："你和你那外祖父一样。"

她声音本来很轻，却并没被淹没在狂奔的马带起的风声里，反而能清清楚楚地传进人耳。周翡倏地一怔——段九娘好久没说对过她的辈分了，她对上那疯婆子的目光，却只见一片澄澈，段九娘好像清醒了似的！

段九娘又道："你们这些名门正派，就会哄人，李徵早死二十年了，又骗我。"

周翡穴道一时被封，只能喊叫道："你他娘的听得出我骗你，方才为什么听不出那痨病鬼骗你？段九娘！我等你三天，三天之后你不来找我，一辈子别想进我家的门！"

段九娘听了，却只是笑，而后突然拔下头上一支旧钗，一下扎在马屁股上，那马一声惨叫，飞也似的奔了出去。

她是什么时候清醒的？

周翡不知道，段九娘自己也说不清，细想起来，恐怕是老仆妇宋婆子对她说出那一句宝山"虚岁都十九了"的时候。

狂风卷走了周翡的声音，两侧的黑衣人当然要追，段九娘一个人守在那里，竟是万夫莫开之势，几下便将他们都拦了回去。眼看那马已经要绝尘而去，沈天枢与仇天玑同时攻来，段九娘大笑道："来得好！你们这些废物，早该一起上！"

段九娘方才与沈天枢动手的时候，仿佛只比他高一点，沈天枢倘若用点脑子，还能拖她一时半刻，谁知不过这么一会儿，那段九娘不知吃了什么大力丸，功力一下暴长，对上贪狼、禄存两人一时竟不露败象。

她身负绝学，浑浑噩噩近二十年，一朝自梦中身醒，竟颇有些大彻大悟的意思。当年的枯荣手，能将生死成败轮转不休，号称能褫夺造化之功，那是何等霸气？沈天枢方才本就颇耗了些气力，感觉那枯荣手仿佛一股沉甸甸的压力，竟是要将他的真气都从经脉中压出来，那女人一双干瘦的素手，竟让他一时间毛骨悚然。

可惜周翡没机会目睹什么是真正的"枯荣手"，否则她一定死也不会说出"破功夫"三个字。

段九娘一把按住沈天枢的肩膀，险些将他的腿也按折了，同时看也不看，一脚踹中了禄存的胸口，仇天玑横着飞了出去。沈天枢心下骇然，他横行九州，罕逢敌手，就连朱雀主木小乔，在他面前也只有鱼死网破的份儿，何曾遇到过这样的险境？他心里发了狠，想道：断然不能让此人离开。

沈天枢当下从怀中摸出一个长钩，一卡一扣便装在了他那义肢上，探手朝段九娘腰腹间钩来。那长钩的把手非常短，倘若是个有手的人，断然提它不住，而那钩两边都有刃，血槽里不知涂了什么东西，幽幽地泛着点蓝绿色，极其锋利，沈天枢一抖袖子，那空荡荡的长袖已经被这钩子平平整整地削了去。

段九娘衣袂翩然，使出了对付破雪刀的那一招，长长的衣带柔软地一卷，顷刻将那长钩缠成了蚕茧，两人单手为战，极小的空间里你来我往地接连拆了七八招。忽然，段九娘身后传来一声杀猪似的惨叫，原来是那仇天玑不知什么时候爬起来，一把捉住了祝宝山。

禄存仇天玑一双大手分筋错骨可谓轻而易举，他将祝宝山的一双手拧在身后，那骨节"嘎嘣嘎嘣"地响了两声，祝宝山的叫声顿时响彻华容城！

祝县令乃一文官，当场吓得跪在了地上，七八个官兵拉他不起。

仇天玑见段九娘竟真能铁石心肠到面不改色，当即放声大笑道："堂堂枯荣手，汉子死了，竟躲在个小县城里，给县官当小妾，可笑，太可笑了！这话倘若到南刀李徵的坟头说，不知他做何感想？"

段九娘的脸色终于变了："找死！"

她转身要去抓仇天玑，衣带尚且绑在沈天枢的钩子上，段九娘隔着衣带重重地往那长钩上一按，喝道："下来！"

便听沈天枢的臂膀上一声脆响，那长钩被她掰了下来，沈天枢竟不追击，纵身一跃，转瞬已在一丈之外，段九娘意识到不对劲已经来不及了，只听一声巨响，那长钩竟在她手中炸开了——那短短的接口处竟然装了雷火弹之类的下三烂玩意儿，沈天枢诱她强行掰开，当即便引爆了。

段九娘武功再高也没有金刚不坏之身，腰腹间一片鲜血淋漓，裹着长钩的衣带分崩离析，带出了半截被炸掉的手掌。仇天玑一声长哨，所有黑衣人一拥而上，无数毒水上了弦，将段九娘重重包围在其中，毒水好似下雨似的喷射到她身上。

祝宝山被随意丢在地上，晕过去又醒来，迷迷糊糊中，他竟隐约想起了一点陈年旧事。

有一次他似乎是在花园里玩，被父亲一个没孩子的小妾瞧见，嫉恨交加，便放狗追他，虽不过是只小小的哈巴狗，对小孩子而言却也如同一只"嗷嗷"咆哮的怪兽了。祝宝山吓疯了，连哭带号地往外跑，以为自己要被咬死了，然后他一头撞在了一个人的腿上，当时便只听一声惨叫，追着他的哈巴狗竟飞了出去，那个人把一只手放在他头顶上，很纤细很瘦的一只手，掌心温热……他却想不起是谁了。

恍惚间，段九娘在重围中回头看了他一眼，祝宝山周身一震，不知怎么的，小声叫道："娘……"

然而刀兵交加，弓弩齐鸣，谁也没听见他这声猫叫。

段九娘周身几乎没有一块好肉，像是被困在浅滩中的蟠龙，鳞甲翻飞，几次难以脱困，似乎连挣扎的力气都没有了。

沈天枢踉跄着退出战圈，不住地喘息，一副要断气的模样。仇天玑见了他这副德行，立刻面露不屑，笑道："贪狼大哥，怎么样了？尚能饭否？"

沈天枢额角青筋暴起，一时说不出话来。仇天玑越发得意，上前一步道："那么兄弟我替你报仇，领教领教这枯荣手！"

枯荣手眼看只剩"枯枝手"，他倒出来逼英雄，沈天枢听了这番不要脸的话，像是要被活活气死。

那仇天玑人来疯一样大喝一声"闪开"，分开两侧手下，直冲段九娘扑了过去，一掌拍向段九娘鲜血淋漓的后背。

谁知仿佛"瓮中鳖"的段九娘却突然极快地一侧身，竟避开了他这一掌，一只手掌扭成了一个诡异的角度，稳准狠地一把扣住了仇天玑的喉咙，转头露出一副被血糊住的面容，嘴角竟然还挂着微微的笑意。

仇天玑万万没料到她在此绝境中竟然还有这样的力气，心下大骇，拼命拍出一掌，那段九娘竟不躲不闪地受了这一掌，胸口几乎凹了进去，手上的力道却没有松开一点，简直像个厉鬼。她森然道："北斗七狗，抓一条陪葬也不错，你不必着急，你那几个兄弟，我一个也不放过，死后必然身化厉鬼，将尔等活活咬……"

她话音戛然而止，仇天玑也难以置信地睁大了眼睛——一柄钢刀以仇天玑为遮掩，自他身后穿入，钉入段九娘胸口，将他们两人一起捅了个对穿。

是沈天枢。

仇天玑这个碍人眼的小人，终于成了一个得意扬扬的诱饵。

沈天枢猛地抽出钢刀，段九娘终于难以为继，抽搐着瘫在地上，半截的手掌在地上划过，留下一条长长的血痕，而她竟然还笑得出。

她自下而上地看了沈天枢一眼，仿佛在跟他说"我说到做到"，沈天枢无端一阵胆寒，一刀将她的头颅斩下。

那头上一双眼睛沾满了泥土和血迹，却还带着笑意——

宝山十九了，她当年千金一诺，至此已经尘埃落定。

只是错开这许多年，李徵倘若转世投胎，这会儿都该是个大小伙子了，那么来世相见，他指不定又已经娶妻生子，要么就会说些"君生我已老"之类的废话。

这相差的年月，不知要几辈子才能追平呢？

只可惜枯荣手没有传人，怕是真要成绝响了。

——未完待续

少年子弟江湖老

> "这皇城，悠悠百年，
> 也是老了！"

　　那时的京城还是京城，不叫"旧都"。

　　四平八稳的皇城根底下已经长出了斑驳相，近郊的远山飘来钟声，一声一声地撞在阴沉的隆冬里，听得那青砖红瓦也都跟着黯然神伤。

　　大殿的金顶上盖着薄雪，郊外的茶楼里蒸着热气，都是白茫茫一片。

　　那时的霓裳夫人也不叫"霓裳"，她只是个二八年华的小姑娘，小名唤作婉儿，尚未接过师父的衣钵，也未曾长出颠倒众生的颜色。

婉儿倚在茶楼二楼的栏杆上，和着琴声击箸而歌，貌美如花的小姑娘被人捧惯了，总是有些骄矜气，唱也不肯正经唱，哼哼唧唧地将那词半吐半含，少女嗓音清亮，好似洗过的鹂声，唱的是一支借古讽今的《贺延年》。

周围客人争先恐后地捧场，婉儿却瞧也不瞧他们，偏偏要去留意那些个不看她的——东墙角有个书生，一脸落魄相，想必是个久试不第的穷鬼，正不停杯地灌着黄汤。旁边是一个与他拼桌的布衣男子，恐怕是饿死鬼投胎，头也不抬，就知道吃。

这两人没什么好看的，婉儿在心里刻薄一番，目光流转，转向另一侧，只见南边靠窗的位置上，有个中年男子，这人倒是有点意思。那中年男子与她相距不过一丈来远，猿背蜂腰，目似含刃，笙歌在侧，他却仿佛无心风月，正兀自出着神。

这时，东墙角那灌饱了酒水的落魄书生长叹一口气，愤然屈指一敲木桌，胡言乱语道："这皇城，悠悠百年，也是老了！"

此言一出，说者无心，听者有意，一楼大堂中几个黑衣人同时停了箸。下面跑堂的小伙计见多识广，瞧见那几个客人玄色大氅下绣的北斗纹，心头便是一紧。

"北斗"乃曹相的手下——曹仲昆把持政事多年，权倾朝野，便是凤子皇孙也要让他三分，据说他手下有七条恶犬，分别以北斗为名，武功极高、手段极黑、耳音极灵。这傻书生当街妄议皇城，还叫北斗的鹰犬逮了个正着，这些黑衣人若要以此作伐，那岂不是祸从口出吗？

楼上有人小声提醒，那书生却仍是浑然不觉，兀自大放厥词道："我知道那曹氏鹰犬遍地，今日偏要说个……"

一个北斗黑衣人猛地伸手按住腰间佩刀，腰间北斗牌与铁刀鞘撞出"嗡"一声轻响，蓦地起身，目光如电似的朝楼上射来。

楼上楼下注意到异状的，全都安静下来，店小二吓得两股战战。婉儿一伸手按住旁边琴师的琴弦，蛾眉轻皱，连南窗侧的中年人也回过头来。

就在这时，与那书生拼桌而坐的"吃货"突然抬头轻声道："兄弟，醉了睡一觉。"

那书生闻听此言，越发激愤，双眉一立，正要大放厥词一番，穿布衣的"吃货"却抬手揽住他的肩头，淡淡地冲周围一圈人点头致歉道："对不住，扰了诸位酒兴，我这位兄弟喝多了。"

话音未落，书生便真应他所言，随着他的手软绵绵地趴在了桌上，呓语两声，倒像是醉实在了。北斗黑衣人顿了顿，重新坐了回去，几个人随意用了些茶点，起身走了。小楼中紧绷的气氛这才一松。

那穿布衣的"吃货"将书生放下，就着旁边一盘小菜，慢慢地喝茶，及至天色渐暗，他才将一把碎银放在桌上，回手拎起自己随身的一个布包——布包里不知装了什么东西，足有三尺长，两掌宽，看起来颇有分量——他提起那包裹，提步走出了茶楼。

等他下楼，婉儿身形一动，悄无声息地来到那闷头大睡的书生跟前，手指抵在那人的脉门处。片刻后，她"咦"了一声，低声道："浮波手？"

婉儿探头望向窗外，正巧方才那"吃货"下楼，若有所觉，回头仰望，目光与婉儿倏地一碰。只见那"吃货"竟是个长身玉立、眉目端正的男子，干干净净的温润之气傍身，连那穷酸的布衣都显得潇洒落拓起来，见看过来的是个女孩子，他忙微微垂目，十分有礼地避开婉儿的视线，朝她略一颔首。

天色已晚，那"吃货"牵了马，正要寻一处便宜的地方落脚过夜，向路边卖烧饼的小贩问了路，转入一条小巷。

婉儿心里一动，起了促狭意，她仗着轻功卓绝，从楼上顺着木头立柱飘然而下，跟着对方进了小巷，几无声息地靠近，突然从袖中摸出一只小酒杯，抵住那"吃货"后心，惟妙惟肖地学出了一个低沉粗粝的男声道："别动！"

"吃货"脚步一顿。

"打劫，银钱拿出来！不许回头！"

"吃货"果然依言没回头，然而随即他又叹了口气，轻声道："姑娘小小年纪，曲子唱得好，竟还精通口技，在下佩服。"

"咦？"婉儿愣了一下，不留神露出了本来的音色，"你怎么知道？"

布衣的"吃货"皱了皱鼻子，感觉鼻子里还弥漫着带着花香的脂粉味，然而这话说出来未免轻薄，他便但笑不语。

"哎，"婉儿轻巧地从他身后转过来，仰头说道，"你的'浮波手'哪里学的？与我羽衣班有什么关系？"

"吃货"微微一愣："姑娘是……"

"我啊，"婉儿一边充满估量地观察他，一边漫不经心道，"我就是个羽衣班的小弟子，瞧见你拿我派的独门秘技放倒了那书生，这才追来问一问。"

"浮波手"乃这一代羽衣班班主独创的功夫，寻常弟子他可舍不得教，这小姑娘却一眼瞧出浮波手来，显然在羽衣班地位超然，说不定是下一任的"霓裳"。

男人也不揭穿她，只是笑道："我少年时有幸偶遇羽衣班的霓裳大师，与他切磋过一二，曾见识过贵派绝技，不过我使出来便是东施效鞸了，并不是真正的浮波手。"

"我想也是，"婉儿放了心，没好气地撇了撇嘴，"谅你也学不来精髓，往后出门在外不要随便用人家的功夫，万一叫人认出来，还以为我羽衣班的人连几个北斗走狗也怕，只会使手段叫人闭嘴呢。"

"姑娘教训得是。"男人好脾气地笑道，"不过自古民不与官斗，多一事不如少一事，相助也未见得拔刀……"

"这'浮波手'是我师父与南刀李大侠同游时，互相切磋所悟，连我们都不舍得教。"婉儿怒气冲冲地打断他，"不是叫你这种尿人拿出去丢人现眼的！"

那男人一愣："南刀？"

婉儿翻了个白眼："是啊，心虚了吧？就是蜀中那位大名鼎鼎的……"

她话没说完，突然，一阵急促的马蹄声自身后传来。

小巷尽头正是一处集市，人来人往热闹得很，闹市纵马好像一把撕开繁华的刀，转眼，街上的尖叫哭闹声响成了一团。婉儿忙探头望去，见那一队黑压压的黑衣人趾高气扬地打马而过，为首一人大氅翻飞，"吁"一声将马勒在方才那酒楼前。

有个方才被他们纵马撞翻了摊位的小贩昏头昏脑地上前，正打算理论一二，尚未开口，为首那人便从腰间摸出一块漆黑的腰牌，上书"贪狼"二字。

小贩吓得腿一软，直接跪在地上，手脚并用地走了。

婉儿吃了一惊："那是沈天枢吗？"

这种小地方竟引来"北斗贪狼君"沈天枢亲至，周围一圈人立刻退潮似的落荒而逃，空出一大片地方。

只见沈天枢伸手一指茶楼的门牌，他身后一个黑衣人登时应声上前，一鞭子将茶楼的匾砸了下来。

掌柜的踉踉跄跄地跑出来，见此阵仗，吓得"扑通"一声跪了下去："诸位星君，诸位星君明鉴，小人开门迎客，做的是正经生意，不知犯了哪条国法，叫诸位大人如此大动干戈？"

那持鞭的黑衣人冷冷地说道："别废话，那匪人何在？"

掌柜快吓哭了："大人哪，您去瞧瞧，莫谈国事的牌子在墙上挂着哪，往日里来此喝茶聊天的都是街坊，连不敬的话也不敢说一句的，哪里会有匪人在此？"

婉儿小声问道："难不成是那书生的一句话惹了祸？这是什么世道，话也不叫人说了！"

"不至于，"旁边的布衣"吃货"轻声道，"就算朝廷兴了文字狱，逮一个满嘴醉话的文弱书生也用不着沈天枢出手，不然岂不是杀鸡用宰牛刀？"

婉儿觉得这话怎么听怎么别扭："这是什么话，什么'杀鸡用宰牛刀'，喂，你这人到底是哪边的？"

"吃货"未来得及回答，便见那沈天枢下了马，缓缓踱到那掌柜面前，居高临下道："有个男人，身长八尺，一袭布衣短打，身背一木匣，里面装的乃前日被斩首午门的钦犯与同党往来的书信，你可见了？"

婉儿闻听此言，猛一扭头，与身边的"吃货"大眼瞪小眼。

那男人忙道："不是我，我背的不是木匣，是……"

他还没说完，持鞭的北斗黑衣人便猝不及防地掀起一脚，正好踹在了掌柜肩头，掌柜一声惨叫瘫倒在地。

"不在你这儿？"沈天枢阴阳怪气地冷笑一声，"那是我的眼线胡说八道了？"

他身后另一个北斗黑衣人立刻越众而出，正是方才在茶楼大堂中小坐的其中一个。

"眼线谎报军情，是要挖眼拔舌的，"沈天枢用脚尖点了点掌柜的头，"如今你二人中定有一个胡说八道，我要挖谁的眼，拔谁的舌？"

那北斗的眼线闻听此言，吓得抖似筛糠，随即，他脸上露出狠厉之色，袖中翻滚，一线银光倏地闪过，继而他上前一步，一把抓住那掌柜的下巴："无知刁民，竟敢在沈大人面前扯谎！"

说着，他将刀刃狠狠往下一压，便要捅进掌柜的喉咙里。

眼看人就要血溅三尺，婉儿怒道："住手！"

她这一声才出口，一道人影却从茶楼上飘然落下，正是方才南窗边那心不在焉的中年人！

婉儿身后牵马的布衣"吃货"一把按住她。

与此同时，那茶楼下的中年人不知怎么轻轻巧巧地一拂袖，那持刀行凶的北斗眼线便像断线的风筝一般，从沈天枢眼皮底下飞了出去。

中年人负手而立，淡淡地看向沈天枢："贪狼大人请了，你要找的人……恐怕就是区区在下。"

这人方才坐着时，尚且看不分明，此时一起身，只见他足有八尺余高，也不见怎样粗壮，然而单单是站在那里，便叫人觉得稳如山岳。

沈天枢沉声道："何方神圣，报上名来。"

那中年人含笑不语，也不掏兵刃，只朝沈天枢伸手做了个起手式。

沈天枢顶着"贪狼"之名，在朝堂江湖横行无忌，何曾碰见过这种名都不报便要动手的浑人？当下拧紧眉，脚下纹丝不动，轻轻一摆手，手下众狗腿立即一拥而上，将那中年人团团围在中间。

中年人刀刻似的脸上轻轻一哂："何必。"

话音未落，一排北斗黑衣人骤然发难，手中凭空多出一排不知什么暗器，机簧声"嗡"地一响，铺天盖地的毒针冲着那中年人疾风骤雨似的席卷而去，丝毫不顾念周围不相干的百姓。

正在搀扶掌柜的店小二来不及躲闪，吓得"啊"一声大叫，闭了眼等死。与此同时，另外几个黑衣人从背后包抄而来，刀剑长鞭等七八样兵器封住那中年人各个可回转之处。

婉儿方才还在对着别人大放厥词，此时直面北斗之威，脸色一时有些发白。

却见那赤手空拳的中年人脚下不动，不知从哪儿摸出个布兜，当空甩了出去。众人只觉得眼前土灰色的残影飘过，"叮当"一阵乱响，那破破烂烂的布兜好似个乾坤袋，张口便将空中的毒针一股脑地吸了进去。随即他回身一推，单手挡开一柄长刀，手中布袋抡起，方才被收的毒针从四面漏风的破布口袋里漏了出去，根根好似长了眼，冲那些北斗黑衣人"以彼之道，还施彼身"地呼啸而去，一伙北斗黑衣人顷刻人仰马翻。

婉儿听那"吃货""咦"了一声，低声道："是他？"

那中年人走转腾挪间使的仿佛全是野路子功夫，底盘稳如泰山，电光石火间掀翻了十多个北斗黑衣人，脚下不过转了个圈，一步未曾迈出，全然看不出是何方神圣。

婉儿忙问道："是谁？"

"吃货"按在布包上的手略微一松，露出一个微笑："是一位神交已久、无缘相见的朋友。"

沈天枢眼角微跳，阴恻恻地说道："阁下这样的高手还要藏头露尾，未免太难看了。"

那中年人笑道："有刀剑说话，有拳脚做名，何必问姓甚名谁，'藏头露尾'敬谢不敏，贪狼大人，要拿我，请。"

沈天枢怒喝一声，飞身上前，暴虐的真气打碎了地上的青石板，一时飞石乱溅，生生将一根长杆打断，小贩面无人色地落荒而逃。

婉儿轻叱一声旋身而起，从袖中摸出一支碧绿的笛子，她轻功极好，脚下仿佛踩着莲花，裙裾飞扬，飞掠至来不及逃窜的人群之前，三两下挡住了溅起的碎石。再定睛望去，那中年人已经同沈天枢动上了手，一个沛然中正、内力浑厚，却有意隐藏师门来历，另一个招招狠辣，大有棋逢对手之意，两掌交叠时，转眼各自连退几步。

中年人负手而立，神色淡然，说道："苟大人所书，不过几个志同道合之人私下往来的书信，并无半点逾矩，便是晾在光天化日之下，也没什么不可示人的，偏是有人多心，总想从家长里短的字里行间瞧出'谋反'二字，株连出一场大案。苟大人既然已经获罪，为防无辜之人蒙冤，在下不得不行此偷鸡摸狗之事——那些书信已经尽数烧毁，贪狼大人也不必追讨了——多谢承让。"

沈天枢脸色红了又白，一捂胸口，呛出一口血来，依然不依不饶道："你……你站住，报上名来！"

那中年人淡淡一笑，拂袖便要走。

那时中原武林，群星闪耀，哪里容得区区北斗几条走狗一手遮天？

眼见沈天枢折在此处，周围有那不怕死的竟叫起好来。婉儿一甩被石子震麻的手腕，心里快意，忍不住跟着露出微笑。

突然，远处传来一声鹰唳，紧接着，急促的脚步声自街角匆匆而来。中年人一顿，接着，两个人一前一后地从长街两头带人冲了进来，一个鹰钩鼻，肩膀上还扛着一只苍鹰，另一个一身大红官袍——正是北斗禄存仇天玑和武曲童开阳！

仇天玑与童开阳一边一个堵住长街两侧，与那沈天枢遥相呼应，呈掎角之势，将中年人与众多看热闹的都堵在其中，足有上百个北斗黑衣人"呼啦"一下散开，将众人团团包围起来！

仇天玑笑道："大哥可是碰上硬茬儿了？"

沈天枢面露羞恼，抚胸不语。

童开阳阴冷的目光一扫周遭人群："有碍公务的与窝藏钦犯同罪，拿下！"

话音未落，堵在街道两侧的北斗黑衣人便一拥而上，婉儿忍无可忍，怒道："你们没有王法了！"

少女的嗓音清亮地穿入风中，仇天玑猥琐地笑了起来："小姑娘家抛头露面不说，掺和在这些贼人中间，也未必清白无辜，拿了她！"

婉儿听得身后厉风袭来，她一抖长袖，甩出两支袖箭，撞飞了那偷袭的北斗，耳畔却听见尖鸣，她只觉眼前闪过一个灰影，那仇天玑手上的猎鹰闪电似的当空飞过，一爪子抓向她的头脸。

婉儿吓了一跳，慌忙闪避，仇天玑却已到了近前，鹰爪似的手抓向她的胸口，同时口中呼哨一声，墙头、路边的北斗黑衣人齐刷刷地拿出了一种黑色的金属长管。随着仇天玑一声令下，毒水雨点似的射了过来，落到石板上"刺啦"一声，竟将那石板烧出了好长一条乌黑的疤。

婉儿慌张之下步伐微乱，衣角已经溅上了毒水，飘逸的裙边登时被烫出了一个焦黑的大洞，周遭乱成了一锅粥。沈天枢与童开阳猛身而上，一左一右地将那中年人逼至街边，仇天玑的毒水直叫人左支右绌。

仇天玑一掌拍向婉儿的小腹，朗声道："我北斗替朝廷办事，替天行道，就是王法！"

婉儿惊呼一声，突然，一个布兜凌空扫过来，正撞在禄存星那一掌上，仇天玑整个人好似一匹失了前蹄的马，往后一仰，跟跄数步才站稳。婉儿只觉身后一股浑厚之力隔空涌向她背心，堪堪站稳，震惊地扭头一看，竟是那"相助也未见得拔刀"的"吃货"。

他在手掌碰到婉儿前便撤了手，彬彬有礼道了句"失礼"，冲仇天玑道："北斗就是王法，阁下此言未免过了。"

仇天玑骇然抬头："你……"

那"吃货"整个人如大鹏一般翩然而起，连出几掌，掌法如不周之风，叫人瞧不清来龙去脉，转眼便将喷毒水的北斗黑衣人清理了大半。

被沈天枢和童开阳围在中间的中年人见了，大笑道："我道是谁，原来是你，朋友，神交已久！"

"吃货"闻声，落在中年人身边，手中长布包"锵"一声轻响，露出了一把和人一样平平无奇的唐刀……

"我知道，我知道，那就是破雪刀！"豆蔻年华的女孩子提着碧绿的裙子凑到霓裳夫人身边，谄媚地替她捶着腿，"浮波手是老班主见过破雪中'无常'一式，惊鸿一瞥，若有所悟，闭关三年而创！"

另一个着水红色衣衫的女孩子问道："那么……那个始终不肯说自己是谁的中年人又是谁呢？"

霓裳夫人尚未来得及说话，着碧绿裙子的女孩便抢着道："你傻啦，那自然是后来与南刀大侠有八拜之交的霍老堡主啦！"

"就你知道得多！"

"你傻！"

霓裳夫人无奈地看着手下的小猢狲，有一搭没一搭地拨了几下琴，摆手道："玩去吧，别来闹我了。"

少女们叽叽喳喳地跑了出去，门也忘了给她关。

霓裳夫人偏头看向墙角，那里孤零零地挂着一把重剑，剑名为"雪"，与长刀"望春山"系出同源。

当年不知天高地厚的少女婉儿，已经褪去了嫩黄的纱裙，如今嘴唇嫣红，目光中沉淀着悠悠起落的繁华与破败。

南刀与霍老堡主于京郊初次相见，那时京城还不叫旧都，婉儿还不叫霓裳，北斗尚未能一手遮天，满地魑魅还藏头露尾在阴影中——

而今，山未老，雪消融，长刀已断，江山合久而分，分久又合，转眼一代新人。

她垂首看向桌案上的话本，那是千岁忧的新作，这一折就叫作"春山沉雪"。

图书在版编目（CIP）数据

有匪·壹，少年游 / Priest著.—长沙：湖南文艺出版社，2016.11（2021.1重印）
ISBN 978-7-5404-7795-0

Ⅰ.①有… Ⅱ.①P… Ⅲ.①言情小说－中国－当代 Ⅳ.①I247.5

中国版本图书馆CIP数据核字（2016）第226349号

上架建议：畅销·古代言情

YOUFEI·YI，SHAONIAN YOU
有匪·壹，少年游

作　　者：Priest
出 版 人：曾赛丰
责任编辑：薛　健　刘诗哲
监　　制：毛闽峰　李　娜
策划编辑：钟慧峥　张园园
文案编辑：王　静
营销编辑：贾竹婷　雷清清
封面设计：Violet
版式设计：潘雪琴
封面插画：呼葱觅蒜
出版发行：湖南文艺出版社
　　　　　（长沙市雨花区东二环一段508号　邮编：410014）
网　　址：www.hnwy.net
印　　刷：三河市中晟雅豪印务有限公司
经　　销：新华书店
开　　本：700mm×955mm　1/16
字　　数：236千字
印　　张：19
版　　次：2016年11月第1版
印　　次：2021年1月第8次印刷
书　　号：ISBN 978-7-5404-7795-0
定　　价：35.00元

若有质量问题，请致电质量监督电话：010-59096394
团购电话：010-59320018